KB052168

SAD CYPRESS

AGATHA CHRISTIE COMPLETE COLLECTION

SAD CYPRESS

슬픈 사이프러스 애거서 크리스티 장편 소설 | 이은선 옮김

황금가지

SAD CYPRESS

by Agatha Christie

나는 한국에서 우리 할머니의 작품을 정식으로 출간한다는 소식을 듣고 무척 기뻤다. 할머니가 1920년부터 1970년 무렵까지 오랜 세월에 걸쳐 집필한 작품들은 21세기인 지금 읽어도 신선하고 재미있다. 등장 인물들이 워낙 자연스러워서 요즘 사람들과 다를 바 없고 이들이 등장하는 상황과 장소가 전 세계 사람들의 애정과 향수를 자극하기 때문이다. 한국 독자들은 이번에 새로 나온 정식 한국어 판을 통해 그동안 접하지 못했던 애거서 크리스티의 일부 작품들을 읽을 수 있을 것이다. 덕분에 한국에 새로운 세대의 애거서 크리스티 팬들이 탄생할지도 모르겠다는 생각을 하면 가슴이 벅차다.

애거서 크리스티는 대표적인 두 명의 주인공으로 기억되는 작가이다. 14권의 작품에 등장하는 마플 양은 영국의 작은 시골 마을에서 평온한 나날을 보내며 뜨개질과 수다로 소일하는 미혼의 할머니

5

이지만, 놀라운 기억력과 날카로운 두뇌 회전으로 주변에서 벌어진 살인 사건을 해결한다.

그리고 마플 양과 상반되는 성격을 지닌 에르퀼 푸아로는 자신만 만하고 콧수염을 포함한 자신의 외모와 벨기에라는 국적에 대한 자부심이 상당하다. 그는 이집트와 이라크를 비롯한 세계 각지에서 수수께끼를 해결하며 『오리엔트 특급 살인 *Murder On The Orient Express*』, 『나일 강의 죽음 *Death On The Nile*』, 『애크로이드 살인 사건 *The Murder Of Roger Ackroyd*』 등 애거서 크리스티의 여러 대표작에 모습을 드러낸다.

황금가지의 대담하고 참신한 표지와 전반적인 디자인 덕분에 작품의 성격이 잘 살아난 것 같아 기쁘다. 또한 한국 독자들이 할머니의 원작이 지닌 참된 묘미를 느낄 수 있도록 충실한 번역을 위해 애써 준 점도 높이 사고 싶다.

할머니의 작품이 20세기의 그 어떤 작가들보다 많이 팔리고 있는 이유는 나이와 국적에 상관없이 읽을 수 있는 재미와 감동을 갖추었기 때문이다. 모쪼록 한국 독자들도 황금가지에서 선보이는 애거서 크리스티 작품들을 즐겁게 감상하기를 바란다.

매튜 프리처드
애거서 크리스티의 손자
ACL 이사장

피터 맥러드와 페기 맥러드에게

오너라, 오너라, 죽음이여,

슬픈 사이프러스 관 속에 나를 눕혀 다오.

사라지거라, 사라지거라, 숨결아,

어여쁘고 매정한 처녀에게 이 목숨을 빼앗겼나니.

주목나무 장식을 한 하얀 수의를

준비해 주오.

나처럼 진정한 사랑을 위한 죽음은

온 누리에 다시 없으리.

— 셰익스피어

차례

프롤로그

"엘리너 캐서린 칼라일. 피고는 지난 7월 27일에 메리 제라드를 살해한 혐의로 기소되었습니다. 유죄를 인정합니까, 인정하지 않습니까?"

엘리너 칼라일은 고개를 들고 꼿꼿하게 서 있었다. 그녀의 두상은 윤곽이 뚜렷하고 섬세하며 우아했다. 두 눈은 짙고 선명한 파란색이고, 머리카락은 검은색이었다. 눈썹은 가늘고 연한 선으로 정리되어 있었다.

정적이 흘렀다. 피부로 느껴지는 정적이었다.

피고 측 변호사인 에드윈 벌머 경은 불안한 마음에 온몸이 오싹했다.

'맙소사, 유죄를 인정하려는 모양이군. 겁을 먹은 게야.'

엘리너 칼라일의 입술이 열렸다.

"인정하지 않습니다."

피고 측 변호사는 의자에 몸을 묻고, 아슬아슬했다고 생각하며 손수건으로 이마를 훔쳤다.

새뮤얼 애튼베리 경이 자리에서 일어나 사건의 개요를 설명했다.

"존경하는 판사님과 배심원 여러분, 7월 27일 오후 3시 30분에 메리 제라드가 메이든스퍼드 헌터베리에서 숨을 거두었습니다."

낭랑하고 듣기 좋은 목소리가 계속 이어졌다. 그의 목소리에 엘리너는 거의 의식의 끈을 놓을 뻔했다. 단순하고 간결한 설명 중에서 어쩌다 한 문장씩만 그녀의 의식 속으로 스며들었다.

"……상당히 단순하고 간단한 사건으로, 지금까지 조사한 바로는 메리 제라드라는 이 불우한 아가씨를 살해할 만한 동기가 있는 사람이 피고밖에 없습니다. 메리 제라드는 이 세상에 적이라고는 한 명도 없을 만큼 매력적인 성격의 소유자로 모든 사람의 사랑을 받았고……."

메리, 메리 제라드! 정말 먼 옛날이야기를 듣는 기분이야. 이제는 꿈만 같아…….

"……특히 다음과 같은 사항에 주목하시기 바랍니다. 첫째, 피고는 언제, 어떤 식으로 독극물을 넣었을까? 둘째, 독극물을 넣은 동기가 무엇일까? 저는 여러분께서 이 사건의 진정한 결론을 내리는 데 도움이 될 만한 증인들을 소환할 예정입니다…… 메리 제라드의 독살에 관해서는 '그럴 만한 기회가 있었던 사람'이 피고밖에 없었다는 사실을 증명하겠습니다……."

엘리너는 짙은 안개 속에 갇힌 기분이었다. 문장에서 떨어져 나온 단어들이 안개 속을 떠다녔다.

"……샌드위치……."

"……생선 페이스트……."

"……빈집……."

이런 단어들이 엘리너의 상념으로 두터워진 장막을 찌르고 그녀를 감싼 묵직한 휘장에 구멍을 냈다.

법정. 사람들의 얼굴. 줄줄이 줄지은 사람들의 얼굴! 풍성한 검은색 콧수염과 날카로운 눈빛이 인상적인 한 사람. 에르퀼 푸아로가 고개를 살짝 외로 꼬고 생각에 잠긴 눈빛으로 그녀를 쳐다보고 있었다.

그녀는 생각했다. 저 사람은 내가 '왜' 그랬는지 파악하려고 안간힘을 쓰고 있구나. 내 머릿속으로 들어와서 무슨 생각이었고 어떤 기분이었는지 알아내려 하는구나.

어떤 기분이었을까? 눈앞이 살짝 흐려지면서 몸이 움찔했다. 로더릭의 얼굴, 긴 코와 섬세한 입술이 자리 잡은 사랑스러운, 사랑스러운 얼굴…… 로더릭! 항상 로더릭이었다. 기억이 나지 않는 그때부터…… 헌터베리의 나무딸기 사이와 저 위 토끼 굴, 저 아래 개울을 누비던 그 시절부터. 로더릭…… 로더릭…… 로더릭…….

다른 사람들의 얼굴도 보였다. 입을 살짝 벌리고 주근깨가 박힌 생기발랄한 얼굴을 앞으로 내민 오브라이언 간호사. 독선적이고 냉정해 보이는 홉킨스 간호사. 피터 로드의 얼굴. 피터 로드…… 너

무 다정하고 사려 깊고 너무너무 위로가 되는 사람! 하지만 지금
은…… 뭐랄까…… 멍하다고 해야 할까? 그래…… 멍한 표정이야!
신경이 쓰이는 거지. 이 사건 때문에 몹시 신경이 쓰이는 거지! 정
작 그녀는, 주인공인 그녀는 아무 생각이 없는데!

지금 그녀는 살인 용의자의 신분으로 상당히 차분하고 냉정하게
피고석에 서 있었다. 법정에 선 것이다.

무언가가 흔들렸다. 그녀의 머리를 겹겹이 둘러쌌던 장막이 희미
해지면서 유령처럼 변했다. 내가 지금 법정에 서 있구나! 사람들이
보인다…….

사람들이 입을 살짝 벌린 채 몸을 앞으로 내밀고, 소름 끼치도록
잔인한 쾌락에 젖어 흥분한 눈빛으로 그녀를 쳐다보고 있었다. 유
대인 특유의 코가 인상적인 키 큰 남자가 그녀에 대해 하는 이야기
를 천천히, 가학적으로 음미하며 듣고 있었다.

"이 사건은 진상 파악이 매우 쉽고 논란의 여지가 없습니다. 아주
간단하게 나열해 보겠습니다. 시초부터 이야기하자면……."

엘리너는 생각했다.

'시초…… 시초라고? 소름 끼치는 익명의 편지가 도착한 날! 그날
이 사건의 시초였지…….'

제1부

1장

I

익명의 편지!

엘리너 칼라일은 개봉한 편지를 손에 들고 내려다보며 서 있었
다. 그런 편지를 받기는 처음이었다. 불쾌했다. 분홍색 싸구려 종이
에 맞춤법도 엉망으로 비뚤배뚤 적힌 글씨.

경고합니다. (편지는 이렇게 시작되었다.)

이름을 밝키지는 않겠지만 당신 고모님한테 알랑대는 사람이 있
어요. 조심하지 않으면 모든 걸 잃을 겁니다. 젊은 여자들은 아주 여
우 같고 나이 든 부인들은 젊은 아가씨가 알랑대며 비위를 맞추면 물
렁해지잖아요. 그러니까 이리로 내려와서 어떤 일이 벌어지고 인는지
직접 확인하시라구요. 당신과 젊은 신사분이 자기 몫을 빼앗기면 안

되잖아요. 그런데 그 여자는 아주 여우 같고 부인은 언제 죽을지 몰라요.

당신의 행복을 비는 사람

엘리너가 단정하게 손질한 눈썹을 찌푸린 채 혐오스럽다는 표정으로 편지를 여전히 물끄러미 쳐다보고 있을 때 문이 열렸다. 하녀가 웰먼 씨의 도착을 알렸고, 로더릭이 들어왔다.

로더릭! 로더릭을 볼 때면 늘 구름 위를 걷는 듯한 기분과 갑작스러운 기쁨으로 두근거리는 한편, 사무적이고 이성적인 여자가 되어야 한다고 스스로를 다잡게 되었다. 로더릭은 엘리너를 사랑하지만, 그녀가 그를 생각하는 그런 식은 분명 아니었다. 그녀는 로더릭을 처음 만났을 때 어찌 된 영문인지 심장이 뒤틀려서 아플 정도였다. 평범한, 너무나 평범한 남자 때문에 그럴 수 있다니 이상한 일이었다. 그를 보기만 해도 세상이 빙글빙글 돌고, 목소리를 들으면 살짝 울고 싶어지다니…… 사랑은 행복한 기분일 텐데, 너무 강렬해서 사람을 아프게 만드는 건 아닐 텐데…….

한 가지 사실만은 분명했다. 사랑에 관한 한 아주, 아주 신중하게 냉담하고 무심한 태도를 유지해야 한다는 것. 남자들은 헌신적이고 사랑에 목숨 거는 여자를 좋아하지 않았다. 적어도 로더릭은 그랬다.

엘리너는 가볍게 인사를 건넸다.

"어서 와, 로더릭!"

"안녕. 안색이 안 좋네? 청구서야?"

엘리너는 고개를 저었다.

"난 그런 줄 알았지. 요정들이 춤을 추고, 지금 청구서들이 따라서 나풀대는 한여름이니까."

"그보다 더 끔찍한 물건이야. 익명의 편지거든."

로더릭의 눈썹이 위로 꿈틀댔다. 예민하고 까다롭게 생긴 얼굴이 뻣뻣하게 굳으면서 표정이 달라졌다. 그는 혐오스럽다는 듯이 날카롭게 외쳤다.

"설마!"

엘리너가 다시 한번 강조했다.

"그보다 더 끔찍한 물건이지……."

그러고는 책상 쪽으로 한 걸음 움직이며 말했다.

"아무래도 찢어 버리는 게 좋겠어."

그녀는 편지를 찢어 버릴 수도 있었고, 거의 그럴 뻔했다. 로더릭과 익명의 편지는 서로 어울리지 않았다. 그녀는 편지를 던져 버리고 잊을 수도 있었다. 로더릭도 말리지 않았을 것이다. 그의 성격은 호기심이 많다기보다는 까다로웠다.

하지만 엘리너는 충동적으로 다른 결정을 내렸다.

"읽어 볼래? 그런 다음 태워 버리지, 뭐. 로라 고모님에 관한 내용이야."

로더릭이 놀라며 눈썹을 치켜세웠다.

"로라 숙모님?"

그는 편지를 받아서 읽은 뒤 질색이라는 듯 미간을 찌푸리며 돌려주었다.

"그래. 정말 태워 버려야겠다! 세상에는 정말 희한한 사람들도 많
다니까!"

"집안일을 거드는 사람들 중 한 명이 보낸 걸까?"

"그런 것 같은데. 누구일까? 이 편지에서 이야기하는 사람이."

엘리너는 생각에 잠긴 말투로 대답했다.

"분명 메리 제라드일 거야."

로더릭은 누구인지 생각하느라 미간을 찌푸렸다.

"메리 제라드? 그게 누구지?"

"문간채에 살던 부부의 딸. 어렸을 때 생각나지 않아? 로라 고모
님이 예전부터 예뻐하시면서 관심을 보였잖아. 학교도 보내 주고,
피아노 레슨이며 프랑스어며, 기타 여러 가지 비용도 대 주고."

"아, 이제 생각난다. 깡말라서 팔다리밖에 안 보이고, 숱 많은 금
발 머리를 산발하고 다녔지?"

엘리너는 고개를 끄덕였다.

"맞아. 당신은 부모님이 외국으로 나가시는 바람에 여름휴가를
그곳에서 보낸 이후로 못 보았을 거야. 나만큼 자주 헌터베리를 가
지 않았고, 메리도 얼마 전까지 오페어(집안일을 도와주고 숙식을 제
공받는 여자 유학생 — 옮긴이)로 독일에 있었으니까. 하지만 어릴 땐
메리를 끌어내서 같이 놀곤 했잖아."

"지금은 어떻게 변했어?"

"아주 예뻐졌어. 몸가짐도 단정하고. 교육을 받아서 그런지 이제

22

는 제라드 영감의 딸로 안 보여."

"숙녀다워졌다는 건가?"

"응. 그것 때문에 문간채에서 잘 못 지내더라고. 제라드 부인은 얼마 전에 죽었고, 메리하고 아버지는 사이가 안 좋거든. 아버지가 딸이 받은 교육이며 고상한 태도를 비웃는 통에."

로더릭이 짜증 난다는 듯이 말했다.

"사람들은 남을 '교육'시킨답시고 하는 짓이 어떤 피해를 입힐 수 있는지 상상도 못 할걸! 좋은 뜻에서 벌인 일이지만 잔인한 짓일 때가 많다니까!"

"본채에서 보내는 시간이 상당히 많은 걸로 알고 있어……. 로라 고모님이 뇌졸중을 일으킨 뒤로 책도 소리 내어 읽어 드리면서."

"책은 간호사도 읽어 줄 수 있지 않나?"

엘리너는 미소를 지으며 대답했다.

"오브라이언 씨의 아일랜드 사투리가 좀 심해야 말이지! 로라 고모님이 메리를 더 좋아하는 것도 당연해."

로더릭은 잠시 방 안을 초조한 듯 빠르게 서성이다 입을 열었다.

"엘리너, 아무래도 우리가 내려가 보는 게 좋겠어."

엘리너는 살짝 움찔하며 말했다.

"이 편지 때문에……?"

"아냐, 아냐. 그게 아냐. 젠장, 솔직하게 말할게! 불쾌한 편지이긴 하지만, 그 뒤에 진실이 숨겨져 있을지도 모르잖아. 그러니까 숙모님은 병세가 위중하시고……."

"그래, 로더릭."

로더릭은 특유의 매력적인 미소를 지으며 그녀를 쳐다보았다. 인간이 천성적으로 얼마나 속기 쉬운 존재인지 알지 않냐는 뜻이었다.

"그리고 돈은 중요한 문제잖아. 당신한테도 그렇고, 나한테도 그렇고."

엘리너는 얼른 맞장구를 쳤다.

"맞아."

로더릭의 목소리가 심각해지고 있었다.

"내가 돈을 밝히는 건 아니야. 하지만 로라 숙모님도 계속 말씀하셨다시피 친척이라고는 우리 둘뿐이잖아. 당신은 숙모님의 조카, 그러니까 남동생의 딸이고, 나는 시조카이고. 숙모님은 당신이 돌아가시면 우리 둘 중 하나, 어쩌면 우리 두 사람이 공동으로 전 재산을 물려받을 거라고 늘 강조하셨지. 그리고 그 액수가 상당하잖아, 엘리너."

엘리너는 생각에 잠긴 투로 호응했다.

"그래, 분명 그럴 거야."

"헌터베리를 유지하는 일은 장난이 아니야."

로더릭은 잠시 말을 멈추었다 다시 이었다.

"헨리 삼촌은 로라 숙모님을 만났을 때 말하자면 아쉬울 게 없는 상태였지. 하지만 숙모님은 물려받은 재산이 있었어. 숙모님과 당신 아버지, 두 분 모두 상당한 부자였지. 안타깝게도 당신 아버지는 투기로 거의 전 재산을 잃었지만."

엘리너는 한숨을 내쉬었다.

"아버지는 딱하게도 사업 감각이 별로 없었어. 돌아가시기 전까지 사소한 일에 얼마나 걱정을 하셨는지."

"맞아. 숙모님이 그분보다 훨씬 머리가 좋으시지. 숙모님은 헨리 삼촌과 결혼하고 헌터베리를 매입했는데, 요전번에 투자를 할 때마다 아주 운이 좋았다고 말씀하시더라고. 손해를 본 적이 전혀 없다면서."

"고모부는 돌아가시면서 전 재산을 고모님한테 남기셨지?"

로더릭은 고개를 끄덕였다.

"응. 안타깝게도 그렇게 일찍 돌아가시다니……. 숙모님은 재혼하지 않으셨지. 지조가 있는 분이랄까. 숙모님은 우리 둘한테 늘 잘해주셨어. 나를 친조카처럼 대하셨잖아. 곤란한 일이 벌어지면 도와주시고. 그런 일이 자주 없었으니 다행스러운 노릇이지만!"

"나한테도 늘 인심이 좋으셨어."

엘리너가 고마운 듯이 말했다.

로더릭은 고개를 끄덕였다.

"숙모님은 통이 크시지. 하지만 엘리너, 당신도 알다시피 일부러 그런 건 아니지만, 우리는 너무 사치스럽게 살고 있어. 실제 수입에 비해서 말이야!"

그녀는 침울하게 대답했다.

"맞아……. 물가가 너무 비싸잖아. 옷이며 화장품이며, 영화나 칵테일 같은 사소한 것들까지, 심지어 음반도!"

"당신은 들판에 핀 백합 같은 여자야. 아등바등하지도 않고, 정신 없이 나다니지도 않고."

"로더릭, 내가 그렇게 살았으면 좋겠어?"

그는 고개를 저었다.

"난 지금 그대로가 좋아. 우아하고 초연하고 냉소적인 게. 너무 억 척스러워지면 싫을 거야. 내 말은, 숙모님이 없었다면 당신은 아마 지금 지긋지긋한 일을 하고 있을 거라는 얘기지. 나도 마찬가지야. 일 비슷한 건 하고 있지만, '루이스 앤드 홀'은 그다지 힘든 곳이 아 니거든. 나한테 딱 맞아. 직장이 있으니 체면도 서고. 하지만 미래를 걱정하지는 않아. 숙모님한테 받을 유산이 있으니까."

"듣고 보니 인간 거머리가 된 기분이다!"

"무슨 소리! 언젠가 돈이 좀 생긴다는 걸 알고 있을 뿐인걸! 그걸 알고 있으면 우리 처신도 달라지는 게 당연하지."

엘리너는 생각에 잠긴 투로 말했다.

"그리고 보니 고모님은 어떤 식으로 유산을 물려줄 생각인지 확 실하게 이야기하신 적이 없네……."

"그야 상관없잖아! 우리 둘에게 분배해 주실 가능성이 크지 않을 까? 만약 그렇지 않더라도, 전 재산이나 거의 대부분을 한 핏줄인 당 신한테 물려주시더라도 나도 당신과 결혼할 테니 함께 받는 셈이지. 그리고 숙모님께서 웰먼 집안의 남자 대표인 내가 대부분을 가져야 한다고 생각하셔도 상관없잖아. 당신이 나하고 결혼할 테니까."

로더릭은 엘리너를 보며 애정이 담긴 웃음을 지었다.

"우리가 서로 사랑하게 되어서 얼마나 다행인지 몰라. 엘리너, 나 사랑하지?"

"물론이지."

"물론이지!"

로더릭은 엘리너의 차갑고 새침한 말투를 따라 하고는 말을 이었다.

"당신은 참 귀여워. 콧대 높고 쌀쌀맞고 건드리면 안 될 것 같은…… 닿을 수 없는 공주님. 그런 것 때문에 당신을 사랑하게 됐을 거야."

엘리너는 숨을 참았다 말했다.

"그래?"

그는 미간을 찌푸렸다.

"응. 그런 여자들도 있잖아. 뭐, 잘은 모르겠지만…… 진절머리 날 만큼 소유욕이 강하고 충견처럼 헌신적이고 사방에 감정을 흘리고 다니는! 그런 건 질색이야. 당신은 잘 모르겠거든. 자신이 없어. 언제라도 특유의 차갑고 무심한 태도로 고개를 돌리면서 생각이 바뀌었다고, 눈 한 번 깜짝 않고 싸늘하게 말할 수 있을 것 같아! 당신은 정말 매력적인 여자야. 너무나, 너무나…… 완전한 예술 작품 같아! 우리는 완벽한 부부가 될 거야. 서로를 충분히 사랑하되 지나치게 사랑하지는 않으니까. 그리고 우리는 좋은 친구잖아. 취향도 비슷한 부분이 많고. 서로를 속속들이 잘 알고. 친척이라 불편한 부분도 있을 법한데, 그런 것 없이 좋은 점만 있고. 워낙 종잡을 수 없는 여자라 당신한테 싫증 날 일도 없겠지. 하지만 당신이 나한테 싫증 날 수는 있겠다. 내가 워낙 평범한 놈이니…….”

엘리너는 고개를 저었다.

“당신한테 싫증 나는 일은 없을 거야. 절대로.”

“내 사랑!”

그는 그녀에게 입을 맞추었다.

“우리 관계를 마침내 결정한 뒤로 찾아뵌 적 없지만, 숙모님은 우리가 어떤 사이가 되었는지 눈치채셨을 거야. 그걸 핑계로 내려가는 건 어떨까?”

“그래, 요전번에 생각해 보니까…….”

로더릭이 그녀를 대신해 말을 마무리했다.

“생각만큼 자주 찾아뵙지 못했지? 나도 그런 생각 했어. 처음 뇌졸중을 일으키셨을 때는 거의 2주에 한 번씩 주말마다 내려갔는데. 그런데 지금은 찾아뵌 지 거의 두 달이 지났을 거야.”

“그래도 고모님이 부르셨다면 당장 달려갔을 거야.”

“그럼, 물론이지. 게다가 숙모님이 오브라이언이라는 간호사를 좋아하시고, 간호를 잘 받고 계시기도 하고. 그래도 우리가 좀 소홀했던 건 사실이야. 이건 금전적인 측면이 아니라 인간적인 측면에서 하는 이야기라고.”

엘리너는 고개를 끄덕였다.

“알아.”

“그러니까 그 불쾌한 편지가 결국에는 좋은 일을 한 거네! 우리 이익도 관리할 겸 사랑하는 숙모님도 뵐 겸 내려가게 됐으니까!"

로더릭은 성냥을 켜더니 엘리너에게 건네받은 편지에 불을 붙이며 말했다.

"누가 보낸 걸까? 상관은 없지만…… 어렸을 때 표현을 빌리자면 '우리 편'이 보냈겠지. 어쩌면 고마운 일일지도 몰라. 짐 파팅턴의 어머니가 리비에라로 거처를 옮기면서 젊고 잘생긴 이탈리아 의사를 데리고 갔는데, 완전히 푹 빠져서 전 재산을 넘겼잖아. 짐과 누이들이 유언장을 번복하려고 했지만 소용이 없었지."

"고모님도 랜섬 선생님의 후임으로 온 의사를 좋아하지만 그 정도는 아니야! 아무튼 그 끔찍한 편지에서 아가씨라고 했으니까 분명 메리일 거야."

"직접 내려가서 확인해 보자고……."

II

웰먼 부인의 침실에서 나온 오브라이언이 부지런히 화장실로 달려가며 어깨 너머로 말했다.

"얼른 주전자 올려놓을게요. 차 한잔하면서 잠깐 숨 돌릴 시간은 되죠?"

홉킨스가 기분 좋게 대답했다.

"그럼, 차 한 잔 마실 시간이야 언제든지 되지. 맛있고 진한 차 한

잔만 한 게 없거든!"

오브라이언이 주전자를 채우고 가스풍로를 켜며 말했다.

"이 찬장 안에 찻주진자며 컵이며 설탕이며 모든 게 있고, 에드너가 하루에 두 번씩 신선한 우유를 갖다 줘요. 하루 종일 종을 울려댈 필요가 없죠. 그리고 이 가스풍로는 성능이 참 좋아요. 눈 깜짝할 시간이면 물이 끓는다니까요?"

오브라이언은 키가 큰 빨간 머리의 30대 여성으로, 새하얗게 반짝이는 치아와 주근깨 많은 얼굴, 붙임성 있는 미소가 특징이었다. 그녀는 쾌활하고 생기 넘치는 성격 때문에 환자들에게 인기가 많았다. 홉킨스는 지구(地區) 전담 간호사(영국 공공 의료의 일환으로 환자가 있는 집을 돌며 투약 등의 기본 업무를 맡는 간호사 — 옮긴이)로 육중한 노부인의 침대 정리와 용변 처리를 도우러 매일 아침 찾아오는, 유능하며 활기찬 분위기와 수수한 외모의 중년이었다.

홉킨스가 맞장구를 쳤다.

"이 집은 모든 게 아주 정리가 잘되어 있어."

오브라이언은 고개를 끄덕였다.

"예. 몇 개는 구식이고 중앙난방도 아니지만, 히터가 충분하고 하녀들도 순한 데다 비숍 부인이 하녀 관리를 잘하더라고요."

"요즘 아이들은 정말 못 봐 주겠어. 대부분 자기가 뭘 하고 싶은지도 모르고, 무슨 일이든 제대로 할 줄 몰라."

"메리 제라드는 괜찮은 아가씨예요. 그 아이가 없었다면 웰먼 부인이 어떻게 지냈을지 모르겠어요. 요즘 얼마나 찾는지 보셨어요?

아무튼 매력적인 아이예요. 웰먼 부인을 다룰 줄도 알고."

"내가 보기에는 불쌍하더라. 늙은 아버지가 심술을 부리지 못해 안달이 났으니 말이야."

"그 늙은 심술쟁이는 교양 있는 말이라고는 한마디도 모르는 인간이라니까요. 어머, 주전자에서 소리가 나네요. 물이 끓자마자 차를 넣을게요."

뜨겁고 진한 차가 만들어졌다. 두 간호사는 차를 들고, 웰먼 부인 침실 바로 옆에 있는 오브라이언의 방으로 가서 앉았다.

오브라이언이 이야기를 꺼냈다.

"웰먼 씨하고 칼라일 양이 내려온대요. 오늘 아침에 전보가 왔어요."

"그랬구나. 노부인이 어쩐지 들뜬 표정이더라니. 두 사람이 들른 지 좀 되지 않았나?"

"두 달이 조금 넘었을 거예요. 웰먼 씨는 참 멋진 신사예요. 너무 거만해 보이긴 하지만."

"요전번에 《태틀러》에서 그 아가씨 사진을 봤어. 친구랑 뉴마켓에 갔더라."

"사교계에서 유명하죠? 늘 보면 옷이 참 근사하더라고요. 간호사 님이 보기에는 그 아가씨가 정말 예쁜 것 같아요?"

"화장을 하고 다니니 정말은 어떻게 생겼는지 알 길이 있나! 내가 보기에는 메리 제라드보다 못한 것 같은데!"

오브라이언은 입술을 오므리며 고개를 갸우뚱했다.

"그럴지도 모르죠. 하지만 메리는 스타일이 없잖아요!"

홉킨스가 설교 투로 말했다.

"옷이 날개라잖아."

"차 한 잔 더 드릴까요?"

두 여자는 김이 모락모락 나는 찻잔을 사이에 두고 좀 더 바짝 다가앉았고, 오브라이언이 다시 입을 열었다.

"어젯밤에 이상한 일이 있었어요. 평상시처럼 2시에 잠자리를 살피러 갔더니 부인이 잠을 자지 않고 누워 계시더라고요. 그런데 꿈을 꾸었는지 제가 방 안에 들어서자마자 이러시지 뭐예요. '사진. 사진이 있어야 돼.' 그래서 제가 말했죠. '알겠어요, 웰먼 부인. 그런데 아침까지 기다리는 게 좋지 않을까요?' 그랬더니 '아니, 지금 당장 보고 싶어.'라고 하시더군요. 그래서 물었죠. '그럼 그 사진이 어디 있는데요? 로더릭 씨 사진 말씀인가요?' 그랬더니 이러시는 거예요. '로더……릭? 아니, 루이스.' 그러면서 버둥거리기에 일으켜 드렸더니 침대 옆 작은 상자에서 열쇠를 꺼내 주면서 2층 옷장 두 번째 서랍을 열어 보라더군요. 서랍을 열었더니 은색 액자에 담긴 커다란 사진이 있지 않겠어요? 어찌나 미남이던지. 한쪽 구석에 '루이스'라고 적혀 있었어요. 물론 아주 오래전에 찍은 낡은 사진이었죠. 사진을 드렸더니 손에 들고 한참을 물끄러미 쳐다보시더라고요. '루이스…… 루이스.' 이렇게 중얼거리면서. 그러더니 한숨을 내쉬고는 제자리에 다시 갖다 놓으라며 저한테 주셨어요. 그런데 나가다가 고개를 돌리고 봤더니 어린아이처럼 새근새근 잠이 드신 거예요."

"남편 사진이었을까?"

"아뇨! 오늘 아침에 비숍 부인한테 지나가는 투로 돌아가신 웰먼 씨의 이름이 뭐냐고 물었더니 헨리라는 거예요!"

두 여자는 눈짓을 주고받았다. 홉킨스의 길쭉한 코끝이 흥미롭다는 듯 살짝 떨렸다. 그녀가 생각에 잠긴 투로 말했다.

"루이스…… 루이스라. 궁금하네. 이 근처에는 그런 이름을 가진 사람이 없는데."

"오래전 일이잖아요."

"그렇지. 그리고 나는 여기 온 지 몇 년밖에 안 됐으니까. 궁금하네……."

"정말 미남이더라고요. 기병대 장교 같았어요."

홉킨스는 차를 홀짝이며 말했다.

"아주 흥미진진한데?"

오브라이언이 상상에 잠긴 목소리로 말했다.

"어쩌면 한 쌍의 소년, 소녀였을 때 잔인한 아버지가 두 사람을 갈라놓았을지 모르죠……."

홉킨스는 깊은 한숨을 내쉬었다.

"어쩌면 전사했을지도 모르고……."

III

차와 낭만적인 상상으로 충전한 홉킨스가 드디어 집을 나섰을 때 메리 제라드가 밖으로 달려 나와 그녀를 따라잡았다.

"간호사님, 읍내까지 같이 걸어도 될까요?"

"물론이지."

메리 제라드는 숨도 쉬지 않고 이야기를 꺼냈다.

"간호사님하고 의논을 해야겠어요. 모든 게 너무 걱정이 돼서요."

중년의 간호사는 다정한 눈빛으로 그녀를 쳐다보았다.

스물한 살인 메리 제라드는 들장미처럼 비현실적인 분위기를 풍기는 사랑스러운 아가씨였다. 길고 가냘픈 목, 완벽한 두상 위로 자연스럽게 굽이치는 옅은 금발 그리고 새파란 눈동자.

"뭐가 그렇게 걱정이니?"

"시간은 계속 흘러가는데 아무것도 안 하고 있는 거요!"

홉킨스는 무덤덤하게 대꾸했다.

"시간은 충분하잖아."

"하지만 너무…… 너무 불안해요. 고맙게도 웰먼 마님이 비싼 학비를 다 대 주셨는데, 이제는 제 손으로 생활비를 벌어야 하지 않겠어요? 무슨 교습이라도 받아야 하지 않을까요?"

홉킨스는 동감이라는 듯 고개를 끄덕였다.

"안 그러면 모든 게 부질없는 짓이 되잖아요. 마님께 제 생각을 말씀드리려는데…… 잘 안 돼요. 이해를 못 하시는 눈치예요. 계속 시간은 충분하다는 말씀만 하시고."

"몸이 편찮으시잖니."

메리는 실수했다는 생각에 얼굴을 붉혔다.

"예, 그렇죠. 제가 귀찮게 해 드리면 안 되는데. 하지만 걱정도 되고…… 아버지가 너무…… 너무 지독하게 구세요. 고상한 숙녀가 됐다며 계속 놀리시거든요! 하지만 사실 저는 아무것도 하지 않고 가만히 앉아 있기 싫은데!"

"그야 나도 알지."

"문제는 뭐든 교습을 받으려면 만만치 않은 비용이 든다는 거예요. 독일어를 잘하니까 그걸로 어떻게 해 볼 수 있을 것 같은데. 하지만 실은 간호사가 되고 싶어요. 병든 사람들을 돌보는 게 좋거든요."

홉킨스는 냉정하게 말했다.

"간호사가 되려면 아주 튼튼해야 해."

"저도 튼튼해요! 그리고 간호사 일이 정말 좋다고요. 뉴질랜드에 사는 이모가 간호사였어요. 그러니까 그런 핏줄을 물려받은 거죠."

"마사지는 어떻니? 놀랜드에서 유치원 교사 자격증을 따는 건? 넌 아이들을 좋아하잖아. 마사지를 배우면 돈도 많이 벌 거야."

메리가 회의적인 눈치였다.

"교습비가 비싸겠죠? 어쩌면…… 하지만 너무 욕심을 부리는 거겠죠……. 이미 그렇게 많은 걸 해 주셨는데."

"웰먼 부인 말이니? 무슨 그런 걱정을 하니. 그 정도는 해 주실 것 같은데? 너한테 일급 교육을 받게 했지만, 사는 데 도움이 되는 교육은 아니었잖아. 선생님이 되는 건 어때?"

"제가 선생님이 될 만큼 똑똑하지는 않잖아요."

"그러게 머리, 머리가 좋아야 한다니까! 메리, 내가 시키는 대로

당분간은 좀 참고 지내렴. 좀 전에도 이야기했다시피 내가 보기에
는 웰먼 부인이 네 첫 출발 정도는 도와주셔야 할 것 같거든. 아마
그러실 생각일 거야. 그런데 사실 문제가 뭐냐면 부인이 너를 워낙
좋아하기 때문에 곁에 두고 싶어 한다는 거지."

메리는 한숨을 내뱉었다.

"아! 정말 그럴까요?"

"그렇다마다! 몸 한쪽이 마비돼서 아무것도, 어느 누구도 위안이
안 되는, 어찌 보면 무기력하고 가엾은 노부인이잖니. 그러니까 너
처럼 젊고 예쁜 아가씨가 집 안에 있는 게 얼마나 위안이 되겠니.
너는 환자를 간호하는 데 소질이 있어."

메리가 부드럽게 말했다.

"그렇게 생각하신다니 기분이 한결 좋아졌어요. 저는 마님이 정
말, 정말 좋아요! 마님을 위해서라면 뭐든지 할 거예요!"

홉킨스는 무덤덤하게 말했다.

"그럼 지금 그 자리에서 아무 걱정도 않는 게 부인을 가장 위하는
길이야. 얼마 남지도 않은걸."

"그 말씀은……?"

메리는 겁에 질린 표정으로 눈을 휘둥그레 떴다.

홉킨스는 고개를 끄덕였다.

"꿋꿋하게 견디고 계시지만 얼마 남지 않았어. 조만간 두 번째 발
작, 세 번째 발작이 찾아올 거야. 그 과정이야 내가 너무 잘 알지. 그
러니까 조금만 참으렴. 부인의 여생을 행복하고 충만하게 만들어

드리는 것이야말로 값진 일이잖니. 살아 있는 사람들을 위한 시간
은 언젠가 오기 마련이고."

"정말 감사합니다."

"너희 아버지가 문간채에서 나오는구나. 기분이 안 좋아 보이는데?"

두 사람은 큼지막한 철문 앞으로 다가가는 중이었다. 문간채에서
나온 허리가 굽은 노인이 다리를 절며 힘겹게 두 계단을 내려디딘
참이었다.

홉킨스가 명랑한 목소리로 인사를 건넸다.

"안녕하세요, 제라드 씨."

이프리엄 제라드는 무뚝뚝하게 대답했다.

"아, 네!"

"날씨 좋죠?"

제라드 영감은 심술궂게 대꾸했다.

"그쪽이 보기에는 좋겠지요. 나는 요즘 요통에 시달려 놔서."

홉킨스는 여전히 명랑한 목소리로 말했다.

"지난주에 날이 궂어서 그랬을 거예요. 지금은 이렇게 덥고 건조
하니까 금세 괜찮아질 거예요."

영감은 간호사 특유의 기운찬 목소리에 짜증이 났는지 퉁명스럽
게 대꾸했다.

"간호사, 간호사들은 다 똑같다니까. 남들은 아프다는데 즐겁게
떠들기나 하고. 당신이야 아무 상관 없다는 거겠지! 우리 딸도 간호
사가 되겠다는데, 프랑스어에 독일어에 피아노에, 잘난 학교에서 온

갖 것들을 배우고 외국 여행까지 했으니 그보다 더 잘난 사람이 되어야 하지 않나 몰라."

메리가 아버지에게 날카롭게 쏘아붙였다.

"병원 간호사도 저한테는 과분한 자리예요!"

"그렇겠지. 그러고는 조만간 아무 일도 안 하겠지. 잘난 척, 우아한 척, 고상한 숙녀는 일을 하지 않는다는 식으로 우쭐대고 다니면서. 게으름이나 피우는 거. 그걸 하고 싶은 거 아니냐!"

메리는 눈물을 글썽이며 외쳤다.

"아니에요, 아빠. 아빠 그런 말을 할 권리도 없잖아요!"

홉킨스가 짐짓 장난스럽게 중재에 나섰다.

"오늘 아침에는 우리 모두 조금 저기압인 모양이네요. 제라드, 진심으로 하는 말은 아니겠죠? 메리가 얼마나 착한 아가씨고 착한 딸인데."

제라드는 증오에 가까운 눈빛으로 딸을 쳐다보았다.

"프랑스어에 역사에 잘난 척하는 말투에, 요즘은 내 딸 같지도 않소이다! 흥!"

그러고는 고개를 홱 돌리고 문간채로 다시 들어가 버렸다.

메리가 여전히 눈물을 글썽이며 입을 열었다.

"저것 보세요, 간호사님. 얼마나 힘든지 아시겠죠? 정말 너무하세요. 어렸을 때부터 아빠는 저를 좋아하지 않으셨어요. 엄마가 항상 제 편을 들어 주셨죠."

홉킨스는 다정하게 달랬다.

"자, 자, 걱정은 금물이야. 이게 다 우리를 시험하려고 생기는 일들이란다. 이런, 서둘러야겠다. 오늘 아침에는 돌아보아야 할 곳이 많은데."

메리 제라드는 씩씩하게 퇴장하는 홉킨스의 뒷모습을 바라보며, 이 세상에서 자신을 정말로 위하거나 도울 수 있는 사람은 아무도 없다는 쓸쓸한 생각을 했다. 홉킨스도 친절하기는 하지만, 진부한 충고를 끄집어내서 참신한 발상인 양 이야기하는 것이 전부였다.

메리는 우울한 마음으로 생각에 잠겼다.

'어떻게 하면 좋을까?'

2장

I

웰먼 부인은 조심스럽게 쌓은 베개에 기대어 누워 있었다. 숨소리가 조금 묵직했지만, 잠이 든 것은 아니었다. 조카 엘리너를 닮은 깊은 푸른색의 두 눈이 천장을 올려다보았다. 그녀는 체구가 크고 육중한 편이었고, 매를 닮은 옆모습은 잘생겼다는 표현이 더 어울렸다. 얼굴에는 자부심과 굳은 결의가 어려 있었다.

밑으로 향했던 시선이 창가에 앉은 사람에게로 옮겨 갔다. 그곳에 다정하게 머문 눈빛은 동경에 가까운 표정을 담고 있었다.

마침내 웰먼 부인이 입을 열었다.

"메리……."

젊은 여자는 재빨리 고개를 돌렸다.

"아, 마님. 일어나셨네요."

"응, 아까부터 깨어 있었어."

"그러신 줄 몰랐어요. 저는……."

웰먼 부인이 말허리를 잘랐다.

"아니, 괜찮아. 생각하는 중이었거든. 이런저런 일들을."

"그러셨어요?"

인정 넘치는 표정과 관심 어린 목소리에 노부인의 얼굴은 더한층 온화해 보였다. 웰먼 부인이 다정하게 말했다.

"난 네가 참 좋구나. 나한테 너무 잘하기도 하고."

"마님이 저한테 잘해 주셨죠. 마님이 안 계셨다면 제가 뭘 할 수 있었겠어요! 마님이 저를 위해서 모든 걸 해 주셨으니까요."

"모르겠구나, 모르겠어. 물론……."

병석에 누운 노부인이 꼼지락거리자 오른팔이 실룩거렸다. 왼팔은 꼼짝 않고 축 늘어져 있었다.

"누구나 최선을 다하려고 하지만, 어떤 게 최선인지, 어떤 게 옳은 일인지 파악하기가 워낙 어려우니까. 나는 항상 너무 자신만만했어……."

"아니에요. 제가 보기에 마님은 어떤 게 최선이고 올바른 일인지 항상 알고 계세요."

하지만 로라 웰먼은 고개를 저었다.

"아냐, 그렇지가 않아. 걱정이 되는구나. 메리, 나를 끊임없이 따라다니는 죄가 하나 있는데, 너무 자신만만하다는 거야. 자만심은 악마로 돌변할 수 있거든. 그게 우리 집안의 유전이란다. 엘리너도 그렇지."

메리가 얼른 말했다.

"엘리너 아가씨와 로더릭 도련님이 내려오면 좋으시겠어요. 한결
기운이 나시겠죠? 두 분, 오랜만에 내려오네요."

웰먼 부인이 부드럽게 말했다.

"둘 다 착한 아이들이야. 아주 착한 아이들이지. 그리고 둘 다 나
를 좋아하고. 내가 부르기만 하면 그 길로 달려올 거야. 하지만 자주
부르고 싶지는 않아. 젊고 행복하고 앞길이 창창한 아이들인데, 벌
써부터 썩어 문드러지고 고통스러운 곳으로 불러들일 필요는 없으
니까."

"두 분은 절대 그런 식으로 생각하지 않을 거예요."

웰먼 부인은 계속 말했다. 앞에 앉아 있는 메리에게 하는 이야기
라기보다는 혼잣말에 가까웠다.

"예전부터 둘이 결혼하기를 바랐지. 하지만 그런 이야기는 한 번
도 꺼낸 적이 없어. 젊은 사람들은 워낙 엇나가거든. 그랬다가는 둘
사이를 멀어지게 했을 거야! 아주 오래전, 어렸을 때부터 엘리너가
로더릭을 마음에 둔 건 알고 있었어. 하지만 로더릭에 대해서는 자
신이 없더구나. 재미있는 아이거든. 헨리가 그랬지. 말이 없고 까다
롭고…… 그래, 헨리가 그랬지……."

그녀는 죽은 남편을 떠올리며 잠깐 침묵을 지켰다.

"오래전, 아주 오래전에…… 결혼한 지 겨우 5년밖에 안 됐을 때
그이가 죽었어. 양측 폐렴으로……. 우리는 행복했지. 그럼, 아주 행

복했고말고. 하지만 우리의 행복은 어쩐지 꿈 같았어. 나는 엉뚱하고 진지하고 어리숙한 여자였지. 머릿속이 별의별 생각과 영웅 숭배로 가득 차서 현실성이라고는 없는……."

"그 뒤로 많이 외로우셨겠네요."

"그 뒤로? 아, 그럼. 무척 외로웠지. 그때가 스물여섯 살이었는데…… 지금은 예순이 넘었구나. 아주 긴 시간이란다. 길고 긴 시간이지."

순간 부인의 말투가 신랄하게 바뀌었다.

"그런데 지금은 이런 꼴이라니!"

"편찮으신 것 말씀이세요?"

"그래. 난 예전부터 뇌졸중이 무서웠어. 얼마나 비참하니! 갓난아이처럼 남이 씻기고 보살펴 주어야 하다니! 혼자서는 아무것도 할 수 없고. 정말 미칠 것 같다니까. 오브라이언은 착한 여자야. 나도 그건 알고 있단다. 내가 딱딱거려도 언짢아하지 않고, 다른 간호사들처럼 멍청하지도 않고. 하지만 메리, 네가 있어서 얼마나 위안이 되는지 몰라."

메리는 얼굴을 붉혔다.

"그러세요? 다…… 다행이네요, 마님."

로라 웰먼이 눈치 빠르게 물었다.

"요즘 걱정이지? 진로 문제 때문에. 그 문제는 나한테 맡겨 두렴. 독립하고 일할 수 있을 만한 수단을 마련해 줄 테니까. 하지만 조금만 기다려 주겠니? 네가 여기 있는 게 무척 큰 힘이 되거든."

"당연하죠. 당연하고말고요! 절대 마님 곁을 떠나지 않을게요. 마님이 있으라고 하시면……."

로라 웰먼의 목소리가 평소와 다르게 굵고 낮게 깔렸다.

"그래 주렴. 넌…… 넌 내 딸이나 마찬가지란다, 메리. 네가 아장아장 걸을 때부터 이곳 헌터베리에서 자라는 모습을 보았지. 어여쁜 숙녀로 자라는 모습을……. 네가 자랑스럽다. 지금까지 내가 한 일들이 너를 위해서 가장 훌륭한 선택이었길 바랄 뿐이야."

메리가 얼른 대답했다.

"저한테 너무나 잘해 주시고 제 처지에 과분한 교육을 받게 해 주신 것 말씀이라면…… 제가 거기에 불만이 있다거나 그 때문에 아버지 말씀처럼 고상한 숙녀인 양 착각하게 되었다고 생각하신다면, 전혀 그렇지가 않아요. 너무나 감사할 따름이에요. 제가 돈을 벌려고 조바심을 내는 건 그래야 할 것 같기 때문이에요. 그러니까…… 그러니까 마님이 그만큼 해 주셨는데 아무것도 하지 않으면 안 되잖아요. 마님께 빌붙어 사는 것처럼 보이고 싶지는 않아요."

웰먼 부인이 날이 선 목소리로 말했다.

"제라드가 그런 식으로 너를 세뇌시킨 게로구나? 메리, 네 아버지는 신경 쓰지 마라. 나는 네가 빌붙어 산다고 생각한 적은 단 한 번도 없고, 앞으로도 그럴 테니까! 여기 좀 더 있어 달라고 부탁하는 이유는 순전히 나를 위해서야. 그나마도 조만간 끝이 나겠지……. 순리대로 일을 처리했다면 이 자리에서 지금 당장 인생을 끝낼 수 있을 텐데. 간호사다 의사다 뭐다 얼빠진 짓거리를 벌이면서 질질

끌지 않고."

"무슨 말씀이세요. 로드 선생님 말씀으로는 앞으로도 몇 년은 사실 수 있댔어요."

"고맙지만 전혀 그럴 생각 없구나! 요전날 꽤 정신이 또렷할 때 의사 선생한테 뭐라 그랬는지 아니? 내가 이제 그만 끝내고 싶다고 고상하게 언질을 주면 잘 듣는 약을 써서 고통 없이 보내 달라고 했지. '용기가 있으면 무슨 수를 써서라도 해 주시겠지!' 하면서."

메리가 큰 소리로 말했다.

"어머나! 그랬더니 선생님이 뭐라고 했어요?"

"그 버르장머리 없는 젊은 양반은 씩 웃더니 교수형의 위험을 감수할 생각은 없다더구나. '물론 웰먼 부인께서 전 재산을 물려주신다면 이야기가 달라지겠지만요!' 하면서. 뻔뻔스럽고 건방진 인간 같으니라고! 하지만 그 친구가 마음에 들어. 그 친구 얼굴을 보는 게 약보다 더 효과가 있다니까."

"맞아요. 아주 좋은 분이죠. 오브라이언 씨가 그분 생각을 많이 하더라고요. 홉킨스 씨도 마찬가지고요."

"홉킨스도 그 나이가 됐으면 정신을 좀 차려야 할 텐데. 오브라이언은 의사 선생이 다가오기만 하면 억지웃음을 짓고 '어머, 선생님.' 하면서 리본 장식을 흔들어 댄단다."

"딱하기도 하네요, 오브라이언 씨."

웰먼 부인이 너그럽게 말했다.

"오브라이언이 못됐다는 건 아니야. 하지만 간호사들은 나를 짜

증 나게 만들거든. 하나같이 내가 새벽 5시에 맛있는 차 한 잔을 마
시고 싶어 할 거라고 생각한다니까!"

부인이 문득 말을 멈추었다.

"이게 뭐지? 자동차 소리 아닌가?"

메리가 창밖을 내다보았다.

"예. 자동차 소리예요. 엘리너 아가씨와 로더릭 도련님이 도착했
네요."

II

웰먼 부인이 조카에게 말했다.

"너랑 로더릭이 잘돼서 정말 기쁘다."

엘리너는 고모를 보며 미소를 지었다.

"그러실 줄 알았어요, 로라 고모."

노부인은 잠시 망설이다 입을 열었다.

"그 아이를…… 사랑하니?"

엘리너의 단정한 눈썹이 위로 꿈틀댔다.

"그럼요."

로라 웰먼이 재빨리 덧붙였다.

"미안하구나, 애야. 네가 워낙 말이 없는 아이라서 무슨 생각을 하
는지, 어떤 기분인지 알아채기가 여간 어려워야 말이지. 너희 둘 다

지금보다 훨씬 어렸을 때 네가 로더릭을 좋아하는 것 같다고 생각하긴 했지. 지나치게 좋아하는 게 아닐까 싶었어……."

엘리너의 단정한 눈썹이 다시 한번 위로 꿈틀댔다.

"지나치게 좋아한다고요?"

노부인은 고개를 끄덕였다.

"그래. 지나치게 좋아하는 건 현명하지 못하거든. 어린 여자들이 가끔 그런 실수를 저지르지……. 네가 공부를 마치러 독일로 간다고 했을 때 어찌나 반갑던지. 다시 돌아온 너를 보니 그 아이한테 무관심해진 것 같더구나. 그런데 이번에는 그게 또 섭섭한 거야! 난 만족을 모르는 괘씸한 노인네라니까! 하지만 예전부터 짐작하건대 너는 불같은 기질이 있는 것 같아. 우리 집안에 그런 유전자가 있거든. 그런 성격의 소유자로서 별로 달갑지는 않다만……. 아무튼 말했다시피 독일에서 돌아온 네가 로더릭에게 무관심해 보였을 때 안타까웠단다. 둘이 사귀면 좋겠다는 게 내 한결같은 바람이었거든. 그런데 그렇게 되다니 잘됐지 뭐냐! 그나저나 정말로 로더릭을 사랑하니?"

엘리너는 침착하게 대답했다.

"충분히, 너무 지나치지는 않게 사랑해요."

웰먼 부인은 다행이라는 듯이 고개를 끄덕였다.

"그럼 행복하겠구나. 로더릭은 사랑이 필요한 성격이야. 하지만 격한 감정은 좋아하지 않지. 소유욕을 보이면 겁나서 달아날 거야."

엘리너가 울컥한 목소리로 대답했다.

"로더릭을 너무 잘 아시는군요!"

"로더릭이 너를 사랑하는 마음이 네가 로더릭을 사랑하는 마음보다 조금 크면 딱 좋을 게다."

엘리너는 날카롭게 대꾸했다.

"얘거서 이모의 상담 코너, 「남자 친구를 계속 추측하게 만들 것! 속을 너무 보여 주지 말 것!」"

이번에는 로라 웰먼이 날카롭게 물었다.

"행복하지 않은 거니? 무슨 문제라도 있는 거야?"

"아니에요. 아무것도 아니에요."

"내가 좀…… 저속한 것 같니? 그래, 넌 아직 젊고 감수성이 풍부하지. 그런데 내 생각에는 인생이 원래 좀 저속하지 않나 싶어."

엘리너는 조금 씁쓸한 목소리로 대꾸했다.

"그런 것 같아요."

"얘야, 행복하지 않은 거니? 뭔데 그래?"

"아무것도 아니에요. 정말 아무것도 아니에요."

그녀는 자리에서 일어나 창문 쪽으로 다가갔다. 그러고는 반쯤 몸을 돌린 채 말했다.

"고모, 솔직하게 말씀해 주세요. 사랑이 늘 행복한 거라고 생각하세요?"

웰먼 부인의 표정이 진지해졌다.

"네가 말하려는 그런 관점에서 보면 아니, 그렇지 않을 게다……. 다른 인간을 열정적으로 사랑하는 것은 항상 기쁨보다 슬픔을 안겨 주지. 하지만 엘리너, 인간이라면 그런 경험이 있어야 해. 진정

으로 사랑해 본 적 없는 사람은 진정으로 살아 본 적 없는 사람이거
든······."

젊은 아가씨는 고개를 끄덕였다.

"맞아요, 고모도 이해하시죠. 그게 어떤 건지 아실 테니까······."

엘리너가 묻는 듯한 눈빛으로 갑자기 고개를 돌렸다.

"로라 고모······."

그때 문이 열리면서 빨간 머리의 오브라이언이 들어와 활기찬 목
소리로 말했다.

"웰먼 부인, 의사 선생님이 검진하러 오셨어요."

III

로드는 서른두 살의 젊은 남자였다. 모래색 머리카락, 못생겼지만
호감이 가는 주근깨투성이 얼굴, 유별나게 각이 진 턱이 특징이었
다. 두 눈은 예리하고 날카로운 파란색이었다.

"안녕하세요, 웰먼 부인."

"안녕하세요, 로드 선생. 이쪽은 조카, 칼라일 양이에요."

로드 선생의 꾸밈없는 얼굴 위로 감탄하는 표정이 역력하게 드러
났다. 그는 "처음 뵙겠습니다." 하고 인사를 건넸다. 그러고는 부러
질까 겁난다는 듯 엘리너가 내민 손을 조심스럽게 잡았다.

웰먼 부인이 말을 이었다.

"이 고모의 기운을 북돋워 주겠다고 엘리너와 조카가 내려왔답니다."

"잘됐군요! 부인께 마침 필요한 일이있는데! 징담하건대 덕분에 많이 좋아지실 겁니다, 웰먼 부인."

의사는 여전히 감탄하는 표정으로 엘리너를 쳐다보고 있었다.

엘리너가 문 쪽으로 걸어가며 말했다.

"떠나시기 전에 잠깐 뵐 수 있을까요, 로드 선생님?"

"아…… 어…… 예, 물론입니다."

그녀는 밖으로 나가면서 문을 닫았다. 로드 선생은 팔랑거리는 오브라이언을 뒤에 거느린 채 침대 쪽으로 다가갔다.

웰먼 부인이 눈을 반짝이며 말했다.

"평소하고 똑같은 속임수를 동원할 거죠, 선생님? 맥박, 호흡, 체온. 의사들은 정말 사기꾼이라니까!"

오브라이언이 한숨을 쉬며 말했다.

"웰먼 부인, 의사 선생님한테 그게 무슨 말씀이세요!"

로드 선생은 눈을 반짝이며 말했다.

"오브라이언 씨, 웰먼 부인이 저를 제대로 파악하신 거예요. 부인, 그래도 저는 할 일을 해야 합니다. 제가 문제점이 있다면 환자 머리맡에서 지켜야 할 예절을 배우지 못한 거죠."

"그 정도면 훌륭하세요. 사실 자부심을 느껴도 될 정도랍니다."

피터 로드는 이 말을 듣고 키득거렸다.

"그야 부인 생각이고요."

의사는 몇 가지 일상적인 질문을 하고 대답을 들은 뒤 의자에 몸을 묻고 앉아 환자를 보며 미소를 지었다.

"아주 잘 견디고 계십니다."

"그럼 몇 주 내로 일어나서 집 안을 걸을 수 있나요?"

"그렇게 빨리는 안 될 겁니다."

"그렇겠죠. 이런 사기꾼! 이런 식으로 길게 누워서 갓난아이처럼 시중을 받으며 사는 게 무슨 의미가 있겠어요?"

"도대체 인생 자체가 무슨 의미일까, 이것이야말로 진정한 의문 아닐까요? '리틀 이즈'라는 중세의 근사한 발명품에 대해 읽어 보셨습니까? 그 안에서는 설 수도, 앉을 수도, 누울 수도 없죠. 그런 곳에 갇힌 사람은 몇 주 안에 죽지 않을까 싶으실 겁니다. 하지만 그렇지 않습니다. 그 무쇠 감옥 안에서 16년을 지내고 석방돼서 노년까지 건강하게 산 사람도 있답니다."

"무슨 말을 하고 싶은 건데요?"

"인간에게는 살려는 본능이 있다는 거죠. 인간은 살겠다고 이성적으로 마음먹었기 때문에 사는 게 아닙니다. 소위 '죽는 게 낫겠다' 싶은 사람들도 죽기를 바라지는 않는다는 겁니다! 살아야 할 모든 이유를 갖춘 사람들이 그냥 인생이라는 무대 밖으로 사라지는 이유는 싸울 힘이 없기 때문이죠."

"그래서요?"

"그렇다는 거죠. 부인은 뭐라시건 간에 정말로 '살고 싶어 하는' 사람에 속한다는 것! 몸은 살고 싶어 하는데, 머리에서 다르게 이야기하면 좋을 게 뭐가 있습니까?"

웰먼 부인이 갑작스럽게 화제를 바꿨다.

"이곳 생활은 어때요?"

피터 로드는 미소를 지었다.

"적성에 맞습니다."

"선생님처럼 젊은 사람 입장에서는 조금 귀찮지요? 전문의가 되고 싶지 않아요? 시골의 일반 개업의 일이 지루하지 않아요?"

로드는 모래색 머리를 저었다.

"아뇨. 저는 이 일이 좋습니다. 사람들이 좋고, 평범하고 일상적인 질환이 좋거든요. 아무도 모르는 질병의 희귀한 병균 연구를 파고 들고 싶지는 않습니다. 홍역, 수두, 기타 등등이 좋아요. 사람들마다 그런 병에 어떤 반응을 보이는지 관찰하는 것도 좋고요. 이미 알려진 치료법을 개선할 수 없는지 알아보는 것도 좋습니다. 저의 문제점은 야심이 전혀 없다는 겁니다. 저는 구레나룻이 길게 자라고, 사람들이 '그래, 우리 마을에는 로드 선생이 있지. 좋은 양반이야. 하지만 방법이 너무 구식이란 말이야. 젊은 아무개가 최신식이라던데, 그 사람을 부르는 게 낫지 않을까?'라는 말을 할 때까지 여기서 살 겁니다."

"흠. 이미 이 마을 파악을 끝낸 모양이군요!"

피터 로드는 자리에서 일어섰다.

"자, 이만 가 보겠습니다."

"조카애가 선생과 이야기하고 싶어 할 거요. 그나저나 그 아이, 어때요? 처음 만났지요?"

로드 선생의 얼굴이 순식간에 홍당무로 변했다. 눈썹까지 벌게질
정도였다.

"제가 보기에는…… 아! 정말 아름답더군요. 그리고…… 에……
똑똑하고 뭐 그렇겠죠."

웰먼 부인은 딴생각을 하는지 혼잣말을 중얼거렸다.

"그 아이는 너무 어리단 말이지……."

그러더니 큰 소리로 외쳤다.

"선생도 결혼을 해야죠."

IV

로더릭은 어슬렁어슬렁 정원을 거닐었다. 널찍한 잔디밭을 건너
보도를 따라가다 담이 쳐진 채소밭으로 들어갔다. 관리가 잘되어 있
었고, 채소도 풍성했다. 언젠가 엘리너와 헌터베리에서 살게 될까
하는 생각이 들었다. 아마 그렇지 않을까 싶었다. 로더릭은 그렇게
하고 싶었다. 그는 전원생활이 더 좋았다. 하지만 엘리너의 생각을
알 수가 없었다. 어쩌면 그녀는 런던에서 사는 것을 좋아할 수도 있
었다.

엘리너는 파악하기가 조금 어려운 여자였다. 무슨 생각을 하고,
어떤 기분인지 잘 드러내지 않았다. 그는 그런 점이 마음에 들었다.

모두들 자기 속이 어떻게 생겼는지 궁금해하는 줄 아는지, 무슨 생각이고 어떤 기분인지 주절주절 늘어놓는 사람들은 질색이었다. 늘 침묵이 좀 더 흥미로운 법이었다.

객관적으로 판단하건대 엘리너는 정말 완벽했다. 그녀는 신경에 거슬리거나 불쾌한 구석이 전혀 없었다. 보고 있으면 즐겁고, 이야기를 나누면 재미있는 상대였다. 가장 매력적인 동반자였다.

로더릭은 내심 흐뭇했다.

'그런 여자를 차지하다니 난 복도 많지. 나 같은 놈이 어디가 좋다는 건지 모르겠단 말이야.'

로더릭 웰먼은 까다롭기는 해도 거만한 성격은 아니었다. 그는 엘리너가 결혼을 승낙하다니 정말 뜻밖의 일이라고 생각했다.

그의 앞에 놓인 미래는 창창했다. 자신의 상황을 잘 아는 것은 언제나 그렇듯 축복이었다. 아마도 그와 엘리너는 조만간 결혼식을 올리지 않을까 싶었다. 물론 그것은 엘리너가 원할 경우의 이야기였고, 어쩌면 그녀는 조금 미루기를 바랄 수도 있었다. 다그치면 안 될 일이었다. 처음에는 생활이 좀 어려울 수도 있다. 하지만 걱정할 필요는 없었다. 그는 로라 숙모님이 앞으로도 오래 사시기를 진심으로 바랐다. 숙모님은 휴가 때면 이곳으로 초대하고 그가 무슨 일을 하는지 항상 관심을 보이는 등, 언제나 잘해 주신 고마운 분이었다.

숙모님의 죽음에 생각이 미치자 머릿속이 움찔거렸다. (그의 머릿속은 기분 나쁜 장면이 구체적으로 떠오를 때마다 움찔거렸다.) 기분 나쁜 일을 너무 생생하게 상상하고 싶지는 않았다. 하지만……

음…… 그 이후에는…… 이곳에서 아주 행복하게 살 수 있을 것이다. 생활비도 넉넉할 테니 말이다. 숙모님이 정확히 어떤 식으로 유산을 남길 생각인지 궁금해졌다. 사실 그게 중요한 문제는 아니었다. 남편과 부인, 어느 쪽이 돈을 갖는지를 상당히 중요하게 생각하는 여자들도 있을 것이다. 하지만 엘리너는 그렇지 않았다. 그녀는 눈치가 빨랐고, 돈에 집착하지 않았다.

'걱정할 건 아무것도 없어. 무슨 일이 생기더라도!'

로더릭은 맞은편 문을 통과해 담이 처진 채소밭을 빠져나왔다. 그곳에서 이번에는 봄이면 나팔수선화가 활짝 피는 조그만 숲 쪽으로 정처 없이 발걸음을 옮겼다. 물론 지금은 나팔수선화가 지고 없었다. 하지만 숲을 헤치고 들어온 초록 햇살이 너무나 싱그러웠다.

순간, 정체 모를 불안감이 엄습했다. 평온했던 마음에 파문이 일었다. 말하자면 이런 기분이었다.

'무언가 있어…… 나한테 없는 것…… 내가 갖고 싶어 하는…… 갖고 싶어 하는…… 무언가.'

싱그러운 초록빛 햇살, 상쾌한 대기. 이와 함께 맥박이 빨라지고, 피가 끓고, 갑작스럽게 조바심이 났다.

한 여자가 나무 사이로 그를 향해 걸어왔다. 윤기가 흐르는 옅은 금발에 장밋빛 피부를 한 여자였다.

'정말 예쁘다. 말로 표현할 수 없을 만큼 예뻐.'

정체 모를 무언가가 그를 붙잡았다. 그는 얼어붙은 사람처럼 꼼짝 않고 그 자리에 서 있었다. 세상이 빙글빙글 돌고 거꾸로 뒤집히면서 갑자기, 어처구니없이, 휘황찬란하게 미쳐 날뛰는 듯했다!

여자는 문득 발걸음을 멈추더니 다시 걸어오기 시작했다. 여자가 물고기처럼 입을 벌리고 멍하니 서 있는 그의 앞으로 다가왔다.

그녀가 약간 머뭇거리며 입을 열었다.

"저 기억 안 나세요, 로더릭 도련님? 하긴 세월이 워낙 많이 흘렀으니까. 문간채에 사는 메리 제라드예요."

"아…… 아…… 네가 메리 제라드라고?"

"예."

그녀는 조금 쑥스러운 듯이 설명을 덧붙였다.

"예전에 비해 변했죠?"

"응, 변했네. 몰…… 몰라보겠어."

로더릭은 가만히 서서 물끄러미 그녀를 쳐다보았다. 뒤에서 나는 발소리도 듣지 못했다. 메리는 그 소리를 듣고 고개를 돌렸다.

엘리너가 잠깐 동안 꼼짝 않고 서 있다 입을 열었다.

"안녕, 메리."

"안녕하세요, 엘리너 아가씨? 반가워요. 마님께서 아가씨가 내려오길 계속 기다리셨어요."

"그래, 찾아뵌 지 제법 됐지. 어…… 오브라이언 씨가 너를 불러달라고 해서. 고모님을 들어서 옮기려는데, 늘 너랑 같이 하던 일이라더구나."

"지금 당장 갈게요."

메리가 얼른 뛰어갔다. 엘리너는 그녀의 뒷모습을 물끄러미 바라보았다. 메리는 동작 하나하나가 우아한 달리기 선수였다.

로더릭이 나지막이 중얼거렸다.

"아탈란타(그리스 신화에 나오는 용감하고 걸음이 빠른 여자 사냥 꾼 — 옮긴이) 같다……."

엘리너는 아무 말도 하지 않았다. 잠깐 동안 조용히 서 있을 따름 이었다. 이윽고 입을 열었다.

"점심시간이 다 됐네. 이제 그만 들어가는 게 좋겠다."

두 사람은 나란히 집 쪽으로 걸어갔다.

V

"메리, 가자! 가르보가 나오는 대작 영화란 말이야. 파리의 모든 걸 보여 주는. 그리고 특급 작가가 시나리오를 썼대. 오페라로 만들 어진 적도 있고."

"테드, 고맙지만 내키지 않아."

테드 빅랜드는 화난 투로 말했다.

"요즘은 네 속을 정말 모르겠다. 너는 달라졌어. 180도 달라졌어."

"아니야, 그렇지 않아."

"달라졌어! 그 고상한 학교하고 독일 때문이겠지. 이젠 우리하고 수준이 안 맞는다, 이거 아냐."

"아니라니까, 테드. 난 그런 사람이 아니야."

메리는 완강히 부인했다.

원기 왕성하고 건장한 부류인 청년은 화를 누르고 그녀를 뜯어보았다.

"아니야, 맞아. 메리, 너는 이제 거의 요조숙녀나 다름없어."

메리는 느닷없이 씁쓸한 말투가 되었다.

"거의 그렇다는 건 그만큼 훌륭하지는 않다는 뜻이잖아."

그는 갑작스러운 깨달음을 얻은 사람처럼 대답했다.

"응, 그야 그렇지."

메리가 얼른 되받아쳤다.

"아무튼 요즘 세상에 누가 그런 데 신경 쓰니? 신사니 숙녀니, 그런 데 말이야!"

"예전만큼 중요한 문제는 아니지."

테드는 맞장구를 쳤지만, 생각에 잠긴 말투였다.

"그래도 분위기라는 게 있잖아. 메리, 넌 진짜 공작 부인이나 백작 부인이나 뭐 그런 사람 같아."

"그걸 칭찬이라고 하는 거야? 난 헌 옷 장수처럼 생긴 공작 부인도 여러 명 본 적 있는걸."

"그래도 무슨 뜻인지 알잖아."

위풍당당하고 넉넉한 풍채에 검은색 옷을 근사하게 차려입은 인물이 다가오더니 두 사람을 흘끗 노려보았다. 테드가 옆으로 한두 발자국 움직이며 말했다.

"안녕하세요, 비숍 부인."

비숍 부인은 우아하게 고개를 숙였다.

"안녕, 테드 빅랜드. 안녕, 메리."

비숍 부인은 돛을 전부 올린 배처럼 당당하게 두 사람 곁을 지나갔다.

테드는 공손하게 그녀의 뒷모습을 바라보았다.

메리가 중얼거렸다.

"저 아주머니야말로 정말 공작 부인 같지!"

"응, 품위가 있다니까. 볼 때마다 속이 뜨끔해."

메리는 느릿느릿 속말을 꺼냈다.

"비숍 부인은 나를 못마땅하게 생각해."

"말도 안 되는 소리 하지 마, 메리."

"진짜야. 나를 못마땅하게 생각한다니까. 늘 딱딱거리기만 하고."

테드가 똑똑한 척 고개를 끄덕이며 말했다.

"질투심 때문이겠지. 그뿐일 거야."

메리는 미심쩍다는 투였다.

"그럴지도 모르겠지만……."

"분명해. 오랫동안 헌터베리에서 가정부로 일하면서 집안을 쥐락펴락하고 모든 사람들한테 명령을 내렸는데, 이제 웰먼 부인이 너를 예뻐하니까 심란할 거 아냐! 그뿐이라니까."

메리는 이마를 살짝 찌푸렸다.

"바보 같은 소리지만, 나를 못마땅하게 생각하는 사람이 있으면 못 견디겠어. 사람들이 나를 좋아해 주면 좋겠어."

"너를 못마땅하게 생각하는 여자들이 있을 거야! 질투심이 많은 여자들은 네가 너무 예쁘다고 생각할걸?"

"질투는 정말 끔찍해."

테드는 천천히 말을 이었다.

"그럴지도 모르지. 하지만 엄연히 존재하잖아. 참, 지난주에 앨리도어에서 근사한 영화를 봤어. 클라크 게이블 나오는 거. 부인을 무시하는 백만장자가 주인공인데, 그 부인이 바람을 피우는 척하거든. 그런데 또 다른 남자가 나타나서……."

메리가 몸을 움직였다.

"미안, 테드. 이제 가 봐야겠다. 늦었어."

"어디 가려고?"

"홉킨스 씨랑 차를 마시기로 했어."

테드는 얼굴을 찌푸렸다.

"취향 참 독특하네. 홉킨스라면 우리 마을 최고의 떠버리잖아! 그 길쭉한 코를 여기저기 쑤시고 다니는 여자."

"나한테는 잘해 준단 말이야."

"아, 못된 사람이라는 뜻은 아니야. 다만 말이 많다는 거지."

"나 갈게."

메리는 화난 얼굴로 물끄러미 쳐다보는 테드를 남겨 둔 채 서둘러 발걸음을 옮겼다.

VI

홉킨스는 마을 끝자락의 조그만 오두막집에 살고 있었다. 메리가 찾아갔을 때 그녀는 막 들어왔는지 보닛 끈을 푸는 중이었다.

"아, 왔구나. 내가 좀 늦었지? 콜더컷 부인의 상태가 다시 악화됐거든. 그 바람에 구역을 도는 게 늦어졌어. 아까 보니까 거리 저쪽 끝에서 테드 빅랜드를 만나고 있던데."

메리는 다소 풀이 죽은 투로 대답했다.

"예……."

홉킨스는 주전자를 올려놓은 가스풍로 쪽으로 몸을 숙이고 있다가 홱 고개를 들었다.

그녀의 길쭉한 코가 실룩거렸다.

"그 아이가 뭐 특별한 얘기를 하던?"

"아뇨. 영화를 보러 가자고 했어요."

"그랬구나."

홉킨스가 얼른 덧붙였다.

"그래, 물론 테드도 괜찮은 아이고, 자동차 정비 공장에서 그럭저럭 일도 잘하고, 아버지가 이 일대 다른 농부들보다 재산도 많지. 그래도 테드 빅랜드의 부인 역할은 너한테 어울리지 않아. 지금까지 한 공부가 있잖아. 늘 하는 말이지만, 내가 너라면 기회를 봐서 마사지를 배우겠다. 돌아다니면서 그쪽 사람들을 만나 봐. 어쨌거나 네 인생은 네 것이잖니."

"생각해 볼게요. 마님도 요전번에 말씀하시더군요. 어찌나 감사하던지. 간호사님이 추측한 그대로였어요. 당분간은 여기 있어 달래요. 없으면 섭섭할 거라면서. 허지만 도와줄 테니까 앞날은 걱정 말라고 하셨어요."

홉킨스는 영 못 미더운 눈치였다.

"그런 생각을 종이에 적어 두었기를 바라자꾸나. 사람들은 병에 걸리면 이상해지거든."

"비숍 부인은 정말로 저를 싫어하는 걸까요? 아니면 제가 허튼 상상을 하는 걸까요?"

홉킨스는 잠깐 동안 곰곰이 생각했다.

"심술 맞게 굴기는 하지. 젊은 사람들이 인생을 즐기거나 뭘 하는 걸 못마땅해하는 부류야. 웰먼 부인이 너를 너무 예뻐한다 싶어서 화를 내는 것일 수도 있고."

그러고는 까르르 웃음을 터뜨렸다.

"내가 너라면 신경 쓰지 않겠다. 저 종이봉투 좀 열어 볼래? 도넛이 두세 개 들어 있을 거야."

3장

I

고모님 간밤 두 번째 발작 당장 걱정할 필요 없지만 시간 되면 내려오기 바람. 로드.

II

엘리너는 전보를 받자마자 로더릭에게 전화를 걸었고, 두 사람은 헌터베리행 기차에 몸을 실었다.

엘리너는 지난번에 내려갔다 온 이후로 일주일 동안 로더릭을 별로 만나지 않았다. 두 번인가 잠깐 보았을 때도 두 사람 사이에는 묘한 긴장감이 흘렀다. 로더릭은 꽃다발을 보냈다. 줄기가 긴 장미

꽃을 한 아름. 그로서는 이례적인 행동이었다. 함께 저녁 식사를 하는 자리에서는 어떤 음식과 음료가 좋은지 묻고 외투를 입고 벗을 때 유별나게 열심히 거드는 등, 평소보다 더 다정하게 굴었다. 엘리너의 눈에는 연기를 하는 것처럼 보였다. 헌신적인 약혼자 연기를.

하지만 엘리너는 혼잣말을 중얼거렸다.

"바보 같은 생각 하지 마. 모든 게 잘되어 가고 있잖아……. 너는 상상을 너무 잘해. 골똘히 생각하는 그 고약한 버릇, 너의 소유욕이 문제라고."

그녀는 조금 더 무심하게, 평소보다 냉담하게 그를 대해 왔다. 그런데 이렇게 갑작스러운 비상사태가 벌어지자 어색함은 사라지고, 자연스럽게 이야기를 나눌 수 있었다.

로더릭이 말했다.

"가엾은 숙모님. 지난번에 뵈었을 때는 아주 건강하셨는데."

"너무 가슴이 아프다. 고모님은 병석에 누워 있는 걸 질색하시는데 이제 전보다 더 꼼짝할 수 없게 되었으니 얼마나 끔찍하겠어! 생각해 보면 로더릭, 진심으로 원하는 사람에 한해서는 자유롭게 해방시켜 주어야 하지 않을까 싶어!"

"나도 그렇게 생각해. 문명인다운 선택을 하려면 그 방법밖에 없지 않을까? 동물들의 경우에는 고통을 덜어 주잖아. 인간에게 그럴 수 없는 이유는 인간의 천성으로 미루어 보았을 때 돈 때문에 평소 좋아하던 친척에게 살해당할 수 있기 때문이겠지. 그렇게 병세가 심각하지 않은데도 말이야."

엘리너가 곰곰이 생각하다 의견을 내놓았다.

"물론 의사의 손에 맡겨야지."

"그 의사가 사기꾼일 수도 있잖아."

"로드 선생님 같은 분은 믿어도 돼."

로더릭은 무심하게 말을 받았다.

"그래, 아주 정직해 보이더라. 좋은 사람 같았어."

III

로드 선생은 침대 위로 몸을 구부리고 있었다. 오브라이언이 그 뒤에서 서성거렸다. 그는 얼굴을 찡그린 채 환자의 입에서 흘러나오는 뭔지 모를 소리를 해석하려 애쓰고 있었다.

"예, 예. 자, 진정하세요. 시간은 많습니다. '그렇다'고 말하고 싶으시면 오른손을 살짝 들어 주세요. 걱정거리가 있으신가요?"

그렇다는 신호가 왔다.

"급한 일인가요? 그렇군요. 처리해야 할 일이 있는 겁니까? 누구를 부를까요? 칼라일 양? 그리고 웰먼 씨? 두 분 다 지금 오고 있습니다."

웰먼 부인이 다시 한번 웅얼웅얼 말을 하려고 했다. 로드 선생은 가만히 귀를 기울였다.

"두 분이 오면 좋겠지만 그게 아니라고요? 다른 사람을 부를까요? 친척입니까? 아니라고요? 사무적인 문제인가요? 알겠습니다.
돈과 관계가 있습니까? 변호사? 그렇죠? 담당 변호사를 만나고 싶
으신가요? 그 사람한테 시시할 일이 있으신가요? 자, 지, 괜찮습니
다. 진정하세요. 시간은 많습니다. 뭐라고 하셨습니까? 엘리너?"

발음이 부정확했지만 의사는 이름을 알아들었다.

"엘리너 양이 담당 변호사를 알고 있다고요? 엘리너 양이 그 사람
과 일을 처리하게 될 거라고요? 알겠습니다. 30분만 있으면 엘리너
양이 도착할 겁니다. 부인께서 원하는 게 무엇인지 말씀드리고 엘
리너 양을 도와서 깔끔하게 해결하겠습니다. 자, 이제 아무 걱정 마
세요. 저한테 맡기십시오. 부인께서 원하는 대로 처리해 드릴 테니
까요."

의사는 편히 쉬는 부인의 모습을 잠깐 지켜보다 조용히 움직여
층계참으로 나갔다. 오브라이언이 뒤를 따랐다. 홉킨스는 막 계단을
올라오는 참이었다. 의사는 고개를 숙여 인사했다. 홉킨스가 숨 찬
목소리로 말했다.

"안녕하세요, 선생님."

"안녕하세요, 홉킨스 씨."

의사는 두 사람과 함께 옆에 있는 오브라이언의 방으로 들어가
지시 사항을 전달했다. 홉킨스가 하룻밤 묵으며 오브라이언과 함께
부인을 돌볼 예정이었다.

"내일 상주 간호사를 한 명 더 확보해야겠어요. 스탬퍼드에 번진
디프테리아 때문에 난처하군요. 그곳 병원들도 일손이 달리는데."

로드 선생은 공손하게 귀를 기울이고 있는 두 간호사에게 지시를 내린 뒤(이럴 때면 가끔 뿌듯해지곤 했다.) 도착할 시간이 다 된 두 조카를 맞이하러 아래층으로 내려갔다.

의사는 현관에서 메리 제라드와 마주쳤다. 메리가 창백하고 걱정스러운 얼굴로 물었다.

"좀 나아지셨어요?"

"오늘 밤은 평온하게 보낼 수 있으실 겁니다. 제가 해 드릴 수 있는 일이 그뿐이네요."

메리는 낙심한 목소리였다.

"너무 잔인하고 너무 부당해요……."

의사는 동감이라는 듯이 고개를 끄덕였다.

"그렇죠. 가끔은 그렇게 느껴질 때도 있습니다. 제가 보기에는……."

이때 말허리가 잘렸다.

"차 소리가 들리네요."

의사는 현관 밖으로 나가고, 메리는 2층으로 달려 올라갔다.

엘리너가 큰 소리로 물으며 응접실로 들어섰다.

"상태가 아주 안 좋으신가요?"

로더릭은 창백하고 걱정스러운 얼굴이었다.

로드 선생이 진지한 목소리로 대답했다.

"조금 충격적인 소식이지만, 심하게 마비되셨어요. 무슨 말씀을 하시는지 거의 알아들을 수 없을 정도입니다. 그런데 걱정거리가 있으신 모양이에요. 변호사를 불러 달라시던데. 칼라일 양이 담당 변호사가 누구인지 안다면서요?"

엘리너가 얼른 대답했다.

"세던 씨예요. 사무실은 블룸스버리 광장에 있고요. 그런데 저녁 시간이니 퇴근하셨을 테고, 집 주소는 몰라요."

로드 선생이 걱정 말라는 듯이 말했다.

"내일도 시간은 충분합니다. 다만 한시라도 빨리 웰먼 부인의 마음을 편하게 만들어 드리고 싶을 뿐이죠. 지금 저와 함께 가실까요, 칼라일 양? 우리 둘이 힘을 합하면 부인을 안심시킬 수 있을 겁니다."

"예. 지금 당장 갈게요."

그 순간 로더릭이 자신의 희망 사항을 피력했다.

"나는 없어도 되겠지?"

그는 면목이 없었지만, 병실로 올라가 말도 못 하는 상태로 무기력하게 누워 있는 로라 숙모님을 만나야 한다니 신경이 곤두설 만큼 싫었다.

로드 선생이 얼른 나섰다.

"물론입니다, 웰먼 씨. 병실에 사람이 많은 것도 안 좋으니까요."

로더릭은 안심하는 기색이 역력했다.

로드 선생과 엘리너는 2층으로 올라갔다. 오브라이언이 환자 곁을 지키고 있었다.

로라 웰먼은 낮게 코 고는 소리를 내며 인사불성에 빠진 사람처럼 누워 있었다. 엘리너는 일그러지고 뒤틀린 숙모의 얼굴을 마주하고 충격을 받았는지 선 채로 바라보고만 있었다.

웰먼 부인이 갑자기 오른쪽 눈꺼풀을 떠는가 싶더니 눈을 떴다. 엘리너를 알아보았는지 표정이 희미하게 바뀌었다.

부인은 뭐라 말을 하려고 했다.

"엘리너……."

그녀가 무슨 말을 하려는지 모르는 사람이 들었다면 전혀 알아듣지 못했을 것이다.

엘리너가 얼른 대답했다.

"저 왔어요, 고모. 걱정거리가 있으시다면서요? 세던 씨를 부를까요?"

귀에 거슬리는 쉰 소리가 다시 한번 새어 나왔다. 엘리너가 무슨 소리인지 알아맞혔다.

"메리 제라드?"

그렇다는 의미로 웰먼 부인의 오른손이 천천히 부들부들 움직였다.

환자의 입에서 중얼중얼하는 소리가 길게 이어졌다. 로드 선생과 엘리너는 당황하며 미간을 찌푸렸다. 한 번, 또 한 번 똑같은 소리가 반복되었다. 마침내 엘리너가 알아들었다.

"조항이라고요? 유언장에 메리 제라드를 위한 조항을 넣어 달라고요? 그 아이한테 유산을 조금 물려주고 싶으신가요? 알겠어요, 고모. 그 정도야 간단하죠. 세던 씨가 내일 내려오면 모든 게 고모가 바라는 대로 처리될 거예요."

환자는 안심하는 눈치였다. 애원하는 듯하던 눈에서 고통스러운 표정이 사라졌다. 엘리너가 손을 잡자 손가락으로 지그시 누르는 기운이 느껴졌다.

웰먼 부인이 힘겹게 말을 이었다.

"너…… 모든 걸…… 너…….."

"예, 예, 모든 걸 저한테 맡기세요. 책임지고 고모가 바라는 대로 모든 걸 처리할게요!"

다시 한번 손가락으로 지그시 누르는 기운이 느껴졌다. 잠시 후 힘이 풀렸다. 눈꺼풀이 스르르 닫혔다.

로드 선생이 엘리너의 팔을 잡고 조심스럽게 밖으로 안내했다. 오브라이언이 다시 침대 맡에 앉았다.

층계참에서 홉킨스와 이야기를 나누던 메리 제라드가 앞으로 걸어 나왔다.

"아, 로드 선생님, 들어가도 될까요?"

의사는 고개를 끄덕였다.

"하지만 조용히 하고 소란 피우지 마세요."

메리가 병실로 들어갔다.

로드 선생이 입을 열었다.

"기차가 늦었군요. 사실…….."

이내 말끝을 흐렸다.

엘리너는 메리 쪽으로 고개를 돌린 채 뒷모습을 좇다가 갑작스러운 침묵을 알아차렸다. 이윽고 고개를 돌리고 묻는 듯한 눈빛으로 의사를 쳐다보았다. 그는 깜짝 놀란 얼굴로 그녀를 바라보고 있었다. 엘리너의 두 뺨이 붉게 물들었다.

엘리너가 황급히 입을 열었다.

"죄송해요. 뭐라고 하셨죠?"

피터 로드가 느릿느릿 대답했다.

"무슨 말을 하는 중이었더라? 생각이 안 나는군요. 칼라일 양, 좀 전에는 잘하셨습니다! 눈치도 빨랐고, 잘 다독여 드렸고, 모든 게 완벽했어요."

의사의 자상한 말투에 홉킨스는 희미하게 콧방귀를 뀌었다.

엘리너가 말했다.

"가엾은 분. 그렇게 누워 계신 고모님을 보니 심란해요."

"그러시겠죠. 하지만 그런 내색은 하지 않더군요. 자제력이 대단한 모양입니다."

엘리너는 입술을 꾹 다물며 말했다.

"배웠어요…… 감정을 드러내지 않는 법을."

로드 선생은 천천히 말을 이었다.

"그래도 가끔은 가면이 벗겨지기 마련이죠."

홉킨스가 부산을 떨며 화장실로 향했다. 엘리너는 단정한 눈썹을 치켜세우며 그를 똑바로 쳐다보았다.

"가면이라고요?"

"인간의 얼굴은 결국 가면에 불과합니다."

"그 밑에는 뭐가 있나요?"

"그 밑에 원초적인 남자 또는 여자가 숨어 있죠."

엘리너는 얼른 고개를 돌리더니 아래층으로 내려가기 시작했다. 피터 로드는 평소답지 않게 심각하고 어리둥절한 표정으로 그 뒤를 따랐다.

로더릭이 응접실에서 나와 두 사람을 맞으며 엘리너에게 물었다.

"어떠셔?"

엘리너가 대답했다.

"안쓰러웠어. 보고 있으려니 너무 슬프더라. 들어가지 말걸 그랬어, 로더릭…… 고모님이…… 고모님이 부를 때까지."

"특별히…… 바라시는 게 있었어?"

그때 피터 로드가 엘리너에게 말했다.

"저는 이제 가 봐야겠습니다. 지금 당장은 더 이상 해 드릴 수 있는 일이 없네요. 내일 아침 일찍 오겠습니다. 안녕히 계십시오, 칼라일 양. 너무…… 걱정하지 마시고요."

의사는 잠깐 동안 그녀의 손을 잡고 있었다. 엘리너는 이상하게도 마음이 놓이고 위로가 되었다. 그런데 그녀를 쳐다보는 의사의 표정이 이상했다. 마치…… 그녀를 딱하게 여기는 듯한 표정이었다.

의사의 등 뒤로 문이 닫히자 로더릭이 조금 전 질문을 반복했다.

엘리너가 대답했다.

"사무적인 문제 때문에 걱정하시더라고. 간신히 진정시키고, 세던 씨가 내일 내려올 거라고 말씀드렸어. 내일 동이 트자마자 전화를 해야겠다."

"유언장을 새로 만들고 싶으신 건가?"

"그런 말씀은 안 하셨어."

"그럼……?"

로더릭은 묻다 말고 말끝을 흐렸다.

메리 제라드가 서둘러 계단을 내려오고 있었다. 그녀는 현관 복도를 가로질러 주방 구역으로 연결된 문으로 들어갔다.

엘리너가 까칠한 목소리로 물었다.

"응? 뭘 물어보려고 한 거야?"

로더릭이 멍하니 대답했다.

"뭐…… 나? 무슨 말을 하려 했는지 잊어버렸다."

로더릭은 메리 제라드가 사라진 문을 쳐다보고 있었다.

엘리너는 두 손을 맞잡았다. 길고 뾰족한 손톱이 손바닥을 파고드는 것이 느껴졌다.

'참을 수 없어…… 참을 수 없어…… 이건 상상이 아니야…… 사실이야…… 로더릭…… 로더릭, 당신을 놓칠 수는 없어…….'

뒤이어 이런 생각도 들었다.

'도대체 그 사람은…… 그 의사는 2층에서 내 얼굴을 보고 무슨 생각을 한 걸까? 무언가를 본 표정이던데…… 아, 인생은 정말 끔찍하다…… 지금 이런 기분이라니. 뭐라고 말 좀 해 봐, 바보야. 정신 차려!'

엘리너는 침착하게 말을 건넸다.

"식사 시간이네. 난 별로 배가 안 고픈데. 내가 고모님 곁을 지키고 간호사를 둘 다 내려보낼게."

로더릭이 깜짝 놀란 목소리로 물었다.

"그 두 사람하고 저녁을 먹으라고?"

엘리너는 싸늘하게 대꾸했다.

"물어뜯기지는 않을 테니까 걱정 마!"

"하지만 당신은 어쩌려고? 당신도 뭘 좀 먹어야 하잖아. 우리가 먼저 저녁을 먹고, 두 사람은 나중에 내려오라고 하면 안 될까?"

"아니, 그 반대로 하는 게 좋겠어. 간호사들이 원래 예민하잖아."

엘리너는 아무렇게나 이유를 갖다 붙이면서 속으로 이런 생각을 했다.

'단둘이 저녁을 먹으면서 평소처럼 이야기하고 행동할 자신이 없어.'

그러고는 짜증스럽다는 듯이 쏘아붙였다.

"제발 내 생각대로 하게 내버려 둬!"

4장

I

다음 날, 엘리너를 깨운 사람은 하녀가 아니었다. 비숍 부인이 바스락거리는 구식 상복을 입고 직접 올라와 펑펑 눈물을 흘렸던 것이다.

"엘리너 아가씨, 돌아가셨어요······."

"뭐라고요?"

엘리너는 자리에서 일어났다.

"아가씨의 고모님, 웰먼 부인 말이에요. 사랑하는 우리 마님이 주무시다 숨을 거두셨어요."

"고모님이 돌아가셨다고요?"

엘리너는 멍하니 그녀를 쳐다보았다. 무슨 소리인지 모르겠다는 표정이었다.

비숍 부인은 조금 더 큰 소리로 흐느껴 울기 시작했다.

"생각해 보면 긴 세월이었죠! 18년을 이 집에서 지냈으니. 하지만 실감이 나지 않네요⋯⋯."

엘리너는 천천히 입을 열었다.

"그러니까 고모님이 주무시다 아주 편안하게 숨을 거두셨다는 말씀이군요⋯⋯. 그런 축복이 있을까!"

비숍 부인은 계속 눈물을 흘렸다.

"너무 갑작스럽네요. 의사 선생님은 오늘 아침에 다시 들르겠다고 하셨고, 모든 게 평소와 다름없었는데."

엘리너는 조금 날카롭게 대꾸했다.

"그렇게 갑작스럽지는 않죠. 어쨌거나 한참 동안 누워 계셨으니까. 고모님이 더 이상 고생하지 않아도 된다니 다행스러울 따름이에요."

비숍 부인도 그건 정말 다행스러운 일이라고 울음 섞인 목소리로 인정했다.

"로더릭 도련님한테는 누가 알려 드리죠?"

"제가 말할게요."

엘리너는 가운을 걸치고 그의 방으로 건너가 문을 두드렸다.

"들어오세요."

대답하는 그의 목소리가 들렸다.

그녀는 안으로 들어갔다.

"고모님이 돌아가셨어, 로더릭. 주무시다 숨을 거두셨대."

로더릭은 일어나 앉으며 깊은 한숨을 내쉬었다.

"가엾은 숙모님! 그래도 하느님께 감사드려야지. 어제 같은 상태로 근근이 목숨을 부지하시는 모습을 지켜보는 것도 너무 괴로웠어."

엘리너가 기계적으로 물었다.

"몰랐어, 고모님을 뵈었어?"

로더릭은 조금 쑥스러워하며 고개를 끄덕였다.

"꽁무니를 뺐다고 생각하니까 천하에 몹쓸 겁쟁이가 된 기분이더라고! 그래서 어제저녁에 찾아갔어. 뚱뚱한 간호사가 뭘 가지러 나간 사이 방으로 들어갔지. 따뜻한 물병을 들고 내려가는 눈치더라고. 물론 그 간호사는 내가 다녀간 걸 몰랐지. 잠깐 곁에 서서 숙모님을 살펴보았을 뿐이니까. 그러다 코끼리 아줌마가 쿵쿵거리며 계단을 다시 올라오는 소리가 들려서 빠져나왔지. 하지만…… 정말 참담하더라!"

엘리너가 고개를 끄덕였다.

"맞아."

"숙모님은 끔찍하게 싫으셨을 거야. 1분, 1초가!"

"나도 알아."

"우리 둘은 어쩌면 늘 그렇게 생각이 비슷한지 신기하다니까?"

엘리너는 나지막이 맞장구쳤다.

"그러게."

"당신하고 나는 지금 같은 생각일 거야. 숙모님의 고생이 끝나서 다행이라고……."

II

오브라이언이 물었다.

"왜 그러세요? 뭘 잃어버렸어요?"

홉킨스가 벌겋게 달아오른 얼굴을 하고 전날 저녁 현관에 놓아둔 조그만 손가방을 뒤적이며 투덜거렸다.

"정말 이상하네. 어쩌다 그런 실수를 했지?"

"왜 그러세요?"

홉킨스의 대답은 애매모호했다.

"일라이저 라이킨 말야. 육종 환자, 자기도 알지? 저녁이랑 아침, 이렇게 두 번 모르핀 주사를 맞아야 하거든. 어제저녁에 여기로 오는 길에 예전에 남은 모르핀을 마저 맞히고, 분명 이 가방에다 새 걸 넣어 왔거든."

"다시 한번 찾아보세요. 병이 워낙 작잖아요."

홉킨스는 손가방 속을 다시 한번 휘저었다.

"아냐, 없어! 벽장에 두고 왔나 봐! 내 기억력이 이 정도는 아니었는데. 분명 들고 나왔거든!"

"여기로 오시는 길에 가방을 어디선가 깜빡하셨던 건 아니고요?"

홉킨스가 날카롭게 쏘아붙였다.

"그랬을 리 없지!"

"뭐, 그렇다면 아무 일 없겠죠?"

"그럼! 이 집 현관 말고는 아무 데도 둔 적 없고, 이 집 식구들이 훔쳤을 리 없으니까! 내가 깜빡한 모양이야. 그런데 짜증이 난단 말이지. 날이 밝자마자 마을 저 끝에 있는 우리 집까지 갔다 와야 하니까."

"간밤을 그렇게 보내고 오늘 무리하시면 안 되는데. 그나저나 부인이 딱하게 되었지 뭐예요. 오래 못 갈 거라 생각은 했지만."

"나도 그랬어. 하지만 의사 선생님은 깜짝 놀랄걸?"

오브라이언은 못마땅해하는 기미를 보였다.

"그분은 병세에 대해서 늘 너무 낙관적이에요."

홉킨스가 나설 채비를 하며 말했다.

"젊잖아! 우리처럼 경험이 많지 않으니까."

그녀는 이렇게 음산한 말을 남긴 채 현관을 나섰다.

III

로드 선생은 자리에서 벌떡 일어섰다. 모래색 눈썹이 이마 위로 치솟아 거의 머리카락과 맞닿을 지경이었다.

의사가 놀란 목소리로 물었다.

"그러니까 부인이 돌아가셨다고요?"

"예, 선생님."

오브라이언은 전후 상황을 정확히 알리고 싶어서 입이 근질거릴 지경이었지만, 강인한 자제력을 발휘하며 참았다.

피터 로드는 생각에 잠긴 목소리로 물었다.

"돌아가셨단 말이지요?"

그는 잠깐 서서 생각하더니 날카롭게 말했다.

"끓인 물 좀 갖다 주세요."

오브라이언은 뜻밖의 주문에 어리둥절했지만, 병원에서 받은 교육을 떠올리며 이유를 묻지 않았다. 만약 의사가 늑대 가죽을 가져오라고 했더라도 기계적으로 "예, 선생님." 하고 웅얼대며 과제를 해결하러 순순히 밖으로 나갔을 것이다.

IV

로더릭 웰먼이 물었다.

"그러니까 숙모님이 유언장 없이 돌아가셨단 말입니까? 유언장을 만드신 적이 없다고요?"

세던 씨는 안경을 닦으며 대답했다.

"그런 모양입니다."

"하지만 너무 이상하지 않습니까!"

세던 씨는 그렇지 않다는 듯이 헛기침을 했다.

"짐작하시는 것처럼 그리 이상한 일은 아닙니다. 생각보다 이런 경우가 흔하거든요. 일종의 미신 같은 겁니다. 시간이 많이 남았으려니 하는 거죠. 유언장을 쓰기만 해도 죽음의 그림자가 더 가까워지는 것처럼 느껴지기도 하고요. 터무니없는 발상이지만, 실상이 그렇습니다."

"숙모님께…… 그러니까…… 이런 문제로 충고를 하신 적은 없습니까?"

세던 씨는 무덤덤하게 대답했다.

"여러 번 말씀드렸지요."

"그러면 뭐라시던가요?"

세던 씨는 한숨을 내쉬었다.

"늘 똑같은 말씀이셨죠. 시간은 많다! 아직 죽고 싶지는 않다! 어떤 식으로 재산을 처분할지 아직 결정하지 못했다!"

엘리너가 입을 열었다.

"하지만 처음으로 발작을 일으키신 뒤에는……?"

세던 씨는 고개를 저었다.

"아뇨. 더 완강하게 거부하시더군요. 아예 유언장이라는 단어 자체를 들으려 하지 않으셨습니다."

로더릭이 물었다.

"이상한 일 아닙니까?"

세던 씨가 다시 한번 말했다.

"아, 아닙니다. 병환 때문에 더 불안해지신 거죠."

엘리너는 어리둥절한 눈치였다.

"하지만 죽고 싶다고 하셨는데……."

세던 씨가 안경을 닦으며 말했다.

"엘리너 양, 인간의 머리는 아주 재미있는 구조로 되어 있답니다. 웰먼 부인은 죽고 싶다고 생각하셨을지 모르지만, 또 한편으로는 완전히 나을 수 있다는 희망을 품고 계셨을 겁니다. 그런 희망 때문에 유언장을 만들면 재수가 없을 거라고 생각하셨겠죠. 부인은 유언장을 만들 생각이 없으셨던 게 아니라 영원히 미루셨던 겁니다."

그러고는 갑자기 로더릭 쪽으로 고개를 돌려 친근한 말투로 물었다.

"사람들이 하기 싫은 일, 대면하고 싶지 않은 일을 어떤 식으로 미루고 피하는지 잘 알잖아요?"

로더릭은 얼굴을 붉히며 중얼거렸다.

"예. 물…… 물론 잘 알죠. 무슨 말씀인지 압니다."

"바로 그겁니다. 웰먼 부인께서는 예전부터 유언장을 만들 작정이었지만, 오늘 할 일을 계속 내일로 미루셨던 겁니다! 시간은 많다고 계속 자기 최면을 걸면서 말이죠."

엘리너가 기억을 더듬었다.

"그래서 어젯밤에 그렇게 당황하셨던 거군요. 그래서 세던 씨를 불러야 한다며 그렇게 허둥대셨던 거였어요……."

"그렇습니다!"

로더릭이 어리둥절한 목소리로 물었다.

"그럼 이제 어떻게 되는 겁니까?"

세던 씨는 헛기침을 했다.

"웰먼 부인의 유산 말씀이십니까? 부인께서 유언장 없이 돌아가셨으니 가장 가까운 친척인 엘리너 칼라일 양이 전 재산을 물려받게 됩니다."

"제가 전 재산을요?"

"정부에서 일정 부분을 떼어 가긴 합니다."

세던 씨는 뒤이어 세부 사항들을 설명하고 이렇게 마무리 지었다.

"증여 재산이나 신탁은 전혀 없었습니다. 전 재산을 웰먼 부인의 마음대로 처분할 수 있는 상황이었죠. 따라서 칼라일 양께 곧장 상속됩니다. 에 또…… 상속세가 조금 많겠지만 상속세를 납부한 뒤에도 상당한 액수가 될 테고, 현재 안전한 우량주에 잘 투자되어 있습니다."

엘리너가 말했다.

"하지만 로더릭은……."

세던 씨는 미안한 듯이 헛기침을 했다.

"웰먼 씨는 시조카라 혈연관계가 성립되지 않습니다."

"그렇군요."

로더릭이 말한 뒤, 엘리너도 천천히 입을 뗐다.

"물론 어느 쪽이 물려받아도 상관없어요. 우리는 결혼할 사이니까요."

하지만 로더릭 쪽을 쳐다보지는 않았다.

이번에는 세던 씨가 말했다.

"그렇군요!"

조금 황급히 내뱉은 감이 있었다.

V

"하지만 상관없잖아. 그렇지 않아?"

엘리너가 애원조에 가까운 말투로 물었다.

세던 씨는 이미 떠난 뒤였다.

로더릭의 얼굴이 신경질적으로 실룩거렸다.

"당신이 물려받아야지. 그게 맞아. 엘리너, 부탁인데 내가 질투한다고 생각하지는 말아 줘. 나는 그깟 돈 필요 없어."

엘리너가 약간 떨리는 목소리로 말했다.

"둘 중 어느 쪽이 되어도 상관없다고, 런던에서 그렇게 이야기했잖아. 어차피 결혼할 테니까……."

로더릭은 아무 대답이 없었다. 엘리너는 그대로 물러서지 않았다.

"그런 얘기했던 거 생각 안 나, 로더릭?"

"생각나."

그는 발치를 내려다보았다. 얼굴은 창백하면서 시무룩했고, 꾹 다문 섬세한 입술에 고통스러운 표정이 어려 있었다.

엘리너가 갑자기 똑바로 고개를 쳐들며 물었다.

"상관없지. 어차피 결혼할 거라면. 하지만 로더릭, 과연 그럴까?"

"과연 그럴까라니?"

"우리 결혼할 거냐고."

"그런 줄 알고 있었는데."

로더릭의 말투는 무심하고 살짝 날이 서 있었다. 그가 다시금 말문을 뗐다.

"물론 엘리너, 당신 생각이 바뀌었다면……."

엘리너의 목소리가 커졌다.

"로더릭, 좀 솔직해질 수 없어?"

그는 이 말에 움찔하더니 당황스러운 듯 나지막이 말했다.

"내가 왜 이렇게 됐는지 모르겠어……."

엘리너는 감정을 억누른 목소리로 대답했다.

"난 이유를 알아."

로더릭이 얼른 말했다.

"어쩌면 정말 그럴지도 몰라. 아내의 돈으로 사는 게 싫은 걸지도."

엘리너의 얼굴이 하얗게 질렸다.

"그게 아니라 다른 이유겠지."

그녀는 잠시 멈추었다 다시 입을 열었다.

"메리…… 때문이지, 안 그래?"

로더릭은 유감스럽다는 듯이 중얼거렸다.

"그런 것 같아. 어떻게 알았어?"

엘리너는 한쪽 입술 끝을 올리며 삐딱한 미소를 지었다.

"식은 죽 먹기지. 그 아이와 마주칠 때마다 당신이 짓는 표정을 보면 누구라도 알 수 있을걸?"

그의 평정심이 갑자기 무너졌다.

"엘리너, 도대체 내가 왜 이러는지 모르겠어! 미칠 것 같아! 숲 속에서…… 그 아이를 처음 본 그날…… 그 얼굴이…… 그 얼굴이…… 모든 걸 뒤죽박죽으로 만들어 버렸어. 당신은 이해하지 못하겠지만…….”

“이해할 수 있어. 그래서?”

로더릭은 당황한 목소리였다.

“그 아이와 사랑에 빠지고 싶지 않았어. 당신하고 아주 행복했으니까. 엘리너, 당신한테 이런 이야기를 하다니 난 정말 쓰레기 같은 놈이야.”

“말도 안 되는 소리. 그래서? 계속 이야기해 봐.”

그는 띄엄띄엄 말을 이었다.

“당신은 정말 대단한 여자야. 솔직하게 털어놓으니까 위로가 된다. 나는 당신이 정말 좋아, 엘리너! 그것만은 알아줘. 난 지금 홀린 거라고! 그것 때문에 모든 게 엉망이 됐어. 내 인생관, 일상의 즐거움, 그리고 말끔하게 논리적으로 정돈되어 있던 모든 것들…….”

엘리너가 조용한 목소리로 말했다.

“사랑은 논리적인 게 아니지.”

로더릭이 궁색하게 대답했다.

“맞아.”

엘리너가 살짝 떨리는 목소리로 물었다.

“그 아이한테 고백했어?”

“오늘 아침에…… 바보같이…… 이성을 잃는 바람에…….”

“그랬더니?”

“물론 그 자리에서 퇴짜를 맞았지! 충격을 받은 눈치더라고. 로라 숙모님과 그리고…… 당신 때문에…….”

엘리너는 끼고 있던 다이아몬드 반지를 뺐다.

“이건 돌려주는 게 좋겠다, 로더릭.”

그는 반지를 받으며 시선을 피한 채 중얼거렸다.

“엘리너, 내가 지금 얼마나 혐오스러운 인간이 된 기분인지 모를 거야.”

엘리너는 침착하게 물었다.

“그 아이가 당신하고 결혼할 것 같아?”

그는 고개를 저었다.

“모르겠어. 당분간은 아닐 거야. 지금은 나를 좋아하는 것 같지 않으니까. 하지만 좋아하게 될지도 모르지…….”

“그럴 거야. 시간을 줘야지. 당분간 거리를 두었다가 다시 이야기를 꺼내 봐.”

“고마워! 당신 같은 친구는 세상에 없을 거야.”

그는 느닷없이 그녀의 손을 붙잡더니 입을 맞추었다.

“엘리너, 당신을 정말 사랑해. 예전만큼! 가끔 메리는 꿈속의 여인 같아. 잠에서 깨면 사라지는…….”

“만약 메리가 없었다면…….”

로더릭은 갑자기 흥분한 목소리로 쏟아 냈다.

“나도 가끔은 그 아이가 없어져 버렸으면 좋겠어. 엘리너, 당신과 나는 잘 어울리잖아. 우리 두 사람, 잘 어울리잖아, 안 그래?”

엘리너는 천천히 고개를 숙였다.

"그럼, 잘 어울리지."

그녀는 속으로 이렇게 생각했다.

'만약 메리가 없었다면⋯⋯.'

5장

I

홉킨스가 감격한 목소리로 외쳤다.

"근사한 장례식이었어!"

오브라이언이 대꾸했다.

"그러게요. 게다가 그 조화는 어떻고요! 그렇게 예쁜 꽃 본 적 있어요? 하얀 백합으로 만든 하프에 노란 장미로 만든 십자가. 정말 예뻤어요."

홉킨스는 한숨을 쉬며 버터 바른 케이크를 집었다. 두 간호사는 블루 티트 카페에 앉아 있었다.

홉킨스가 말을 이었다.

"칼라일 양은 인심이 좋기도 하지. 그럴 필요가 없는데도 근사한 선물을 주었지 뭐야."

오브라이언도 적극적으로 맞장구를 쳤다.

"참 인심 좋은 아가씨예요. 구두쇠는 질색인데."

"뭐, 엄청난 재산을 물려받았으니까."

"그런데……"

오브라이언은 말을 꺼내다 말고 입을 다물었다.

홉킨스가 얘기해 보라는 듯이 채근했다.

"응?"

"부인이 유언장을 안 남겼다니 이상하죠."

홉킨스가 딱 잘라 말했다.

"참 고약한 일이지. 다들 강제로 유언장을 쓰게 만들어야 한다니까! 유언장을 안 남기면 불쾌한 일들만 벌어진다고."

"만약 유언장을 쓰셨다면 누구한테 유산을 남겼을까요?"

홉킨스가 단정적으로 말했다.

"한 가지는 분명해."

"그게 뭔데요?"

"메리, 메리 제라드한테 어느 정도 유산을 남겼을 거야."

"예, 그렇죠. 맞아요."

오브라이언은 다시금 맞장구를 치고는 흥분한 말투로 덧붙였다.

"그날 밤, 부인께서 딱하게도 그런 상태가 되신 뒤에 의사 선생님이 부인을 진정시키려고 애를 썼다고 말씀드렸잖아요? 엘리너 양이 그때 옆에서 고모의 손을 잡고 하느님께 맹세했어요."

그녀는 아일랜드인 특유의 상상력이 갑자기 발동한 분위기였다.

"변호사를 불러서 모든 걸 합당하게 처리하겠다고요. '메리! 메리!' 가엾은 부인이 이렇게 불렀죠. '메리 제라드 말씀이세요?' 엘리너 양은 이렇게 묻더니 메리한테도 합당한 몫을 챙겨 주겠다고 당장 약속하더라고요!"

홉킨스가 미심쩍다는 듯이 물었다.

"그랬단 말이야?"

오브라이언이 단호하게 대답했다.

"그렇다니까요. 그런데 간호사님, 제 생각에는 만약 웰먼 부인이 유언장을 썼다면 모두가 깜짝 놀랄 만한 소식이 기다렸을 것 같아요! 부인이 동전 한 닢까지 메리 제라드한테 물려주었을지도 모르잖아요!"

홉킨스는 반신반의하는 눈치였다.

"그랬을 것 같지는 않아. 혈육한테 갈 돈을 다른 데로 돌리겠어?"

오브라이언이 애매하게 말했다.

"그쪽도 혈육인걸요."

홉킨스가 당장 반응을 보였다.

"그게 무슨 소리야?"

오브라이언은 점잔을 빼며 대답했다.

"저는 입이 무거운 사람이에요! 고인 이름에 먹칠할 수는 없죠."

홉킨스는 천천히 고개를 끄덕였다.

"그렇지. 맞는 말이야. 말은 적게 할수록 좋은 법이지."

홉킨스가 찻주전자를 채우는데, 오브라이언이 물었다.

"그나저나 집에서 모르핀은 찾았어요?"

홉킨스는 미간을 찌푸렸다.

"아니. 어찌 된 영문인지 모르지만, 이런 게 아닐까 싶어. 종종 그랬던 것처럼 벽장을 잠그는 동안 병을 벽난로 선반 끝에 올려놓았는데 쓰레기로 가득 찬 휴지통 속으로 굴러떨어졌고, 내가 집을 나서면서 휴지통을 비운 거지."

잠시 말을 멈추었다 다시 이었다.

"분명히 그랬을 거야. 그게 아니라면 어떻게 된 건지 도저히 이해가 안 되니까."

"그렇군요. 뭐, 그랬겠죠. 다른 데서 가방을 깜빡하신 적도 없고 헌터베리 현관에만 놔두셨다니 조금 전에 말씀하신 게 맞는 것 같아요. 휴지통에 떨어진 거예요."

"그래, 그렇게 된 게 아니면 뭐겠어?"

홉킨스가 덥석 말을 받으며 분홍색 설탕이 뿌려진 케이크를 집어 들었다. 하지만 곧 말끝을 흐렸다.

"설마하니……."

그 바람에 오브라이언이 기분을 풀어 주려고 얼른 맞장구를 친 것이 너무 서두른 모양새가 되고 말았다.

"저라면 이제 더 이상 걱정하지 않을 거예요."

"걱정하는 건 아니야……."

II

수수한 상복 차림의 엘리너가 웰먼 부인의 서재에서 큼지막한 책상 앞에 앉아 있었다. 각종 서류가 앞에 펼쳐져 있었다. 그녀는 하인들과 비숍 부인과 면담을 마친 뒤였다. 이제 방 안으로 들어선 메리 제라드가 문가에서 잠시 머뭇거렸다.

"부르셨어요, 엘리너 아가씨?"

엘리너는 고개를 들었다.

"아, 그래, 메리. 여기 와서 앉을래?"

메리는 다가와서 엘리너가 가리킨 의자에 앉았다. 창문 쪽으로 놓인 의자라 그녀의 얼굴에 햇살이 쏟아지면서 눈이 부시도록 깨끗한 피부와 옅은 금발이 선명하게 드러났다.

엘리너는 잠시 한 손으로 얼굴을 가렸다. 손가락 사이로 맞은편에 앉은 메리의 얼굴이 보였다.

'어떤 사람을 지독하게 미워하는데, 그런 티를 전혀 내지 않을 수 있을까?'

그래도 밝고 명랑한 목소리로 이야기를 꺼냈다.

"메리, 너도 알겠지만 고모님은 예전부터 너한테 관심이 아주 많으셨고, 네 장래를 걱정하셨어."

메리가 부드럽게 속삭였다.

"마님은 늘 저한테 잘해 주셨어요."

엘리너는 차갑고 초연한 목소리로 이야기를 계속했다.

"만약 고모님이 유언장을 쓰셨다면 유산을 좀 남기고 싶으셨을 거야. 그런데 유언장 없이 돌아가셨으니 고모님의 유지를 받들 책임이 나한테 있는 거지. 세던 씨와 의논한 결과, 그분의 충고에 따라서 근무한 기간, 기타 등등에 따라 하인들에게 줄 금액을 정했어."

잠시 멈추었다 다시 말을 이었다.

"물론 너는 해당 사항이 없지만."

그녀는 마음 한구석에서 가시 돋친 말투가 전해지길 바랐지만, 상대방의 얼굴에는 표정 변화가 전혀 없었다. 메리는 그녀의 말을 액면 그대로 받아들였고, 어떤 이야기가 이어질지 귀를 기울이고 있었다.

"고모님은 어젯밤에 논리정연하게 말씀하지는 못하셨지만 뜻은 전달하셨어. 네 미래를 위해 조항을 만들고 싶다고."

메리가 조용히 대답했다.

"너무 감사할 따름이에요."

엘리너는 퉁명스럽게 말했다.

"검인을 받는 대로 2000파운드가 너한테 전달되도록 조치할게. 그 정도 금액이 마음대로 쓸 수 있는 네 돈이 될 거야."

메리의 얼굴이 발그레하게 물들었다.

"2000파운드라고요? 엘리너 아가씨, 감사해요! 무슨 말씀을 드려야 좋을지 모르겠어요!"

엘리너는 날카롭게 쏘아붙였다.

"나한테 감사할 일이 아니니까 아무 말도 하지 마."

메리는 얼굴을 붉히며 중얼거렸다.

"그 돈이면 제 생활이 얼마나 달라질 수 있는지 아가씨는 모르실 거예요."

"다행이네."

엘리너는 잠시 머뭇거리다 메리에게서 고개를 돌리고 방 저쪽을 보며 조금은 어렵게 질문을 던졌다.

"무슨…… 계획이라도 있니?"

메리가 얼른 대답했다.

"예. 교습을 받을 생각이에요. 아마 마사지 쪽으로요. 홉킨스 씨가 그쪽을 추천하더라고요."

"아주 괜찮은 생각 같은데? 일부 금액만이라도 최대한 빨리 받을 수 있도록 세던 씨와 조치를 취해 볼게. 가능하면 지금 당장에라도 받을 수 있게."

"정말, 정말 감사합니다, 엘리너 아가씨."

메리가 고마워하며 말했다.

엘리너는 퉁명스럽게 대꾸했다.

"고모님의 소원이셨는걸."

그러고는 잠시 머뭇거리다 말을 맺었다.

"자, 이걸로 된 것 같아."

이번에는 이제 그만 나가 달라는 뜻이 메리의 예민한 피부를 뚫고 전달되었다. 그녀는 자리에서 일어서며 조용히 "정말 고맙습니다, 엘리너 아가씨."라고 말하고 서재를 나섰다.

엘리너는 앞쪽을 물끄러미 쳐다보며 가만히 앉아 있었다. 무슨 생각을 하는지는 표정에 전혀 드러나지 않았다. 하지만 그녀는 꼼짝 않고 자리에 앉아 있었다. 그 후로도 아주 오랫동안…….

III

엘리너는 드디어 로더릭을 찾아 나섰다. 그는 거실 창가에 서서 물끄러미 밖을 내다보고 있었다. 엘리너가 들어서자 그는 홱 고개를 돌렸다.

엘리너가 말했다.

"이제 다 끝났어! 비숍 부인한테는 500파운드. 오랜 세월 동안 이 집에 있었으니까. 요리사는 100파운드, 밀리와 올리브는 50파운드씩. 나머지는 각각 5파운드씩. 수석 정원사인 스티븐슨은 25파운드. 문간채에 사는 제라드 영감도 있는데, 그분은 어떻게 할지 아직 결정 안 했어. 좀 조심스러워서. 수당을 드리고 퇴직시켜야겠지?"

잠시 멈추었다 조금 황급히 말을 이었다.

"메리 제라드는 2000파운드로 결정했어. 고모님도 그 정도를 생각하셨을까? 내가 보기에는 적당한 금액인 것 같은데."

로더릭은 그녀를 쳐다보지도 않고 대답했다.

"응. 딱 적당해. 엘리너, 당신이 내리는 판단은 언제나 훌륭하다니까!"

그러고는 다시 고개를 돌려 창밖을 내다보았다.

엘리너는 잠깐 동안 숨을 참고 있다 허둥지둥 이야기를 시작했다. 말들이 뒤죽박죽 섞이며 쏟아져 나왔다.

"아직 할 말이 남았어. 난 그래야 맞는다고 생각하는데…… 그러니까 당신도 정당한 몫을 챙겨야 하잖아, 로더릭."

고개를 돌린 그의 얼굴에서 화난 기색이 엿보여 그녀는 얼른 덧붙였다.

"아니, 내 말 들어 봐, 로더릭. 그래야 공평하잖아! 고모부는 고모한테 남긴 유산이 당연히 당신 몫이 될 거라고 생각하셨을 거야. 고모님도 그러실 작정이었어. 고모님이 흘린 여러 가지 말을 종합해 보면 알 수 있다고. 내가 고모의 유산을 물려받았으니 고모부의 유산은 당신이 물려받아야지. 그래야 맞는 거잖아. 난…… 난 고모님이 유언장을 계속 미루다 쓰지 못했다는 이유로 당신의 몫을 빼앗는 것 같아서 못 견디겠어. 당신이 생각하기에도 이게 맞는 얘기잖아!"

로더릭의 길고 신경질적인 얼굴이 백지장처럼 새하얗게 변했다.

"엘리너, 나를 완전 쓰레기 같은 인간으로 만들고 싶은 거야? 내가 그 돈을 받을 수 있다고 생각해?"

"내가 주는 게 아니잖아. 그래야…… 공평하다는 거지."

로더릭은 버럭 소리를 질렀다.

"당신 돈은 필요 없어!"

"내 돈이 아니라니까!"

"법적으로 당신 돈이야. 그러면 된 거라고! 제발 철저하게 사무적으로 진행하자고! 당신 돈은 땡전 한 푼도 받지 않을 거야. 나한테 적선할 생각은 하지 마!"

엘리너도 소리를 질렀다.

"로더릭!"

그는 얼른 손사래를 쳤다.

"아, 이런, 미안. 내가 지금 무슨 소리를 하는 건지 모르겠네. 너무 당황스럽고 난감해서……."

엘리너는 다정한 목소리로 말했다.

"딱한 사람……."

그는 다시 고개를 돌리고 창문에 달린 차양의 장식술을 만지작거리다 이번에는 초연한 말투로 물었다.

"혹시 메리 제라드가 뭘 할 생각인지 알아?"

"마사지 교습을 받을 생각이래."

"그렇군."

침묵이 흘렀다. 엘리너는 정신을 가다듬고 고개를 젖혔다. 이윽고 그녀가 입을 열자 느닷없이 고압적인 목소리가 흘러나왔다.

"로더릭, 내 말 잘 들어!"

그는 조금 놀란 표정으로 고개를 돌렸다.

"그래, 알았어."

"내 충고를 따라 줬으면 좋겠어."

"어떤 충고를?"

엘리너는 차분하게 말을 이었다.

"당신, 특별히 매인 몸이 아니지? 언제든지 휴가를 낼 수 있지?"

"응, 그렇지."

"그럼…… 이렇게 해. 어디 외국에 나가는 거야. 한 3개월 동안. 혼자서. 새로운 친구들도 사귀고 새로운 곳도 구경하고. 솔직하게 이야기할게. 지금 당신은 메리를 사랑한다고 생각할 거야. 어쩌면 그럴지도 모르지. 하지만 지금은 다가갈 때가 아니야. 당신도 잘 알잖아. 우리 약혼은 분명히 깨졌어. 그러니까 자유로운 몸으로 외국에 나갔다가 3개월 뒤에 결정해. 그럼 당신이 정말로 메리를 사랑하는지, 아니면 일시적인 감정에 불과했는지 알 수 있을 거야. 만약 메리를 사랑한다는 확신이 생기면…… 그럼 돌아와서 그 아이를 찾아가서 말해. 사랑이 분명하다고. 그럼 그 아이도 진지하게 들어 줄 거야."

로더릭은 그녀에게 다가가 손을 잡았다.

"엘리너, 당신은 멋진 여자야! 너무나 똑똑하고! 놀라울 정도로 냉정하고! 옹졸하거나 비열한 구석이 전혀 없어. 말로 표현할 수 없을 만큼 존경스러워. 당신이 충고한 대로 할게. 모든 걸 잊고 멀리 떠나서 내가 정말 병에 걸렸는지 아니면 사상 최악의 실수를 저질렀는지 고민해 볼게. 엘리너, 내 사랑, 내가 당신을 얼마나 좋아하는지 모를 거야. 당신은 나한테 1000배쯤 넘치는 여자야. 당신의 넓은 아량에 축복이 깃들길 바랄게."

로더릭은 충동적으로 그녀에게 입을 맞추고 밖으로 나갔다.

그로서는 고개를 돌리고 그녀의 표정을 보지 않은 것이 다행이었을 것이다.

IV

며칠 뒤, 메리는 홉킨스에게 밝아진 미래의 전망을 알렸다.

실리를 중요하게 생각하는 홉킨스는 따뜻한 축하의 말을 건넸다.

"정말 다행이구나, 메리. 부인은 너를 예뻐했지만, 문서상으로 확실히 해 놓지 않으면 별 소용이 없는 법인데! 넌 한 푼도 못 받을 수도 있었어."

"엘리너 아가씨가 말하길 아주머니께서 돌아가시던 날 밤에 저를 위해서 뭘 해 달라고 말씀하셨대요."

홉킨스는 콧방귀를 뀌었다.

"그랬겠지. 하지만 듣고 나서 간단하게 잊어버리는 사람들이 얼마나 많은지 아니? 친척들이 원래 그런 거야. 내가 본 것만 해도 몇 번인데! 사람들은 죽으면서 사랑하는 아들이나 딸에게 모든 걸 맡긴다고 말하지. 그러면 그 아들이나 딸은 십중팔구 아주 그럴듯한 핑계를 대면서 입을 씻는다고. 인간의 천성은 어쩔 수 없어. 법적으로 어쩔 수 없는 경우가 아니고서야 돈을 내놓고 싶은 사람이 어디 있겠니? 메리, 넌 운이 좋았던 거야. 칼라일 양이 남들보다 양심적인 거라고."

메리가 천천히 말을 이었다.

"하지만…… 어쩐지…… 저를 좋아하는 것 같지 않아요."

홉킨스가 무뚝뚝하게 말했다.

"그야 그럴 만한 이유가 있지. 그렇게 순진한 척하지 마, 메리! 로더릭 씨가 너를 음흉한 눈으로 쳐다본 지 제법 되지 않았니?"

메리의 얼굴이 홍당무가 되었다.

홉킨스는 말을 이었다.

"내가 보기에는 단단히 걸려든 것 같던데. 한눈에 너한테 반한 거지. 너는 어떠니? 느낌이 와?"

메리는 머뭇머뭇 입을 열었다.

"저는…… 잘 모르겠어요. 그런 것 같지는 않아요. 물론 참 좋은 분이긴 하지만요."

"흠, 내 취향은 아니야! 까다롭고 신경질적인 타입이거든. 입도 짧을 가능성이 높지. 남자들은 별 볼 일 없는 존재야. 너무 서두를 것 없다, 메리. 너 정도 외모면 마음대로 고를 수 있으니까. 오브라이언이 요전번에 말하기를 너더러 영화계로 진출해야겠다던데? 나도 그쪽 사람들은 금발을 좋아한다고 예전부터 들었어."

메리는 이마를 살짝 찡그리며 말했다.

"간호사님, 아버지는 어떻게 하면 좋을까요? 아버지는 제가 이 돈의 일부분을 드려야 한다고 생각하시는데."

홉킨스는 펄쩍 뛰었다.

"그런 일은 생각도 하지 마. 웰먼 부인이 그 돈을 너희 아버지한테 줄 생각이었겠니? 네가 아니었다면 너희 아버지는 진작 잘렸을 거다. 그렇게 게으른 사람을 누가 써 줬겠니?"

"그 많은 돈을 어떻게 할 생각인지 유언장조차 만들지 않으셨다니 이상해요."

홉킨스는 고개를 저었다.

"사람들이 원래 그렇다니까. 너도 알고 나면 깜짝 놀랄걸? 얼마나 미루기를 잘하는데."

"제가 보기에는 정말 어리석은 짓이에요."

홉킨스가 희미하게 눈을 반짝이며 물었다.

"넌 유언장을 만들었니, 메리?"

메리는 그녀를 멍하니 쳐다보았다.

"아뇨."

"너도 성인이잖아."

"하지만…… 하지만 남길 것도 없는걸요. 지금은 생겼지만."

홉킨스가 날카롭게 지적했다.

"내 말이 그 말이야. 게다가 적지 않은 금액이잖니."

"하지만 뭐, 서두를 필요도 없고……."

"이것 보렴. 너도 남들하고 똑같잖니. 지금이야 젊고 건강하지만, 버스를 타고 가거나 길을 건너다 언제 사고가 날지 모르는 거야."

메리는 웃음을 터뜨렸다.

"유언장을 어떻게 쓰는지도 모르는걸요."

"아주 간단해. 우체국에 가면 용지가 있거든. 지금 당장 가서 하나 얻어 오자."

두 사람은 홉킨스의 집에서 용지를 펼쳐 놓고 중요한 부분을 의논했다. 홉킨스는 무척 신이 난 눈치였다. 그녀가 생각하기에는 유언장이야말로 죽음 다음으로 유익한 일이었다.

메리가 물었다.

"제가 만약 유언장을 쓰지 않으면 누가 유산을 물려받게 되나요?"

홉킨스는 반신반의하며 대답했다.

"너희 아버지일걸?"

메리가 딱 잘라 말했다.

"그럴 수는 없어요. 차라리 뉴질랜드에 계신 이모한테 드릴래요."

홉킨스가 들뜬 목소리로 말했다.

"어차피 너희 아버지한테 남겨 봐야 별 소용 없을 거야. 이승에 오래 머물 사람도 아니니까."

메리는 홉킨스가 이런 식으로 단정 짓는 소리를 여러 번 들었기 때문에 별 느낌이 없었다.

"이모 주소를 모르겠네. 오랫동안 소식을 못 들었거든요."

"그건 별로 중요한 문제가 아닐 거야. 세례명은 알지?"

"메리예요. 메리 라일리."

"그럼 됐어. 메이든스퍼드 헌터베리에 살던 고(故) 일라이저 제라드의 여동생, 메리 라일리에게 전 재산을 남긴다고 쓰렴."

메리는 용지 위로 고개를 숙이고 받아 적었다. 그러다 마지막 부분에 이르렀을 때 갑자기 부르르 몸을 떨었다. 그림자 하나가 그녀와 태양 사이를 가로막았다. 고개를 들어 보니 엘리너 칼라일이 창밖에서 안을 들여다보고 있었다. 엘리너가 물었다.

"뭘 그렇게 열심히 하고 있어요?"

홉킨스가 웃으며 말했다.

"유언장을 만드는 중이에요."

"유언장?"

엘리너는 갑자기 웃음을 터뜨렸다. 히스테리에 가까운 묘한 웃음이었다.

"유언장을 쓰고 있었다고, 메리? 재미있네. 정말 재미있어⋯⋯."

그러더니 고개를 돌리고는 총총히 길을 따라 걸어갔다. 웃음소리는 여전히 들려왔다.

홉킨스는 그 모습을 쳐다보았다.

"봤니? 왜 저러는 걸까?"

V

엘리너가 깔깔대며 몇 발자국 걸어갔을 때 뒤에서 누군가가 팔을 잡았다. 그녀는 불쑥 걸음을 멈추고 뒤를 돌아보았다.

로드 선생이 미간을 잔뜩 찌푸린 채 그녀를 똑바로 쳐다보고 있었다.

의사가 단도직입적으로 물었다.

"뭐가 그렇게 우스운가요?"

"그게⋯⋯ 모르겠네요."

"그렇게 바보 같은 대답이 어디 있습니까!"

엘리너는 얼굴을 붉혔다.

"예민해졌나 봐요. 지구 전담 간호사의 집 안을 들여다보았더니 메리 제라드가 유언장을 만들고 있더라고요. 그 소리를 듣는 순간, 웃음이 나왔어요. 이유는 모르겠지만!"

로드가 무뚝뚝하게 물었다.

"이유를 모르겠다고요?"

"바보 같다는 건 알아요. 예민해져서 그런 모양이에요."

"강장제를 처방해 드리죠."

엘리너는 날카롭게 쏘아붙였다.

"퍽이나 도움이 되겠네요!"

로드는 붙임성 있게 씩 하고 웃었다.

"맞습니다. 쓸데없는 짓이죠. 하지만 뭐가 문제인지 말하지 않을 때는 그 방법밖에 없습니다."

"저는 아무 문제 없어요."

피터 로드가 침착하게 말했다.

"문제가 많은 것 같은데요."

"정신적으로 좀 피곤한 것 같기는 하지만……."

"많이 피곤하겠죠. 하지만 제가 말씀드리는 건 그런 문제가 아닙니다."

의사는 잠시 멈추었다 말을 이었다.

"혹시…… 한동안 여기 계실 예정인가요?"

"내일 떠나요."

"여기에서 사실 생각은 없고요?"

엘리너는 고개를 저었다.

"예. 절대로요. 좋은 임자가 나서면 집을 팔까 생각 중이에요."

로드 선생은 조금 맥 빠진 투였다.

"그렇군요."

"이제 그만 가 봐야겠어요."

엘리너가 단호하게 손을 내밀었다. 피터 로드는 그 손을 꼭 잡은 채 진지한 목소리로 물었다.

"칼라일 양, 방금 무슨 생각을 하면서 웃었는지 말해 주겠습니까?"

그녀는 얼른 손을 잡아 뺐다.

"제가 무슨 생각을 했겠어요?"

"그걸 알고 싶은 겁니다."

그의 표정은 진지했고 조금은 슬퍼 보였다.

엘리너는 짜증스럽게 말했다.

"그냥 우습더라고요. 그뿐이에요!"

"메리 제라드가 유언장을 쓰는 게 말입니까? 왜 그랬을까요? 유언장을 쓰다니 아주 현명한 판단 아닙니까. 골치 아픈 일이 생길 여지도 막을 수 있고. 물론 가끔은 그 때문에 골치 아픈 일이 생기기도 하지만 말이죠!"

"그렇죠. 누구나 유언장을 만들어야죠. 저는 그런 뜻으로 한 말이 아니에요."

"웰먼 부인은 유언장을 만들었어야 했습니다."

엘리너는 감상에 젖은 목소리로 대답했다.

"예. 맞아요."

그녀의 얼굴이 발그레하게 물들었다.

로드 선생이 느닷없이 물었다.

"당신은 어떻습니까?"

"저요?"

"예, 방금 누구나 유언장을 만들어야 한댔죠. 당신도 만들었나요?"

엘리너는 잠시 그를 물끄러미 쳐다보더니 웃음을 터뜨렸다.

"이상하기도 하지! 아뇨, 안 만들었어요. 생각도 못 했어요! 제가 고모님하고 똑같은 실수를 하고 있네요. 로드 선생님, 지금 당장 집으로 가서 세던 씨한테 편지를 써야겠네요."

"아주 현명한 선택입니다."

VI

엘리너는 서재에서 편지 한 통을 마무리 지었다.

친애하는 세던 씨에게

서명할 수 있도록 유언장을 만들어 주시겠어요? 아주 간단해요. 전 재산을 로더릭 웰먼에게 남기고 싶다고 해 주세요.

애정을 담아서

엘리너 칼라일 드림

시계를 흘끗 보았다. 몇 분 있으면 우편물이 발송될 시간이었다.

책상 서랍을 열다가 그날 아침에 마지막 우표를 써 버린 사실이 떠올랐다.

하지만 침실에 몇 장 남아 있을 것이 분명했다.

2층으로 올라갔다. 그런데 우표를 들고 다시 서재로 들어가 보니 로더릭이 창가에 서 있었다.

로더릭이 입을 열었다.

"드디어 내일 떠나는군. 안녕, 사랑하는 헌터베리. 이곳에서 즐거운 시간을 보냈는데."

"팔리는 게 싫어?"

"아냐, 아냐, 아냐! 그게 최선이잖아."

침묵이 흘렀다. 엘리너는 편지를 들고 제대로 썼는지 훑어보았다. 그런 다음 봉투를 봉하고 우표를 붙였다.

6장

7월 14일에 오브라이언이 홉킨스에게 보낸 편지.

래버러 코트

　사랑하는 홉킨스 간호사님께

　며칠 전부터 편지를 써야지 생각하고 있었어요. 이 집은 아름답고, 벽에 걸린 그림들도 유명한 것 같아요. 하지만 헌터베리만큼 편하지는 않네요. 무슨 뜻인지 아실지 모르겠지만. 한적한 마을에 살다 보니 하녀 구하기도 어렵고, 그나마 있는 아이들은 풋내기이고, 어떤 아이들은 말도 잘 안 듣는답니다. 제가 까다로운 사람이라 그런 게 아니라 쟁반에 담아서 내오는 음식들은 적어도 따뜻해야 하잖아요? 주전자를 끓일 곳도 없어서 차가운 물로 차를 만들 때도 있답니다! 뭐, 중요한 문제는 아니지만요. 환자는 점잖고 말수 없는 신사분이에요. 양

측 폐렴인데 고비를 넘겼고, 의사가 잘 회복되고 있다고 말했어요.

지금부터 전하는 이야기를 들으면 호기심이 동하실 텐데, 정말 희한한 우연의 일치가 다 있답니다. 이 집 응접실의 그랜드 피아노 위에 큼지막한 은색 액자에 담긴 사진이 있어요. 그런데 제가 말씀드렸던 사진이지 뭐예요? 루이스라는 이름이 적혀 있고, 웰먼 부인이 가져다 달랬던 그 사진 말이에요. 정체가 궁금하더라고요. 누군들 그렇지 않겠어요? 그래서 집사에게 누구냐고 물었더니 래터리 부인의 남동생, 루이스 라이크로프트 경이라더군요. 이 근처에 살았는데 전사한 모양이에요. 슬픈 이야기죠? 지나가는 투로 결혼했냐고 물었더니 부인이 결혼하자마자 딱하게도 정신병원에 입원했다고 말해 주더군요. 아직 살아 있다던데. 무척 재미있는 이야기죠? 우리가 아주 엉뚱한 상상을 했던 거예요. 그분과 W 부인은 서로 상당히 좋아했지만, 정신병원에 있는 부인 때문에 결혼을 못 한 거죠. 영화 같은 이야기 아닌가요? 죽기 직전에 지나온 세월을 추억하며 그분의 사진을 들여다보다니. 집사가 말하길 그분은 1917년에 세상을 떠났대요. 정말 대단한 로맨스 같아요.

머나 로이가 출연한 새 영화 보셨어요? 이번 주에 메이든스퍼드에서 개봉한다던데. 이 근처에는 극장도 없답니다! 아, 시골에 묻혀 살려니 지긋지긋해요. 제대로 된 하녀를 구하지 못하는 것도 당연하죠!

아무튼 오늘은 이쯤에서 작별 인사를 할게요. 새로운 소식이 있으면 편지 주세요.

사랑을 담아서
아일린 오브라이언

7월 14일에 홉킨스가 오브라이언에게 보낸 편지.

로즈 코티지

사랑하는 오브라이언 간호사에게

이곳은 모든 게 여전해. 헌터베리는 빈집이 되었어. 하녀들도 모두 떠나고, '매물'이라고 적힌 간판이 내걸렸지. 요전번에 비숍 부인을 만났는데, 1.5킬로미터쯤 떨어진 여동생 집에 살고 있다더라. 자기도 짐작하겠지만, 헌터베리가 팔린다는 소식에 아주 심란해하더라고. 칼라일 양이 웰먼 씨와 결혼해서 거기서 살 줄 알았나 봐. 그런데 B 부인 말로는 두 사람이 파혼했다는 거야! 칼라일 양은 자기가 떠나고 얼마 안 있어 런던으로 갔어. 한두 번 아주 이상한 행동을 보이던데. 정체를 모르겠다니까! 메리 제라드는 런던으로 올라가서 마사지 교습을 시작했어. 참 생각을 잘한 것 같아. 칼라일 양이 2000파운드를 줄 거라는데 상당한 액수지. 그 정도로 배려해 주는 사람도 많지 않을 거야.

그나저나 세상 돌아가는 거 보면 참 재미있어. 웰먼 부인이 루이스라고 적힌 사진을 보여 주었다고 이야기했던 거 생각나? 요전번에 슬래터리 부인(로드 선생의 전임자였던 랜섬 선생의 집에서 일하는 가정부야.)과 수다를 떠는데, 그 여자는 평생을 이 마을에서 살았으니 동네 주민들 사정을 오죽 잘 알겠어? 내가 지나가는 말처럼 그 이야기를 꺼내고 세례명을 운운하면서 루이스라는 이름이 흔치 않댔더니 그 여자가 포브스 파크에 살았던 루이스 라이크로프트 경을 예로 들더라고. 제17창기병대 소속으로 참전했는데 전쟁이 끝나 갈 무렵 전사했대. 그래서 물었지. "그분, 헌터베리에 살았던 웰먼 부인과 친한 사이였죠?" 그랬더니 나를 흘끗 쳐다보더니 이러더라고. "그럼요, 아주 친한 사이였죠, 어떤 사람들 말로는 친구 이상이었다는데, 내가 이러쿵저러쿵 말할 입장도 못 되고. 그냥 친구일 수도 있잖아요." 그때 웰먼 부인은 분명 미망인이 아니었냐고 물었더니 물론 미망인이었대. 그 순간 뭔가 있다 싶어서, 그런데 왜 두 사람이 결혼하지 않았는지 이상하댔더니 당장 이렇게 대답하는 거야. "결혼을 할 수가 없었죠. 그분 부인이 정신병원에 있었거든요!" 이로써 모든 게 밝혀진 셈이지! 진상을 이런 식으로 알게 되다니 신기하지 않아? 요즘은 쉽게 이혼할 수 있는데, 그 당시에는 정신병도 이혼 사유가 될 수 없었다니 유감스러운 일이지.

테드 빅랜드라고, 메리 제라드 주변에서 얼쩡대던 잘생긴 총각 생각나? 나한테 메리가 사는 런던 집 주소를 물었는데 가르쳐 주지 않았어. 테드 빅랜드에 비하면 메리가 한참 아깝거든. 자기도 눈치챘는지 모르겠지만, R. W. 씨가 메리한테 홀딱 반한 눈치야. 그 때문에 일이 복잡해졌으니 안타까워. 그 사람하고 칼라일 양이 파혼한 이유가 그 때문이거든. 칼라일 양은 심하게 충격을 받은 눈치더라고. 칼라일 양이 그 사람의 어디에 반했는지 모르겠어. 내 취향은 아닌데, 믿을 만한 소식통에 따르면 예전부터 칼라일 양이 그 사람을 사랑했다는 거야. 일이 복잡하게 되었지? 게다가 그 돈이 모두 칼라일 양의 차지가 되었으니. 그 사람은 숙모한테 상당한 금액을 물려받을 줄 알았을 텐데.

문간채의 제라드 영감은 급속도로 건강이 악화되고 있어. 여러 번 고약한 현기증을 일으켰지. 요즘은 얼마나 무례하고 외고집인지 몰라. 요전번에는 메리가 친딸이 아니라는 말까지 하더라고. 내가 말했지. "내가 만약 영감님이라면 창피해서 부인을 놓고 그런 소리는 못 할 것 같은데요." 그랬더니 나를 쳐다보면서 이렇게 말하는 거야. "멍청한 여자 같으니라고. 당신이 뭘 안다고." 어찌나 말을 예쁘게 하는지. 나도 아주 매섭게 쏘아붙여 주었지. 그 영감의 부인은 아마 결혼 전에 웰먼 씨의 집에서 하녀로 일했을 거야.

지난주에 「대지」를 봤어. 좋더라! 중국에서는 여자들이 온갖 것들을 참아야 하나 봐.

사랑을 담아서
제시 홉킨스

홉킨스가 오브라이언에게 보낸 엽서.

우리 편지가 서로 엇갈렸다니! 요즘 날씨 정말 끔찍하지 않아?

오브라이언이 홉킨스에게 보낸 엽서.

오늘 아침에 간호사님 편지를 받았어요. 이런 우연의 일치가!

7월 15일에 로더릭 웰먼이 엘리너 칼라일에게 보낸 편지.

사랑하는 엘리너에게

조금 전에 당신 편지 받았어. 헌터베리가 팔린대도 섭섭하지 않아. 미리 의논해 줘서 고마워. 거기 살지도 않을 거면 파는 게 가장 현명한 선택이지. 하지만 처분이 쉽지는 않을 거야. 하인용 별채도 훌륭하고 가스, 전기, 기타 등등 최신식으로 개조했지만 요즘 추세에 비하면 큰 편이니까. 아무튼 잘되길 바랄게!

이곳은 어마어마하게 더워. 몇 시간 동안 바다에 나와 있곤 하지. 사람들은 비교적 재미있지만, 자주 어울리지는 않아. 예전에 나더러 붙임성이 별로라고 한 적 있지? 아무래도 그 말이 맞는 것 같아. 인간들이 대부분 무지막지하게 혐오스럽거든. 어쩌면 그들도 나에게 이런 기분을 느끼는지도 모르지.

오래전부터 느꼈지만, 당신처럼 훌륭한 인간성을 갖춘 사람도 몇 없을 거야. 한두 주 뒤에는 달마티아 해변으로 건너갈까 생각 중이야. 22일 이후에는 두브로브니크(아드리아해의 진주로 불리는 크로아티아의 아름다운 해안 도시 — 옮긴이)의 토머스 쿡 앞으로 편지를 보내줘. 내가 도울 일이 있으면 알려 주고.

존경과 감사를 담아서

로더릭

7월 20일에 '세던, 블래서윅 앤드 세던'의 세던 씨가 엘리너 칼라일 양에게 보낸 편지.

블룸스버리 스퀘어 104번지

친애하는 칼라일 양께

소머벨 소령이 헌터베리 매입가로 제시한 12,500파운드의 조건을 수락하는 편이 좋겠습니다. 대규모 부동산 매각이 너무나도 어려운 요즘 같은 때 그 정도 가격이면 상당히 괜찮은 것 같습니다. 하지만 즉각적인 소유 이전이 조건이고 소머벨 소령이 그 일대의 다른 곳도 둘러보고 있기 때문에 당장 결정해야 합니다.

소머벨 소령은 3개월 동안 저택의 가구를 준비할 생각인데, 3개월 뒤면 법적인 수속이 모두 끝나서 계약할 수 있습니다.

문간채에 사는 제라드의 연금 문제에 관해서라면 병세가 위독해 오래 살지 못할 거라고 로드 선생에게 들었습니다.

아직 유언장 검인을 못 받았지만, 해결될 때까지 쓸 수 있도록 메리 제라드 양에게 100파운드를 미리 주었습니다.

애정을 담아서

에드먼드 세던 드림

7월 24일에 로드 선생이 엘리너 칼라일 양에게 보낸 편지.

친애하는 칼라일 양께

제라드 영감님이 오늘 돌아가셨습니다. 제가 도울 만한 일이 있을까요? 우리의 새로운 하원 의원, 소머벨 소령에게 집을 팔았다는 소식은 들었습니다.

애정을 담아서

피터 로드 드림

7월 25일에 엘리너 칼라일이 메리 제라드에게 보낸 편지.

　사랑하는 메리에게

　아버님이 돌아가셨다는 소식 들었어. 유감스럽게 생각해.

　헌터베리를 사겠다는 사람이 나타났어. 소머벨 소령이라는 분인데, 가능한 한 빨리 이사를 하고 싶대. 그래서 고모님의 서류를 정리하고 대청소를 하러 내려갈 생각이야. 너도 문간채에 있는 너희 아버님의 유품을 최대한 빨리 옮겨 줄 수 있겠니? 잘 지내고, 마사지 교습이 너무 힘들지 않기를 바랄게.

애정을 담아서

엘리너 칼라일

7월 25일에 메리 제라드가 홉킨스에게 보낸 편지.

　사랑하는 홉킨스 간호사님께

　아버지 소식을 편지로 알려 주셔서 감사해요. 고생하지 않으셨다니 다행이네요. 집이 팔렸으니까 문간채를 가능한 한 빨리 비워 달라고 엘리너 아가씨가 편지를 보내셨어요. 장례식을 치르러 내일 내려가는데, 간호사님 댁에서 묵어도 될까요? 답장이 없으면 승낙하신 걸로 알고 있을게요.

사랑을 담아서

메리 제라드

7장

I

7월 27일 목요일 아침, 엘리너 칼라일은 킹스 암스에서 나왔다. 잠시 선 채로 메이든스퍼드의 중심가를 위아래로 훑어보았다.

그러다 난데없이 환호성을 지르며 길을 건넜다.

우람하고 위풍당당한 모습, 돛을 전부 올린 범선처럼 평온한 걸음걸이는 누가 봐도 틀림없었다.

"비숍 부인!"

"어머나, 엘리너 아가씨! 깜짝이야! 여기 계신 줄 몰랐어요! 헌터베리에 오시는 줄 알았다면 찾아갔을 텐데! 누가 도와주고 있어요? 런던에서 사람을 데리고 오셨나요?"

엘리너는 고개를 저었다.

"헌터베리가 아니라 킹스 암스에 묵고 있어요."

비숍 부인은 길 건너편을 쳐다보며 미심쩍다는 듯이 코를 쿵쿵거렸다.

"거기도 있을 만하다고 들었어요. 깨끗하죠. 사람들 말로는 음식도 괜찮대요. 하지만 아가씨한테는 불편할 텐데."

엘리너는 미소를 지었다.

"아주 편해요. 하루 이틀 있는 건데요, 뭘. 집을 정리해야 하거든요. 고모님 유품이랑 런던으로 가지고 갈 가구 몇 점이랑."

"그럼 집이 정말 팔린 건가요?"

"예. 소머벨 소령한테 팔렸어요. 새로운 하원 의원. 조지 커 경이 죽고 나서 보궐 선거가 있었잖아요."

비숍 부인이 잘난 체하며 말했다.

"단독 선출이었죠. 메이든스퍼드에서는 보수당이 아니면 안 돼요."

엘리너가 말했다.

"정말 살 사람한테 집이 팔려서 기뻐요. 호텔로 바뀌거나 증축이 되면 가슴 아팠을 텐데."

비숍 부인은 눈을 감더니 풍만하고 당당한 몸을 부들부들 떨었다.

"그럼요. 그랬다면 끔찍했을 거예요. 정말로. 헌터베리가 낯선 사람들 손에 넘어간다는 생각만으로도 가슴이 아픈데."

"맞아요. 하지만 저 혼자 살기에는 너무 넓잖아요."

비숍 부인이 콧방귀를 뀌어서 엘리너는 얼른 덧붙였다.

"그렇지 않아도 물어보려던 참이었는데, 혹시 가지고 싶은 가구 있어요? 만약 있으면 기꺼이 드리고 싶은데."

비숍 부인은 얼굴을 환히 빛내며 우아하게 대답했다.

"글쎄요, 엘리너 아가씨. 정말 사려 깊고 고마운 말씀이네요. 혹시 괜찮으시면……?"

그녀가 멈칫거리자 엘리너가 말했다.

"말씀하세요."

"예전부터 응접실 책상을 볼 때마다 감탄했거든요. 어찌나 근사한지."

엘리너도 기억이 났다. 상감 세공을 한 화려한 책상이었다. 얼른 대답했다.

"기꺼이 드릴게요, 비숍 부인. 또 없으세요?"

"없어요, 엘리너 아가씨. 그것만으로도 너무나 과분한걸요."

"책상하고 비슷한 스타일의 의자도 몇 개 있는데. 그건 마음에 안 드세요?"

비숍 부인은 적절한 인사치레와 함께 의자도 갖겠다고 했다.

"저는 요즘 동생네 집에서 신세를 지고 있어요. 집을 정리하실 때 도울 만한 일이 있을까요, 엘리너 아가씨? 필요하시면 같이 가 드릴게요."

"말씀은 고맙지만 사양할게요."

다소 퉁명스럽다 싶을 만큼 금세 튀어나온 대답이었다.

"저는 정말 괜찮아요. 오히려 거들고 싶은걸요. 마님의 유품 정리라니 참 만감이 교차하겠네요."

"고맙지만 혼자 하고 싶어요. 혼자 하는 게 좋은 일도 있으니……."

비숍 부인은 딱딱하게 대꾸했다.

"그럼 좋을 대로 하세요. 그나저나 제라드의 딸이 내려와 있어요. 장례식이 어제였거든요. 홉킨스 간호사 집에 묵고 있다던데. 오늘 아침에 두 사람이 문간채로 갈 거라는 이야기를 들었어요."

엘리너는 고개를 끄덕였다.

"예. 소머벨 소령이 가능한 한 빨리 이사할 수 있도록 내려와서 정리해 달라고 메리한테 부탁했거든요."

"그렇군요."

"이제 그만 가 봐야겠어요. 만나서 반가웠어요, 비숍 부인. 책상하고 의자, 꼭 챙길게요."

엘리너는 비숍 부인과 악수를 하고 발걸음을 재촉했다.

빵집으로 들어가 빵 한 덩어리를 샀다. 그런 다음 유제품 전문점에서 버터 0.5파운드와 우유를 좀 샀다.

그리고 마지막으로 식품점에 들렀다.

"샌드위치에 발라 먹을 페이스트 주세요."

애벗 씨가 견습생을 팔꿈치로 밀치며 직접 나섰다.

"그러지요, 칼라일 양. 어떤 걸로 드릴까요? 연어와 새우? 칠면조와 혓바닥? 연어와 정어리? 햄과 혓바닥?"

그는 유리병을 차례대로 낚아채 계산대에 늘어놓았다.

엘리너는 희미하게 미소를 지었다.

"이름은 달라도 맛은 거의 비슷하더라고요."

애벗 씨는 얼른 맞장구를 쳤다.

"어떻게 보면 그럴지도 모르죠. 어떻게 보면. 하지만 아주 맛있습니다. 맛있고말고요."

"예전에는 생선 페이스트를 좀 꺼렸죠? 식중독을 일으킨 적이 몇 번 있었잖아요?"

애벗 씨는 충격받은 표정을 지었다.

"이건 아주 훌륭한 회사 제품입니다. 믿을 만한 곳이에요. 저희는 한 번도 항의를 받은 적이 없어요."

"연어와 안초비하고 연어와 새우로 할게요. 고맙습니다."

II

엘리너는 뒷문을 통해 헌터베리 마당에 들어섰다.

덥고 화창한 여름날이었다. 스위트피가 한창이었다. 엘리너는 줄줄이 늘어선 스위트피 옆을 스쳐 지나갔다. 이 집에 남아 관리를 맡고 있던 보조 정원사 홀릭이 공손하게 그녀를 맞이했다.

"오셨어요, 아가씨. 편지 받았습니다. 옆문이 열려 있을 겁니다. 덧문과 창문들도 대부분 열어 놓았고요."

"고마워, 홀릭."

그녀가 걸음을 옮기려는데, 젊은 정원사가 울대뼈를 위아래로 움찔거리며 긴장한 얼굴로 입을 열었다.

"아가씨, 죄송하지만……."

엘리너는 고개를 돌렸다.

"응?"

"집이 팔린 게 사실인가요? 그러니까 정말 계약이 된 겁니까?"

"응!"

홀릭은 긴장한 목소리로 말했다.

"아가씨께 한 가지 부탁드리고 싶어서요. 그러니까 소머벨 소령님께 말입니다. 어쩌면 정원사가 필요하실지 모르지 않습니까? 수석 정원사로 쓰기에는 제가 너무 젊다고 생각하실지 모르겠지만 스티븐스 씨 밑에서 지금까지 4년을 일했고, 자질구레한 부분들도 훤하고, 혼자서 관리를 맡은 뒤에도 잘 꾸려 나갔으니까요."

엘리너가 얼른 대답했다.

"내가 할 수 있는 일이 있으면 당연히 뭐든 해 줄게, 홀릭. 사실 네 솜씨가 얼마나 좋은지 소머벨 소령한테 이야기할 생각이었어."

홀릭의 얼굴이 시뻘겋게 변했다.

"감사합니다, 아가씨. 정말 감사합니다. 아가씨도 아시겠지만 좀 충격이었어요. 마님께서 돌아가시더니 갑자기 집이 팔리고…… 그리고 사실…… 올 가을에 결혼할 생각이었거든요. 한 가지만 확실하면……."

그는 말끝을 흐렸다.

엘리너가 다정하게 말했다.

"소머벨 소령이 채용해 주면 좋겠다. 내가 힘닿는 데까지 도울게."

홀릭은 다시 한번 말했다.

"감사합니다, 아가씨. 저희는 가족분이 이 집을 유지해 주시길 얼마나 바랐는지 몰라요. 아무튼 감사합니다, 아가씨."

엘리너는 걸음을 옮겼다.

돌연, 마치 둑이 무너진 것처럼, 노여움이, 미칠 듯한 분노가 파도처럼 밀려들었다.

'저희는 가족분이 이 집을 유지해 주시길 얼마나 바랐는지 몰라요……'

그녀는 로더릭과 함께 여기서 살 수도 있었다! 로더릭과 함께…… 로더릭도 그러기를 바랐을 것이다. 그녀도 바라던 바였다. 두 사람은 예전부터 헌터베리를 사랑했다. 잊지 못할 헌터베리…… 부모님이 돌아가시기 몇 년 전 인도로 떠났을 때 그녀는 이곳에서 방학을 보냈다. 숲에서 뛰어놀고, 개울가를 산책하고, 스위트피를 한 아름 따고, 통통한 초록색 구스베리와 향기로운 자주색 나무딸기를 먹었다. 나중에는 사과도 열렸다. 이곳에는 몇 시간이고 틀어박혀 책을 읽던 비밀 은신처도 몇 군데 있었다.

그녀는 헌터베리를 사랑했다. 언젠가는 이곳에서 영원히 살게 될 거라는 확신이 늘 마음 한구석에 자리 잡고 있었다. 그런 확신을 심어 준 사람이 로라 고모였다. 고모는 이런 식이었다.

"엘리너, 나중에는 저 주목들을 잘라야겠다. 너무 어두컴컴하지 않니?"

"여기 수생 식물원을 만들어도 좋을 것 같아. 나중에 네가 만들든지."

그리고 로더릭. 로더릭이 헌터베리가 자기 집이 되는 날을 손꼽아 기다렸다. 엘리너, 그녀에 대한 마음 뒤편에 그런 생각이 깔려 있었을지도 모른다. 그들 두 사람이 헌터베리에서 함께 사는 것이 당연하고 합당하다고, 그는 무의식적으로 그렇게 생각했다.

두 사람은 함께 있었을 것이다. 지금, 여기에, 함께 있었을 것이다. 이삿짐을 정리하는 게 아니라 새롭게 단장하고, 집과 정원을 예쁘게 꾸밀 계획을 세우고, 이곳을 소유했다는 온화한 기쁨을 누리며 나란히 걸었을 것이다. 행복하게, 둘이서 정말로 행복하게 살았을 것이다. 들장미 같은 매력의 소유자와 마주치는 치명적인 사건만 없었더라면…….

로더릭은 메리 제라드에 대해 아는 게 뭘까? 아무것도 없었다. 손톱만큼도 없었다! 그 아이의 어디가 마음에 드는 걸까? 본모습의 어디가? 메리는 여러 가지 장점의 소유자일 것이다. 하지만 로더릭이 그런 장점들을 알고 있을까? 이건 너무 뻔한 이야기였다. 조물주의 진부한 농담이었다!

로더릭도 '홀린' 거라고 했다.

로더릭도 '진심으로' 해방되고 싶다고 했다.

만약 메리 제라드가 죽으면 로더릭도 언젠가는 인정하지 않을까? 그게 모두에게 최선이었다고, 이제 알겠다고, 두 사람은 공통점이 전혀 없었다고…….

그러고는 애수에 젖은 목소리로 부드럽게 덧붙일 것이다.

"정말 사랑스러운 아이였는데……."

그래, 그렇게 하자. 로더릭에게 메리가 근사한 추억, 아름다운 과거, 영원한 기쁨으로 남게 하자.

만약 메리 제라드에게 무슨 일이 생기면 로디릭은 엘리너, 그녀에게 돌아올 것이다……. 그것만은 장담할 수 있었다! 만약 메리 제라드에게 무슨 일이 생기면…….

엘리너는 옆문 손잡이를 돌렸다. 따뜻한 햇볕을 벗어나 그늘진 집 안으로 들어서자 부르르 몸이 떨렸다.

춥고 어둡고 음산했다. 뭔가가 집 안에서 그녀를 기다리고 있는 것 같았다.

그녀는 현관을 가로질러 가서 초록색 모직 천을 씌운 식료품 저장실 문을 열었다.

조금 퀴퀴한 냄새가 나서 그녀는 창문을 활짝 열어젖혔다.

들고 온 버터와 빵, 조그만 유리병에 담긴 우유를 내려놓는데, 이런 생각이 들었다.

'바보! 커피를 깜빡했잖아.'

선반에 놓인 깡통들을 뒤졌다. 홍차가 든 깡통은 한 개 있었지만, 커피는 없었다.

'뭐, 상관없어.'

생선 페이스트가 담긴 유리병 두 개의 포장을 벗겼다.

유리병을 쳐다보며 잠시 서 있다가 식료품 저장실을 빠져나가 2층으로 올라갔다. 그녀가 향한 곳은 웰먼 부인의 방이었다. 큼지막한 2층 옷장부터 서랍을 열고, 옷을 정리하고 분류해 조그맣게 쌓기 시작했다⋯⋯.

III

메리 제라드는 하릴없이 문간채를 둘러보고 있었다.

이처럼 비좁은 곳이라는 걸 예전에는 미처 몰랐다.

지난날이 봇물처럼 밀려들었다. 인형 옷을 만들어 주던 엄마. 늘 퉁명스럽고 뿌루퉁했던 아버지. 아버지는 그녀를 싫어했다. 그렇다, 그녀를 싫어했다⋯⋯.

메리가 홉킨스에게 느닷없이 물었다.

"아버지가 아무 말도 안 했어요? 돌아가시기 전에 유언 같은 거 안 남겼어요?"

무신경하게도 홉킨스는 명랑한 투로 대답했다.

"응. 돌아가시기 전에 한 시간 동안 의식 불명이었거든."

메리는 천천히 말을 이었다.

"내려와서 아버지를 돌봤어야 하지 않았나 싶어요. 어쨌거나 아버지였는데."

홉킨스는 당황스러운 표정을 지었다.

"내 말 잘 들어, 메리. 그분이 네 아버지였건 아니건, 그건 상관없는 문제야. 요즘 아이들은 부모가 안중에도 없고, 아이들한테 신경 안 쓰는 부모들도 많지. 중학교에서 근무하는 램버트 선생의 말에 따르면 그럴 수밖에 없대. 가정이 모두 틀려먹었으니 나라에서 아이들을 키워야 한다나? 그래 봐야 허울만 그럴듯한 고아원밖에 더될까 싶다만, 어쨌거나 과거를 돌이키면서 감상에 젖는 건 시간 낭비야. 산 사람은 살아야지. 그게 우리의 임무니까. 가끔은 생각처럼 쉽지 않은 우리의 임무!"

메리가 천천히 입을 열었다.

"맞는 말씀인 것 같아요. 하지만 아버지랑 잘 지내지 못한 게 제 잘못이라는 기분이 들어요."

홉킨스는 딱 잘라 말했다.

"말도 안 되는 소리."

이 소리가 폭탄처럼 쾅 하고 메리를 압도했다. 홉킨스는 좀 더 실질적인 부분으로 관심을 돌렸다.

"가구는 어떻게 할래? 가질 거니, 아니면 팔 거니?"

메리는 머뭇머뭇 대답했다.

"모르겠어요. 어떻게 할까요?"

홉킨스는 실용적인 면을 우선시하는 눈으로 훑어보았다.

"몇 개는 제법 괜찮고 튼튼해 보여. 그건 놔뒀다가 나중에 런던에 작은 아파트가 생겼을 때 쓰면 되겠다. 허섭스레기는 처분해. 의자는 괜찮네. 식탁도 그렇고. 저 책상도 쓸 만하다. 구식이지만 튼튼한 마호가니이고, 빅토리아풍이 언젠가는 다시 유행할 거라니까. 나라면 저 커다란 옷장은 버리겠어. 어디 갖다 놓더라도 너무 크잖아. 침실 절반을 차지하고 있으니."

두 사람은 남길 물건과 버릴 물건을 목록으로 만들었다.

메리가 말했다.

"변호사가 친절하더라고요. 세던 씨 말이에요. 교습비와 기타 비용을 충당할 수 있도록 미리 돈을 좀 주었어요. 유산을 받으려면 한 달 정도 기다려야 한다고 하시더군요."

"일은 어때?"

"아주 마음에 들어요. 처음이라 힘들기는 하지만. 집에 오면 파김치가 되어 버린다니까요."

홉킨스가 무뚝뚝하게 말했다.

"나도 세인트루크 병원에서 실습할 때 죽을 것 같았지. 3년을 어떻게 버티나 싶었는데 버텨지더구나."

두 사람은 고인의 옷을 정리했다. 이제는 종이 뭉치가 가득 든 양철 상자 차례였다.

"이것도 살펴봐야겠죠?"

두 사람은 식탁 양쪽에 앉았다.

홉킨스가 종이 뭉치를 한 움큼 집어 들며 투덜거렸다.

"어쩌면 이런 잡동사니들을 모아 놓았나 몰라. 신문 쪼가리, 옛날 편지. 뭐 이런 것들이라니까?"

메리가 서류 하나를 펼치며 말했다.

"이건 엄마, 아빠의 결혼 증명서예요. 세인트올번스(런던에서 북서쪽으로 약 30킬로미터 지점에 있는 도시 — 옮긴이), 1919년."

"옛날에는 혼인 증빙서라고 했지. 이 마을 사람들은 대부분 아직도 그렇게 부르더구나."

그때 메리가 숨을 죽이고 말했다.

"그런데 간호사님……."

"왜 그러니?"

떨리는 목소리였다.

"모르시겠어요? 올해는 1939년이잖아요. 그리고 저는 스물한 살이고요. 1919년이면 제가 한 살이었어요. 그러니까…… 그러니까…… 아버지하고 어머니가 '그 이후에' 결혼했다는 뜻이잖아요."

홉킨스는 미간을 찌푸리더니 딱 잘라 말했다.

"그런데, 그게 뭐 어때서? 요즘 같은 때 그런 데 신경 쓸 필요 없잖니!"

"하지만 간호사님, 신경이 쓰여요."

홉킨스가 설득력 있게 말했다.

"가야 할 때가 훨씬 지난 다음에 교회를 찾는 부부도 많잖니. 그래도 결국 가기만 하면 아무 상관 없잖아? 안 그래?"

메리가 나지막이 중얼거렸다.

"그래서…… 아버지가 저를 못마땅하게 생각했던 걸까요? 제가 생기는 바람에 어머니랑 결혼했기 때문에?"

홉킨스는 머뭇거리며 입술을 깨물다 입을 열었다.

"그런 건 아닐 거야."

잠시 말을 멈추었다 다시 이었다.

"그래, 계속 신경을 쓸 바에야 진실을 아는 게 낫겠지. 너는 제라드의 딸이 아니란다."

"그래서 그랬던 거로군요!"

"그랬을 거야."

메리의 두 뺨이 난데없이 빨갛게 달아올랐다.

"이런 말 하면 안 되겠지만 기뻐요! 아버지한테 애정이 없어서 늘 마음이 불편했거든요. 그런데 친아버지가 아니라면 그래도 되는 거 잖아요! 그런데 간호사님은 그걸 어떻게 알게 된 거예요?"

"제라드가 죽기 전에 계속 그런 소리를 했거든. 내가 그만 좀 하라고 쏘아붙여도 들은 척도 안 하더라고. 물론 이런 이야기가 나오지 않았다면 나도 너한테 아무 말 안 했을 거야."

메리가 천천히 말했다.

"친아버지는 누구인지 궁금해요……."

홉킨스는 머뭇거리며 입을 열었다가 다시 다물었다. 어떤 문제에 대해서 결정을 내리지 못하고 갈팡질팡하는 눈치였다.

그때 그림자 하나가 방을 가로질러 나타나자 두 사람은 고개를 돌렸다. 엘리너 칼라일이 창가에 서 있었다.

엘리너가 먼저 인사했다.

"안녕하세요."

홉킨스가 말했다.

"안녕하세요, 칼라일 양. 날씨 좋죠?"

메리도 따라 인사했다.

"아…… 안녕하세요, 엘리너 아가씨."

엘리너가 말했다.

"샌드위치를 좀 만들었어요. 와서 드실래요? 1시가 됐는데 집에 가서 점심을 먹고 오려면 번거롭잖아요. 일부러 세 명이 먹어도 넉넉할 만큼 만들었어요."

홉킨스는 놀란 기색이었지만 흔쾌히 수락했다.

"어머, 칼라일 양, 그렇게까지 생각해 주시다니. 사실 하던 일을 중단하고 마을 저쪽까지 다녀오려면 귀찮긴 하죠. 오늘 오전 중으로 끝내고 싶어서 일찌감치 환자들을 보고 왔는데 생각보다 오래 걸리네요."

메리도 감사 인사를 했다.

"고맙습니다, 엘리너 아가씨. 정말 친절한 말씀이네요."

세 사람은 본채로 향하는 차도를 걸었다. 엘리너가 앞문을 열어 놓은 상태였다. 세 사람은 서늘한 현관으로 들어섰다. 메리가 살짝 몸서리를 쳤다. 엘리너가 날카로운 눈빛으로 그녀를 쳐다보며 물었다.

"왜 그래?"

"아, 아니에요. 그냥 움찔해서요. 따뜻한 곳에 있다 들어와서 그런지……."

엘리너가 나지막이 말했다.

"이상하네. 오늘 아침에 나도 기분이 이상하던데."

홉킨스가 웃음을 터뜨리며 떠들썩하게 말했다.

"그러다 조금 있으면 집 안에 귀신이 있다고 그러겠네요. 나는 아무것도 모르겠는데!"

엘리너는 미소를 지으며 앞문 오른편에 위치한 거실을 향해 앞장섰다. 차양이 올려져 있고 창문이 열려 있어 환한 분위기였다.

엘리너가 현관을 가로질러 식료품 저장실로 건너가 큼지막한 샌드위치 접시를 들고 왔다. 그녀는 접시를 메리에게 건네며 물었다.

"먹어 볼래?"

메리가 한 개를 집어 들었다. 엘리너는 메리의 하얗고 고른 이가 샌드위치 속으로 파고드는 모습을 잠시 지켜보며 서 있었다.

그녀는 한동안 잠깐 숨을 참는 눈치더니 가벼운 한숨 소리를 내며 내뱉었다.

그러고도 접시를 든 채 멍하니 서 있다가 홉킨스의 살짝 벌어진 입술과 배고픈 표정을 보고서야 얼굴을 붉히며 얼른 접시를 내밀었다.

이윽고 엘리너는 자기도 샌드위치를 한 개 집어 들며 미안한 듯이 말했다.

"커피를 끓이려고 했는데 사 오는 걸 깜빡했지 뭐예요. 맥주는 좀 있는데. 드실 분 있어요?"

홉킨스가 아쉽다는 듯이 말했다.

"차를 좀 가지고 올걸."

엘리너가 멍한 목소리로 말했다.

"식료품 저장실 깡통에 차는 좀 남아 있더라고요."

홉킨스의 표정이 밝아졌다.

"그럼 가서 주전자를 올려놓을게요. 우유는 없겠죠?"

"있어요. 좀 사 왔어요."

"어머, 잘됐네요."

홉킨스는 이렇게 말하며 서둘러 나갔다.

거실에는 엘리너와 메리, 단둘이 남게 되있다.

묘한 긴장감이 감돌았다. 엘리너는 말을 붙여 보려고 애를 쓰는 표정이 역력했다. 하지만 입술이 말라 버렸다. 그녀는 혀로 입술을 축이고 조금 뻣뻣하게 물었다.

"런던에서 하는 일은 괜찮아?"

"예, 덕분에요. 저기…… 정말 감사드려요."

엘리너의 입에서 느닷없이 쇳소리가 터져 나왔다. 어찌나 귀에 거슬리고 엘리너답지 않은 웃음소리였던지 메리가 놀란 얼굴로 빤히 쳐다볼 정도였다.

"고마워할 필요 없다니까!"

메리는 다소 당황하며 말했다.

"제 말씀은…… 그러니까……."

결국 말을 잇지 못했다.

엘리너가 메리를 뚫어져라 쳐다보고 있었다. 너무 예리하고 묘한 눈빛이라 메리는 몸을 움찔거렸다.

"무슨…… 문제라도 있으세요?"

엘리너는 벌떡 자리에서 일어나 고개를 돌렸다.

"문제 될 게 뭐가 있겠니?"

메리는 조그맣게 속삭였다.

"그게…… 아가씨 표정이……."

엘리너는 살짝 웃음을 터뜨렸다.

"내가 뚫어져라 쳐다보았니? 미안. 가끔 그럴 때가 있거든. 다른 생각을 하다 보면."

그때 홉킨스가 문가에서 안을 들여다보며 밝은 목소리로 "주전자 올려놨어요." 하고는 다시 나갔다.

엘리너는 난데없이 웃음보를 터뜨렸다.

"폴리야, 주전자를 올려놓아라, 폴리야, 주전자를 올려놓아라, 폴리야, 주전자를 올려놓아라, 우리 모두 차를 마시자! 어렸을 때 그러면서 놀았던 거 생각나?"

"예, 생각나요."

"어렸을 때라…… 메리, 그 시절로 돌아갈 수 없는 게 서글프지 않니?"

"그때로 돌아가고 싶으세요?"

엘리너는 딱 잘라 말했다.

"응, 돌아가고 싶어……."

잠깐 동안 두 사람 사이에 침묵이 흘렀다.

잠시 후 메리가 얼굴을 붉히며 말을 꺼냈다.

"엘리너 아가씨, 오해는 하지 마세요……."

하지만 엘리너의 호리호리한 몸이 별안간 뻣뻣하게 굳으면서 턱이 들리는 것을 보고는 말을 멈추었다.

엘리너가 차갑고 냉정한 목소리로 물었다.

"무슨 오해를 하지 말아 달라는 거지?"

메리는 조그맣게 중얼거렸다.

"그게…… 무슨 말을 하려 그랬는지 잊어버렸어요."

뻣뻣하게 굳었던 엘리너의 몸이 풀렸다. 위기가 지나갔다는 뜻이었다.

홉킨스가 쟁반을 들고 들어왔다. 쟁반에 갈색 찻주전자와 우유, 컵 세 개가 놓여 있었다.

곤두박질친 분위기는 전혀 알아차리지 못한 눈치였다.

"차 가지고 왔어요!"

홉킨스가 엘리너 앞에 쟁반을 내려놓자, 엘리너는 고개를 저으며 쟁반을 메리 쪽으로 밀었다.

"저는 됐어요."

그녀는

메리가 두 잔을 따랐다.

홉킨스는 만족스러운 듯이 한숨을 내쉬었다.

"진하고 맛있다."

엘리너는 자리에서 일어나 창가 쪽으로 걸어갔다. 홉킨스가 달래는 투로 물었다.

"정말 안 마실래요, 칼라일 양? 맛있는데."

엘리너는 조그맣게 중얼거렸다.

"아뇨, 괜찮아요."

간호사는 찻잔을 비우고 잔 받침에 내려놓으며 중얼거렸다.

"불을 꺼야겠네. 차가 부족할지 몰라서 주전자를 그냥 올려놓고 왔는데."

그러고는 부산스럽게 밖으로 나갔다.

엘리너가 창가에서 고개를 돌렸다. 그녀의 입에서 느닷없이 애원하는 듯한 목소리가 새어 나왔다.

"메리······."

메리 제라드가 얼른 대답했다.

"예?"

엘리너의 얼굴에서 천천히 빛이 사라지며 입술이 닫혔다. 애원하는 표정이 사라지고, 냉랭하고 고요한 가면만 남았다.

"아무것도 아니야."

침묵이 무겁게 방 안을 짓눌렀다.

메리는 이렇게 생각했다.

'오늘은 정말 모든 게 이상하다. 마치······ 뭔가를 기다리는 듯한 분위기야.'

마침내 엘리너가 몸을 움직였다.

창가를 떠나 쟁반을 집어 들고는 그 위에 빈 샌드위치 접시를 올려놓았다.

메리가 자리에서 벌떡 일어섰다.

"아가씨, 제가 할게요."

엘리너가 날카롭게 쏘아붙였다.

"아냐. 그냥 있어. 내가 할게."

엘리너는 쟁반을 들고 밖으로 나갔다. 그녀는 젊고 아름답고 생기발랄한 창가의 메리 제라드를 어깨 너머로 흘끗 쳐다보았다.

IV

홉킨스는 식료품 저장실에서 손수건으로 얼굴을 훔치고 있다가 엘리너가 들어오자 고개를 홱 들었다.

"아유, 이 안은 정말 찜통이네요!"

엘리너는 기계적으로 대답했다.

"예, 남향이라서요."

홉킨스가 쟁반을 받아 들었다.

"설거지는 제가 할게요, 칼라일 양. 안색이 안 좋아 보이네요."

엘리너는 아랑곳하지 않고 행주를 집었다.

"아, 괜찮아요. 제가 물기를 닦을게요."

홉킨스는 소맷부리를 걷어붙이고 찻주전자에 들어 있던 뜨거운 물을 혼응지(송진과 기름을 먹인 딱딱한 종이 — 옮긴이)로 만든 대야에 쏟아부었다.

엘리너가 그녀의 손목을 쳐다보며 무심히 말했다.

"다쳤네요."

홉킨스는 웃음을 터뜨렸다.

"문간채에 장미 울타리가 있잖아요. 거기 가시에 찔렸어요. 금세 뽑을 거예요."

문간채의 장미 울타리……. 추억이 파도처럼 밀려들었다. 로더릭과 장미의 전쟁을 치렀던 그때. 로더릭과 화해했던 그때. 유쾌하고 즐겁고 행복했던 날들. 혐오라는 역겨운 감정이 그녀를 덮쳤다. 지금 그녀는 어떻게 되었나? 시커먼 증오의 구렁텅이, 악의 구렁텅이……. 서 있던 그녀의 몸이 살짝 흔들렸다.

'나는 미쳤어. 진짜 미쳤어.'

홉킨스가 호기심 어린 눈빛으로 그녀를 물끄러미 쳐다보았다.

나중에 홉킨스는 이렇게 회고했다.

"정말 이상했어요…… 무슨 소리인지 모르면서 그냥 이야기하는 것처럼 보이는가 하면, 눈빛이 너무 반짝이고 묘하더라고요."

컵과 받침이 대야 속에서 달그락거렸다. 엘리너는 생선 페이스트가 들어 있던 빈 유리병을 식탁에서 집어 들어 대야에 넣었다. 그러면서 다시 입을 열었을 때는 어찌나 목소리가 차분하던지 스스로 놀랄 정도였다.

"2층에서 고모님의 옷을 좀 정리했어요. 이 마을에서 필요한 분이 계시면 간호사님이 알려 주세요."

홉킨스는 기운차게 대답했다.

"있다마다요. 파킨슨 부인, 넬리 할멈, 아이비 코티지에 사는 딱한 환자. 그 사람들한테는 하늘이 내려 준 선물일 거예요."

홉킨스와 엘리너는 식료품 저장실을 치웠다. 그런 다음 함께 2층으로 올라갔다.

웰먼 부인의 방으로 들어가 보니 옷가지가 깔끔하게 개켜진 꾸러미가 있었다. 속옷, 정장, 고급스러운 옷 몇 벌, 벨벳 다회복(茶會服), 사향쥐 코트. 엘리너가 사향쥐 코트는 비숍 부인에게 줄까 생각 중이라고 말했다. 홉킨스는 찬성의 뜻으로 고개를 끄덕였다.

간호사는 서랍장에 놓인 웰먼 부인의 흑담비 코트를 보고 이렇게 생각했다.

'저건 수선해서 자기가 입으려는 모양이군.'

큼지막한 옷장 쪽으로 시선을 돌렸다. 엘리너가 '루이스'라고 적힌 사진을 보았는지, 보았다면 무슨 생각을 했을지 궁금해졌다.

'오브라이언이 보낸 편지가 내 편지하고 엇갈리다니 희한하기도 하지. 그런 일이 생길 줄은 꿈에도 몰랐는데. 내가 슬래터리 부인에 대해서 편지를 쓴 날, 오브라이언도 사진의 정체를 알아내다니.'

홉킨스는 엘리너를 도와서 옷을 종류별로 분류했고, 받을 사람에 맞게 꾸러미로 묶어서 나누어 주는 일을 자청했다.

"내가 이 일을 하는 동안 메리도 문간채 정리를 끝낼 수 있을 거예요. 서류가 든 상자만 살펴보면 되거든요. 그나저나 이 아이가 어디 있지? 문간채로 내려갔나?"

"거실에 두고 나왔는데……."

"지금까지 거실에 있지는 않겠죠."

그렇게 말한 뒤 홉킨스는 손목시계를 흘끗 보았다.

"어머나, 여기 올라온 지 거의 한 시간이나 지났어요!"

간호사는 부산스럽게 계단을 내려갔고 엘리너도 그 뒤를 따랐다.

두 사람은 거실로 들어갔다.

홉킨스가 큰 소리로 외쳤다.

"저런, 잠이 들었네요."

메리 제라드는 창가의 커다란 안락의자에 앉아 있었다. 그 안에 약간 파묻힌 모습이었다. 거실에 이상한 소리가 떠돌고 있었다. 코를 골며 힘겹게 숨을 쉬는 소리였다.

간호사가 다가가 메리를 흔들었다.

"얘, 그만 일어나야지……."

말을 하다 말고 허리를 숙여 눈꺼풀을 뒤집어 보더니 미친 듯이 메리를 흔들기 시작했다.

그러고는 엘리너 쪽으로 고개를 돌렸다.

"어떻게 된 거죠?"

자못 위협적인 목소리였다.

"무슨 말이에요? 메리가 어디 안 좋은가요?"

"전화 어디 있어요? 당장 로드 선생님을 부르세요."

"왜 그러는데요?"

"왜 그러냐고요? 이 아이가 아파요. 죽어 가고 있다고요."

엘리너는 움찔 뒷걸음질을 쳤다.

"죽어 가고 있다고요?"

"약물 중독이에요……."

홉킨스는 의심이 담긴 싸늘한 눈빛으로 엘리너를 쳐다보았다.

제2부

1장

에르퀼 푸아로는 달걀 모양의 머리를 한쪽으로 살짝 기울인 채 눈썹을 치켜세운, 질문하는 듯한 표정에 양 손가락 끝을 맞붙인 모습으로 한 젊은 남자를 지켜보고 있었다. 그는 인상 좋은 주근깨투성이 얼굴을 찌푸리고 방 안을 미친 듯이 서성이고 있었다.

에르퀼 푸아로가 물었다.

"그것참, 도대체 무슨 일이십니까?"

피터 로드는 걸음을 딱 멈추었다.

"푸아로 선생님. 이 세상에서 저를 도울 수 있는 사람이 선생님밖에 없습니다. 스틸링플리트한테 이야기 들었습니다. 베네딕트 팔리 사건 때 선생님이 어떤 활약을 보였는지 알려 주더군요. 모든 사람들이 자살이라고 생각했을 때 선생님이 타살임을 밝혀내셨다고."

"그럼 자살한 환자들 중에 미심쩍은 경우라도 있는 건가요?"

피터 로드는 고개를 저으며 푸아로 맞은편에 앉아 입을 열었다.

"어떤 아가씨가 있는데, 살인 혐의로 체포되어 재판을 받게 생겼습니다! 선생님이 그 아가씨의 짓이 아니라는 증거를 찾아 주셨으면 합니다."

푸아로는 눈썹을 조금 더 위로 치키고는 짐짓 조심스럽고 은밀한 분위기로 물었다.

"그 아가씨하고는…… 약혼한 사이인가요? 서로 사랑하는 사이입니까?"

피터 로드는 웃음을 터뜨렸다. 날카롭고 쓸쓸한 웃음이었다.

"아뇨, 전혀 그런 사이가 아닙니다! 그 아가씨는 코가 길고 건방진 녀석을 더 좋아하는 고약한 취향의 소유자죠! 얼굴도 처량한 말처럼 생겼던데. 정말 멍청한 짓이지만 어쩌겠습니까!"

"그렇군요."

로드가 쓸쓸하게 말했다.

"아, 모두 눈치채셨군요! 하긴 둔한 사람이라도 알 수 있을 겁니다. 저는 그 아가씨에게 첫눈에 반해 버렸습니다. 그 아가씨가 교수형을 당하지 않기를 바라는 이유도 그 때문이고요. 아시겠지요?"

"그 아가씨는 무슨 혐의로 기소된 건가요?"

"메리 제라드라는 아가씨에게 염산 모르핀을 먹인 혐의로 기소되었습니다. 아마 신문에서 문제의 그 사건을 보셨을 겁니다."

"동기는?"

"질투죠!"

"그런데 선생이 보기에는 그럴 리 없다는 건가요?"

"예. 절대 그럴 리 없습니다."

에르퀼 푸아로는 생각에 잠긴 눈빛으로 잠시 그를 쳐다보다 물었다.

"저한테 원하는 게 정확히 무엇입니까? 이 사건을 조사해 주기를 바라는 건가요?"

"그 아가씨를 석방시켜 주십시오."

"저는 변호사가 아니올시다, 선생."

"좀 더 분명하게 말씀드리겠습니다. 변호사가 그 아가씨를 석방 시킬 수 있도록 증거를 찾아 주십시오."

"말씀을 조금 재미있게 하시는군요."

"단도직입적이다, 이 말씀입니까? 저한테는 간단한 문제이기 때 문이죠. 저는 이 아가씨의 누명을 벗기고 싶습니다. 제 생각에는 그 럴 수 있는 사람이 선생님밖에 없고요!"

"저더러 사건을 조사해 달라는 건가요? 진실을 밝혀 달라는 건가 요? 실상을 파악해 달라는 건가요?"

"그 아가씨에게 유리한 증거가 있다면 무엇이든 찾아내 주십시오."

에르퀼 푸아로는 조심스럽고 정확한 자세로 조그만 담배에 불을 붙였다.

"하지만 조금 비도덕적인 요구가 아닌가요? 진실을 밝히는 것, 그 것이야 늘 흥미진진하지요. 하지만 진실은 양날의 칼과 같습니다. 만약 제가 그 아가씨에게 불리한 증거를 발견했다고 칩시다. 그럼 그걸 은폐해 달라는 말인가요?"

피터 로드는 자리에서 일어섰다. 얼굴이 백지장처럼 창백했다.

"그럴 리 없습니다! 지금보다 더 불리한 증거가 나올 수 없는 상황이니까요! 완선히 절망적입니다! 만천하에 공개된 불리한 사실들이 얼마나 많은지 모릅니다! 선생님께서 어떤 증거를 발견하더라도 상황이 지금보다 나빠질 수 없을 지경입니다! 스틸링플리트가 선생님은 정말 천부적이라더군요. 선생님의 능력을 총동원해 빠져나갈 구멍을, 그럴듯한 방법을 마련해 주십시오."

에르퀼 푸아로가 물었다.

"변호사들이 만들어 주지 않겠습니까?"

젊은 청년은 코웃음을 쳤다.

"과연 그럴까요? 그 사람들은 시작하기도 전에 이미 포기했습니다. 승산이 없다는 거죠! 그들은 왕실 고문 변호사인 벌머에게 변호를 맡겼습니다. 그렇게 가망 없는 인간에게 변호를 맡긴 자체가 뻔한 속셈이죠! 장황한 이야기를 늘어놓고…… 흐느껴 울고…… 피고가 아직 젊다는 사실을 강조하고…… 그런 식이 될 테니까요! 하지만 판사는 그의 속셈에 넘어가지 않을 겁니다. 어림없는 소리죠!"

"만약 그 아가씨가 유죄라고 칩시다. 그래도 무죄로 풀려나기를 바라십니까?"

피터 로드는 조용히 대답했다.

"예."

에르퀼 푸아로는 의자 안에서 몸을 움직였다.

"재미있는 양반이로군……."

잠시 후 다시 입을 열었다.

"사건의 정확한 진상을 알려 주십시오."

"신문에서 읽지 않으셨습니까?"

에르퀼 푸아로는 손사래를 쳤다.

"언급된 기사야 읽었습니다. 하지만 워낙 부정확한 보도가 많이 실리니 신문에서 하는 말은 절대 믿을 수가 없지요."

"아주 간단합니다. 끔찍할 만큼 간단하죠. 엘리너 칼라일이 이 근처 헌터베리 홀이라는 곳에서 유언장 없이 돌아가신 고모에게 유산을 물려받았습니다. 고모의 성은 웰먼이었죠. 그 고모에게는 시조카인 로더릭 웰먼이 있습니다. 로더릭은 엘리너 칼라일의 약혼자이기도 했습니다. 두 사람은 어렸을 때부터 알고 지낸 오랜 사이죠. 헌터베리에는 또 한 명의 아가씨가 살고 있었습니다. 문간지기의 딸인 메리 제라드였죠. 웰먼 부인은 교육비를 대 준다 어쩐다 하며 이 아가씨한테 공을 많이 들였습니다. 그 결과, 이 아가씨는 귀부인 같은 분위기를 풍기게 되었습니다. 로더릭 웰먼은 이 아가씨에게 반한 눈치를 보였고, 그로 인해 약혼이 깨졌죠.

이제 본론으로 들어가겠습니다. 엘리너 칼라일은 저택을 매물로 내놓았고, 소머벨이라는 사람이 샀습니다. 엘리너는 고모의 유품을 정리하러 헌터베리로 내려왔죠. 얼마 전에 아버지를 여읜 메리 제라드도 마침 문간채를 치우고 있었습니다. 그때가 7월 27일 아침입니다.

엘리너 칼라일은 근처 여인숙에 묵고 있었습니다. 엘리너는 길에서 예전 가정부인 비숍 부인을 만났죠. 비숍 부인이 청소를 돕겠다고 하자 조금 완강하다 싶을 정도로 사양했습니다. 그러고는 식품점에서 생선 페이스트를 사면서 식중독을 운운했다고 합니다. 알 만하죠? 정말 아무 생각 없이 꺼낸 이야기인데 불리한 증거가 되어버린 겁니다! 그녀는 집으로 들어갔고, 1시쯤 문간채로 가서 열심히 일하고 있던 메리 제라드와 그녀를 돕고 있던 홉킨스라는 참견쟁이 간호사에게 샌드위치를 좀 만들어 놓았다고 알리죠. 두 사람은 그녀와 함께 저택으로 건너가서 샌드위치를 먹었고, 한 시간쯤 뒤에 제가 불려가 보니 메리 제라드는 의식을 잃은 상태였습니다. 제가 아는 방법을 총동원했지만 부질없는 짓이었습니다. 부검 결과, 사망 직전에 다량의 모르핀을 섭취한 것으로 밝혀졌습니다. 그리고 경찰은 엘리너 칼라일이 샌드위치를 만든 곳에서 염산 모르핀 라벨 조각을 발견했고요."

"메리 제라드가 달리 먹거나 마신 게 있습니까?"

"간호사와 둘이서 샌드위치와 함께 차를 마셨습니다. 간호사가 차를 만들었고, 메리가 따랐죠. 그 안에 이물질이 들었을 가능성은 없습니다. 물론 변호사 측에서는 샌드위치를 놓고 야단법석을 떨겠죠. 세 사람이 모두 먹었으니 한 사람만 약물에 중독되는 건 불가능하다는 식으로요. 헌 사건에서도 그러지 않았습니까. 기억하시죠?"

푸아로는 고개를 끄덕이고 말했다.

"하지만 사실은 아주 간단한 이치랍니다. 일단 샌드위치를 만들어서 쌓습니다. 그중 하나에 독이 들어 있죠. 접시를 들면 사람들은 예의상 가장 가까운 데 있는 샌드위치를 집게 되어 있습니다. 엘리너 칼라일이 메리 제라드에게 먼저 샌드위치를 권했겠죠?"

"맞습니다."

"그보다 더 연장자인 간호사가 옆에 있었는데도요."

"예."

"상황이 좋지 않군요."

"정말 아무 의미 없는 행동이었습니다. 가벼운 점심을 먹으면서 격식을 차릴 이유가 있습니까?"

"샌드위치는 누가 잘랐죠?"

"엘리너 칼라일이 잘랐습니다."

"집 안에 다른 사람이 있었습니까?"

"아무도 없었습니다."

푸아로는 고개를 저었다.

"안 좋군요. 그리고 그 아가씨는 차와 샌드위치 말고는 먹은 게 없다고요?"

"없습니다. 위에 남은 내용물이 그것뿐이었습니다."

"엘리너 칼라일은 그 아가씨의 죽음을 식중독으로 위장하려 했다는 건가요? 그렇다면 여럿 중에서 한 사람만 식중독에 걸린 걸 어떤 식으로 설명할 생각이었을까요?"

"가끔 그런 경우도 있으니까요. 게다가 페이스트가 두 병이었습니다. 겉보기에는 서로 아주 비슷하게 생겼고요. 한 병은 괜찮았고, 어쩌다 보니 메리만 상한 페이스트를 먹게 되었던 거죠."

"우연의 법칙과 관련해서 재미있는 연구가 되겠군요. 그럴 가능성은 수학적으로 희박하지 않을까 싶지만. 식중독으로 위장할 생각이었다면 또 한 가지 의문점이 있습니다. 왜 하필 염산 모르핀을 선택했냐는 거죠. 모르핀의 증상은 식중독과 전혀 다르지 않은가요? 그보다는 아트로핀이 나았을 텐데!"

피터 로드가 천천히 말했다.

"예, 맞습니다. 그런데 이게 전부가 아닙니다. 그 빌어먹을 간호사가 모르핀 한 병을 잃어버렸다고 맹세하고 나선 겁니다!"

"언제 잃어버렸답니까?"

"아, 일주일 전, 그러니까 웰먼 부인이 사망하던 날 밤이었다고 합니다. 현관에 가방을 두었는데 아침에 보니 모르핀 한 병이 없어졌다더군요. 허튼소리일 겁니다. 그 전에 집에서 깨뜨리고선 깜빡한 거겠죠."

"메리 제라드가 죽은 뒤에야 생각이 났다는 건가요?"

피터 로드는 마지못한 듯이 대답했다.

"사실 그 당시에 이야기했다고 합니다. 당직 간호사한테요."

에르퀼 푸아로는 재미있다는 표정으로 피터 로드를 쳐다보다 가만히 물었다.

"뭔가 있군요, 몽 셰르(선생)? 아직 털어놓지 않은 뭔가가."

"뭐, 모두 말씀드리는 게 좋겠군요. 경찰 측에서는 허가를 받아서 웰먼 부인의 시신을 꺼낼 생각입니다."

"에 비엥(그런데요)?"

"그럼 경찰에서 원하던 것, 그러니까 모르핀이 나올 겁니다!"

"진작부터 알고 있었던 겁니까?"

피터 로드는 주근깨 밑으로 하얗게 질린 얼굴을 하고 조그맣게 중얼거렸다.

"그렇지 않을까 싶었죠."

에르퀼 푸아로는 의자 팔걸이를 손으로 치며 큰 소리로 외쳤다.

"몽 디외(맙소사), 정말 이해 못 할 양반이로군! 부인이 사망했을 당시 살해되었다는 사실을 알고 있었단 말입니까?"

피터 로드는 고함을 질렀다.

"절대 아닙니다! 그런 줄은 꿈에도 몰랐습니다! 부인이 스스로 먹은 줄 알았습니다."

푸아로는 의자 속으로 다시 몸을 묻었다.

"아! 그렇게 생각했다는 거군……."

"물론입니다! 부인이 그런 이야기를 한 적이 있거든요. 저더러 끝내 달라고 여러 번 부탁하셨죠. 부인은 병이라면 질색했습니다. 그 무기력한 상태, 부인의 표현을 빌리자면 누워서 어린아이처럼 보살핌을 받는 모욕을요. 그리고 아주 단호해서 한번 한다면 하는 성격이기도 했습니다."

의사는 잠시 침묵을 지키다 다시 말을 이었다.

"저는 부인이 숨을 거두었을 때 깜짝 놀랐습니다. 예상하지 못한 일이었으니까요. 저는 간호사를 밖으로 내보낸 다음 최대한 철저하게 검사했습니다. 물론 부검을 해야 정확히 알 수 있는 일이었지만,

부검을 해서 뭐 하겠습니까? 만약 부인이 지름길을 택했다면 야단 법석을 떨어서 추문을 만들 필요가 없으니까요. 그러니 사망 진 단서에 서명을 하고 평화롭게 묻어 드리는 편이 낫죠. 어차피 확실 히 장담할 수도 없었고요. 제가 판단을 잘못했던 모양입니다. 하지 만 살인으로 의심한 적은 단 한 순간도 없습니다. 부인이 스스로 저 지른 일이라고 확신했으니까요."

"모르핀은 어떤 식으로 입수했다고 생각했나요?"

"그건 전혀 알 수가 없었죠. 하지만 부인은 똑똑하고 임기응변에 능 하고 기발한 생각이 넘치는 데다 대단한 결단력의 소유자였습니다."

"간호사들한테 얻었을까요?"

피터 로드는 고개를 저었다.

"절대 그럴 리 없습니다! 간호사를 모르고 하시는 말씀이에요!"

"가족한테 얻었을까요?"

"그랬을 수도 있죠. 감정에 호소했다면."

"웰먼 부인이 유언장 없이 숨을 거두었다고 했지요? 만약 그때 숨 을 거두지 않았다면 유언장을 만들었을까요?"

피터 로드는 갑자기 씩 하고 웃었다.

"중요한 부분들을 하나도 남김없이 아주 정확하게 지목하시는군 요. 예, 그랬더라면 만들었을 겁니다. 무척 조바심을 내셨으니까요. 똑바로 말하지는 못했지만, 의사를 분명히 밝혔습니다. 엘리너 칼라 일이 동이 트자마자 변호사에게 전화를 걸 예정이었죠."

"그러니까 엘리너 칼라일은 고모가 유언장을 만들고 싶어 한다는 사실을 알고 있었단 말이지요? 그리고 고모가 유언장 없이 돌아가시면 자신이 전 재산을 물려받는 것도?"

피터 로드가 얼른 대답했다.

"그건 몰랐습니다. 고모가 유언장을 만들어 놓지 않은 사실은요."

"그거야 그 아가씨의 주장이지요. 알았을 수도 있지 않겠습니까?"

"이것 보세요, 푸아로 선생님. 지방 검사라도 되신 겁니까?"

"지금 당장은 그렇습니다. 어느 정도로 불리한지 알아야 하니까요. 엘리너 칼라일이 손가방에서 모르핀을 꺼냈을 수도 있을까요?"

"예. 다른 사람들도 마찬가지였습니다. 로더릭 웰먼, 오브라이언 간호사, 하인들 모두."

"선생은 어떻습니까?"

피터 로드의 눈이 휘둥그레 변했다.

"물론이죠……. 하지만 무슨 생각으로 그랬겠습니까?"

"연민 때문에?"

피터 로드는 고개를 저었다.

"그런 일 없습니다! 믿어 주십시오!"

에르퀼 푸아로는 의자에 등을 기대고 말했다.

"가정을 한번 해 봅시다. 엘리너 칼라일이 손가방에서 모르핀을 꺼내 고모에게 먹였다고. 모르핀이 없어졌다는 소식을 듣고 뭐라고 한 사람이 있었나요?"

"집안사람들은 몰랐습니다. 간호사 둘만 알고 있었죠."

"경찰에서는 어떻게 할 것 같은가요?"

"웰먼 부인의 시신에서 모르핀이 검출될 경우에 말씀입니까?"

"그렇지요."

피터 로드의 대답은 가차 없었다.

"엘리너가 이번 재판에서 무죄 판결을 받더라도 고모를 살해한 죄로 다시 체포될 수 있다고 생각합니다."

푸아로는 생각에 잠긴 목소리로 말했다.

"동기는 다르지요. 웰먼 부인의 경우에는 이득이 동기일 테고, 반면에 메리 제라드의 경우에는 질투가 동기일 테고."

"그렇습니다."

"피고 측에서는 어떤 노선을 취할 계획이지요?"

"벌머는 동기가 없다는 쪽으로 몰고 갈 생각입니다. 엘리너와 로더릭의 약혼은 집안 사정상, 그러니까 웰먼 부인을 만족시키기 위해서 벌인 집안일이었고, 부인이 사망하자 엘리너가 자발적으로 파혼한 것이라고요. 로더릭 웰먼이 그런 방향으로 증언할 겁니다. 제가 보기에는 그 사람도 그렇게 생각하는 눈치예요!"

"엘리너가 자기를 별로 사랑하지 않았다고 생각한다는 건가요?"

"예."

"그렇다면 메리 제라드를 살해할 이유가 없어지는군요."

"바로 그겁니다."

"하지만 그렇다면 누가 메리 제라드를 살해한 걸까요?"

"선생님께서 맞혀 보시죠."

푸아로는 고개를 저었다.

"세 디피실(어려운 일이올시다)."

피터 로드가 열정적으로 외쳤다.

"바로 그겁니다! 엘리너가 아니라면 누가 범인일까요? 차가 변수이지만, 홉킨스 간호사와 메리, 두 사람 모두 차를 마셨습니다. 피고 측에서는 두 사람이 밖으로 나간 뒤 메리 제라드가 스스로 모르핀을 먹었을지 모른다는 가능성을 제시할 겁니다. 자살한 거라고요."

"자살할 이유가 있었습니까?"

"전혀 없었습니다."

"자살할 만한 성격이긴 하고요?"

"아닙니다."

"어떤 아가씨였습니까, 이 메리 제라드는?"

피터 로드는 곰곰이 생각했다.

"글쎄요…… 착한 아이였습니다. 착한 아이였죠."

푸아로는 한숨을 내쉬면서 조그맣게 중얼거렸다.

"로더릭 웰먼이라는 청년이 그 아가씨를 사랑하게 된 이유가 착한 아이였기 때문이라는 건가요?"

피터 로드는 미소를 지었다.

"아, 이제야 질문하신 의도를 알겠습니다. 물론 예뻤죠."

"그리고 선생은 어떻습니까? 선생은 그 아가씨에 대해 아무 감정이 없었나요?"

피터 로드의 두 눈이 휘둥그레졌다.

"어이쿠, 그럼요."

에르퀼 푸아로는 잠깐 동안 곰곰이 생각하다 입을 열었다.

"로더릭 웰먼이 말하기를, 엘리너 칼라일과의 사이에 애정이 존재하기는 했지만, 그렇게 열정적인 관계는 아니었다? 선생도 동의하십니까?"

"제가 어찌 알겠습니까?"

푸아로는 고개를 저었다.

"이 방에 들어왔을 때 엘리너 칼라일을 가리켜 코가 길고 건방진 녀석을 좋아하는 고약한 취향의 소유자라고 했지요. 추측컨대 로더릭 웰먼을 두고 한 말이 아닐까 싶은데. 그러니까 선생의 말에 따르면 그 아가씨는 그 청년을 좋아했다는 겁니다."

피터 로드는 화난 목소리로 나지막이 으르렁거렸다.

"예, 사랑했습니다. 끔찍이 사랑했죠!"

"그럼 동기가 있는 셈이로군……."

피터 로드는 화가 나서 벌게진 얼굴을 푸아로 쪽으로 홱 돌렸다.

"그게 무슨 상관입니까? 맞습니다, 그녀가 범인일지 모르죠. 그래도 저는 상관없습니다."

"아하!"

"하지만 그녀가 교수형을 당하는 건 보고 싶지 않습니다! 필사적인 심정이었을지도 모르는 일 아닙니까? 사랑은 원래 필사적이고 복잡한 겁니다. 사랑으로 인해 벌레 같던 인간이 근사한 녀석으로 변하기도 하고, 점잖고 착실하던 사람이 쓰레기로 전락하기도 하죠! 그녀가 범인이라고 쳐요, 선생님은 동정심도 없으신가요?"

"저는 살인을 찬성하지 않는 사람이올시다."

피터 로드는 그를 물끄러미 쳐다보다 고개를 돌리더니 다시 물끄러미 쳐다보았다. 마침내 웃음을 터뜨렸다.

"어쩌면 그런 말씀을…… 정말 깐깐하고 독선적이군요! 누가 선생님의 찬성을 바란답니까? 저는 거짓말을 해 달라고 부탁하는 게 아닙니다. 진실은 진실이니까요. 만약 피고에게 유리한 단서가 발견되더라도 유죄이기 때문에 은폐하지는 않을 거 아닙니까?"

"물론이지요."

"그럼 도대체 왜 제 부탁을 들어줄 수 없다는 겁니까?"

에르퀼 푸아로는 이렇게 말했다.

"친구, 저는 선생의 부탁을 들어줄 준비가 완벽하게 되어 있어요……."

2장

    피터 로드는 푸아로를 빤히 쳐다보며 손수건을 꺼내 얼굴을 훔치더니 의자에 털썩 주저앉았다.

    "이야! 완전히 허를 찔렀네요! 선생님의 의도를 전혀 몰랐어요!"

    "저는 엘리너 칼라일 사건을 검토하고 있었습니다. 이제 파악이 끝났지요. 메리 제라드가 모르핀을 먹었고, 지금까지 정황으로 봐서는 모르핀이 분명 샌드위치에 들어 있었겠군요. 그리고 엘리너 칼라일 말고는 어느 누구도 샌드위치를 건드리지 않았고. 엘리너 칼라일은 메리 제라드를 살해할 만한 동기가 있었고, 선생 생각에는 메리 제라드를 살해할 수 있는 상황이었고, 실제로 메리 제라드를 살해했을 가능성이 높습니다. 달리 생각할 이유가 보이지 않으니까요.

    이것이 사건의 한쪽 측면입니다. 이제 2단계로 넘어가 볼까요, 몬 아미(친구)? 이런 추측을 모두 지우고 정반대 각도에서 문제에 접근해 보자는 말입니다. 만약 엘리너 칼라일이 메리 제라드를 살해하지 않았다면 누가 살해했을까요? 아니면 메리 제라드가 자살한 걸까요?"

피터 로드가 허리를 꼿꼿이 폈다. 이맛살에 골이 패었다.

"조금 전에 잘못 이야기한 부분이 있습니다."

"예? 잘못 이야기한 부분이 있다고요?"

푸아로는 자존심이 상한 말투였다.

피터 로드는 인정사정없이 몰아붙였다.

"예. 엘리너 칼라일 말고는 어느 누구도 샌드위치를 건드리지 않았다고 했잖아요? 그건 아직 모르는 겁니다."

"집 안에 아무도 없지 않았습니까?"

"저희가 알기로는 그랬죠. 하지만 선생님은 짧은 순간을 무시하고 계십니다. 엘리너 칼라일이 집을 비우고 문간채로 건너간 시간 말입니다. 그동안 샌드위치는 식료품 저장실에 접시에 놓인 채로 있었고, 누구라도 손을 댈 수 있었습니다."

푸아로는 한숨을 내쉬었다.

"맞습니다. 인정하겠습니다. 그때 누군가 샌드위치 접시에 접근했을 수도 있겠군요. 그 사람이 누구일지 고민을 해야겠군요. 그러니까 어떤 사람일지를……."

잠시 말을 멈추었다 다시 이었다.

"메리 제라드라는 아가씨에 대해 생각해 봅시다. 엘리너 칼라일이 아닌 다른 사람이 그녀가 죽기를 바랐다면 왜 그랬을까요? 그 아가씨의 죽음으로 이득을 보는 사람이 있었을까요? 남길 유산이라도 있었을까요?"

피터 로드는 고개를 저었다.

"지금 당장은 없습니다. 한 달 있으면 2000파운드를 받게 되어 있었죠. 엘리너 칼라일이 고모의 유지라는 판단 아래 그 정도 금액을 주겠다고 했으니까요. 하지만 부인의 유산 문제가 아직 해결되지 않았습니다."

"그렇다면 금전적인 측면은 배제해도 되겠군요. 선생 말로는 메리 제라드가 미인이라고 했지요. 그럼 항상 복잡한 문제가 따라다니기 마련이죠. 그 아가씨를 흠모한 사람이 있었나요?"

"있었을 겁니다. 저는 잘 모르지만."

"알 만한 사람이 있을까요?"

피터 로드는 씩 웃었다.

"홉킨스 간호사를 소개해 드려야겠네요. 우리 마을의 나팔수거든요. 메이든스퍼드에서 일어나는 일이라면 모르는 게 없습니다."

"그렇지 않아도 두 간호사에 대한 선생의 생각을 물으려던 참이었습니다."

"글쎄요, 오브라이언은 아일랜드 출신의 착하고 유능한 간호사인데, 조금 실없고 심술 맞을 때가 있는가 하면 거짓말쟁이 기질이 조금 있습니다. 일부러 속이려는 게 아니라 뭘 가지고도 이야기를 만들어 내는, 상상력이 풍부한 성격이죠."

푸아로는 고개를 끄덕였다.

"홉킨스는 지각 있고 눈치 빠른 중년의 간호사인데, 상당히 친절하고 유능하지만 남의 일에 지나치다 싶을 만큼 관심이 많죠."

"마을에서 어떤 청년이 말썽을 일으켰다면 홉킨스 간호사도 알고 있을까요?"

"당연하죠!"

피터 로드는 이렇게 대답하고는 천천히 덧붙였다.

"하지만 그런 쪽으로는 별게 있을까 싶습니다. 메리가 고향으로 돌아온 지 얼마 되지 않았거든요. 지난 2년 동안 독일에 있었습니다."

"스물한 살이었다고 했지요?"

"예."

"그렇다면 독일 쪽에서 복잡한 문제가 생겼을 수도 있겠군요."

피터 로드의 얼굴이 밝아졌다.

"그러니까 메리에게 원한을 품은 독일 남자가 있었을지 모른다는 겁니까? 그 녀석이 여기까지 따라와서 때를 기다리다 드디어 목적을 달성했다는 거로군요?"

"그건 너무 멜로드라마 같은데요."

에르퀼 푸아로는 반신반의하는 투였다.

"하지만 그럴 수도 있지 않습니까?"

"가능성은 낮습니다."

"제 생각은 다릅니다. 어떤 사람이 그 아이 때문에 몸이 달았다가 거절당하자 격분했을지도 모르잖습니까. 그 아이에게 무시당했다고 상상했을 수도 있죠. 그럴 수도 있습니다."

"맞아요. 그럴 수도 있지요."

에르퀼 푸아로는 이렇게 말했지만 심드렁한 말투였다.

피터 로드는 애원조로 말했다.

"부탁입니다, 푸아로 선생님."

"이제 보니 제가 마술을 보여 주기를 바라는 거로군요. 아무것도 없는 모자 속에서 자꾸 토끼를 꺼내 달라는 거였어요."

"그렇게 생각하셔도 좋습니다."

"또 한 가지 가능성이 있어요."

"뭡니까?"

"6월의 그날 저녁에 누군가 홉킨스 간호사의 가방에서 모르핀을 슬쩍했죠. 그런데 메리 제라드가 그 광경을 목격했다면?"

"보았다고 이야기를 했겠죠."

"아니지요, 몽 셰르. 생각을 해 봐요. 만약 엘리너 칼라일이나 로더릭 웰먼, 오브라이언 간호사 혹은 하인 한 명이 가방을 열고 조그만 유리병을 꺼냈다면 다들 어떻게 생각했겠습니까? 문제의 그 사람이 간호사의 부탁으로 뭔가를 가지러 온 줄 알았겠지요. 메리 제라드도 그렇게 잊어버리고 있다가 나중에 문득 생각이 나서 문제의 그 사람한테 지나가는 말처럼 이야기를 꺼냈을지 몰라요. 물론 의심은 눈곱만큼도 하지 않았겠지만. 하지만 웰먼 부인을 살해한 사람의 입장에서는 충격이 얼마나 컸겠습니까! 메리가 봤구나. 무슨 수를 써서라도 메리의 입을 막아야 해. 장담하지만, 한번 살인을 저지른 사람은 두 번째 살인도 손쉽게 해치우는 법이올시다!"

피터 로드는 미간을 찌푸렸다.

"웰먼 부인이 스스로 먹은 줄 알았더니……."

"하지만 부인은 마비가 되어서 꼼짝할 수 없는 상태였지요. 두 번째 발작 때문에 말입니다."

"아, 그건 맞습니다. 저는 부인이 어떤 경로로 입수한 모르핀을 가까운 곳에 보관하지 않았을까 생각했던 겁니다."

"하지만 그랬다면 두 번째 발작을 일으키기 전에 입수했어야 하는데, 간호사가 모르핀을 잃어버린 건 그 이후가 아닙니까."

"홉킨스가 그날 아침에서야 알아차린 것일 수도 있죠. 이삼일 전에 잃어버린 것을 모르고 있다가 말입니다."

"노부인이 무슨 수로 모르핀을 입수했을까요?"

"모르겠습니다. 하녀를 매수했을 가능성도 있죠. 그랬다면 그 하녀는 절대 자백하지 않을 겁니다."

"간호사는 둘 다 매수당할 만한 성격이 아닌가요?"

로드는 고개를 저었다.

"어림없는 소리죠! 우선 두 사람 모두 직업의식이 아주 투철한 데다 겁나서 그런 짓은 못 할 겁니다. 어떤 위험이 도사리고 있는지 아니까요."

"그렇군요."

푸아로는 생각에 잠긴 목소리로 덧붙였다.

"원점으로 돌아간 것 같은데요? 병에 든 모르핀을 슬쩍했을 가능성이 가장 높은 사람은 누구일까요? 엘리너 칼라일입니다. 막대한 유산을 확실히 물려받고 싶었을 테니까요. 좀 더 너그럽게 바라보자면 연민의 정에 이끌린 나머지 평소 입버릇처럼 반복되던 고모의 부탁에 따른답시고 모르핀을 슬쩍해서 먹였을 수도 있지요. 어쨌거나 그 아가씨는 모르핀을 슬쩍했고, 메리 제라드가 그 광경을 목격한 거죠. 이렇게 해서 우리는 샌드위치와 빈집으로 되돌아왔고, 엘리너 칼라일이 다시 한번 등장합니다. 하지만 이번에는 동기가 달라집니다. 교수형을 면하기 위해서로."

피터 로드가 큰 소리로 외쳤다.

"지나치게 비약하시는군요. 장담하건대 엘리너 칼라일은 그런 부류가 아닙니다! 그녀에게 돈은 중요한 문제가 아닙니다. 인정하기는 싫지만, 로더릭 웰먼도 마찬가지고요. 두 사람이 그렇게 이야기하는 것을 제 귀로 똑똑히 들었습니다!"

"그렇습니까? 그것참 재미있군요. 저는 그런 소리를 들으면 상당히 의심스러워지던데."

"빌어먹을. 선생님은 모든 걸 비비 꼬아서 엘리너 칼라일이라는 원점으로 돌아가야 직성이 풀리십니까?"

"제가 비비 꼬는 게 아니올시다. 저절로 그렇게 되는 겁니다. 박람회장의 화살표 같다고 할까요. 빙그르 돌다가도 늘 엘리너 칼라일이라는 이름을 가리키며 멈춘단 말이지요."

"아닙니다! 푸아로 씨."

에르퀼 푸아로는 서글픈 표정으로 고개를 젓다 물었다.

"엘리너 칼라일이라는 아가씨에게 피붙이가 있나요? 형제나 사촌, 아니면 아버지나 어머니라도."

"아뇨. 고아입니다. 혈혈단신이죠……."

"그것참 딱한 처지군! 벌머가 분명 그 부분을 엄청 강조하겠군요! 그럼 그 아가씨가 죽으면 누가 유산을 물려받습니까?"

"모르겠습니다. 생각해 본 적도 없고요."

푸아로가 나무라는 투로 말했다.

"그런 부분을 늘 염두에 두어야지요. 이를테면 유언장을 만들었는지 같은 부분에 대해서."

피터 로드는 얼굴을 붉히며 자신 없이 말했다.

"그게…… 모르겠습니다."

에르퀼 푸아로는 천장을 쳐다보며 양 손가락 끝을 맞붙였다.

"솔직하게 털어놓으세요."

"뭘 말씀입니까?"

"지금 하고 있는 생각 말이에요. 엘리너 칼라일에게 치명적인 이야기가 되더라도 상관없습니다."

"그걸 어떻게……?"

"예, 예, 알다마다요. 선생의 머릿속에는 지금 뭔가가 있어요! 솔직하게 털어놓으시지요. 안 그러면 훨씬 끔찍한 상상을 할지 모릅니다!"

"아무것도 아닙니다. 정말이지……."

"아무것도 아니겠지요. 그러니까 이야기나 들어 봅시다."

피터 로드는 내키지 않는 투로 천천히 이야기보따리를 풀었다.

엘리너가 홉킨스의 작은 집 창문 너머를 들여다보며 웃음을 터뜨렸던 그때 이야기였다.

푸아로가 생각에 잠긴 목소리로 말했다.

"그러니까 그 아가씨가 '유언장을 쓰고 있었다고, 메리? 재미있네. 정말 재미있어……'라고 했단 말이지요? 그리고 선생은 그녀가 무슨 생각을 하고 있는지 확실하게 느낌이 왔다……. '메리 제라드의 살날이 얼마 남지 않았다'고 생각하는 것 같았다……."

"저의 단순한 추측입니다. 잘 모르겠어요."

"아뇨, 단순한 추측이 아니었을 겁니다……."

3장

에르퀼 푸아로는 홉킨스의 오두막집에 앉아 있었다.

로드 선생이 그를 이곳으로 안내해 홉킨스를 소개했고, 푸아로가 눈치를 주자 단둘이 밀담을 나눌 수 있도록 자리를 비켜 주었다.

처음에는 그의 이국적인 외모 때문에 경계하던 홉킨스지만, 지금은 마음의 벽이 급속도로 허물어지는 중이었다.

간호사는 조금 우울한 목소리로 말했다.

"맞아요, 끔찍한 일이죠. 제가 아는 중에서 가장 끔찍한 일이에요. 메리는 보기 드물게 예쁜 아이였어요. 당장 영화계로 진출해도 될 만큼! 게다가 무수한 관심의 대상이었으니 콧대가 높아질 수도 있었는데 착하고 성실했죠."

푸아로가 능숙하게 말허리를 자르고 질문을 던졌다.

"관심이라니 웰먼 부인 말씀인가요?"

"그렇죠. 부인은 그 아이를 끔찍이 아꼈거든요. 정말 끔찍이 아꼈어요."

푸아로는 나지막하게 중얼거렸다.

"뜻밖의 일인가요?"

"생각하기 나름이죠. 사실은 아주 당연한 일일 수도 있고. 그러니까……."

홉킨스는 당황한 표정으로 입술을 깨물었다가 말을 이었다.

"그러니까 메리는 매력 만점이었거든요. 부드럽고 듣기 좋은 목소리에 어찌나 상냥했던지. 나이 든 사람 입장에서는 젊은 사람이 옆에 있으면 좋겠더라고요."

"칼라일 양은 고모를 보러 가끔 내려왔겠죠?"

홉킨스는 날카롭게 쏘아붙였다.

"칼라일 양이야 자기 편할 때만 내려왔죠."

푸아로가 나지막하게 중얼거렸다.

"칼라일 양을 안 좋아하시는군요."

홉킨스는 언성을 높였다.

"좋아할 수가 없지요! 독살자! 피도 눈물도 없는 독살자!"

"아, 이미 마음의 결정을 내리셨군요."

홉킨스가 의심스러운 듯이 물었다.

"그게 무슨 말씀인가요? 마음의 결정이라뇨?"

"메리 제라드에게 모르핀을 먹인 사람이 그 아가씨라고 확신하시는 것 아닙니까?"

"칼라일 양이 아니면 누가 그랬을지 알려 주시겠어요? 제가 그랬다고 생각하시나요?"

"그럴 리가요. 하지만 아직 유죄가 입증된 건 아닙니다."

홉킨스는 확신에 찬 목소리로 차분하게 말했다.

"그 여자 짓이에요. 다른 건 몰라도 그 표정을 보면 분명해요. 처음부터 어쩌나 이상하던지. 저를 2층으로 데리고 가더니 최대한 오래 붙잡아 놓았던 것도 그렇잖아요. 메리가 그렇게 된 걸 보고 쳐다보았더니 얼굴에 빤히 쓰여 있더라고요. 제가 알고 있다는 걸 그 여자도 안 거죠!"

에르퀼 푸아로는 생각에 잠긴 표정으로 고개를 끄덕였다.

"다른 용의자를 생각하기 힘든 상황인 것은 분명합니다. 물론 그 아가씨가 스스로 저지른 일일 수도 있겠지요."

"그게 무슨 말씀이세요? 메리가 자살을 했단 말씀인가요? 그렇게 얼토당토않은 이야기는 난생처음이네요!"

"그야 모르는 일이지요. 나이 어린 아가씨의 심장은 너무나 예민하고 연약하잖습니까."

잠시 말을 멈추었다 다시 이었다.

"가능성 있는 이야기 아닐까요? 부인이 못 본 사이 그 아가씨가 자기 찻잔에 뭔가를 넣었을 수도 있지 않을까요?"

"그러니까 그 약물을 자기 찻잔에 넣었다는 건가요?"

"그렇습니다. 부인이 줄곧 그 아가씨를 지켜본 건 아닐 테니까요."

"물론이죠. 제가 줄곧 지켜본 건 아니에요. 맞아요, 그랬을 수도 있죠……. 하지만 말도 안 돼요! 뭐 하러 그런 짓을 하겠어요?"

푸아로는 예전의 태도로 돌아가서 고개를 저었다.

"아까도 말씀드렸나시피…… 니이 어린 아가씨의 심장은 너무나 예민하니까요. 가슴 아픈 연애사가 있었다거나……."

홉킨스는 콧방귀를 뀌었다.

"여자들은 연애에 실패했다고 자살하지 않아요. 아이가 생겼거나 그런 경우라면 모를까. 그리고 장담하지만 메리는 그런 아이가 아니랍니다!"

그러고는 푸아로를 향해 눈을 부라렸다.

"애인도 없었습니까?"

"없었어요. 아주 자유로운 몸이었죠. 일에 열심이었고 자기 인생을 즐겼어요."

"하지만 그렇게 매력이 넘쳤으니 쫓아다니는 남자들이 있지 않았을까요?"

"메리는 성적 매력을 풍기는 도발적인 스타일이 아니었어요. 얌전한 아이였다고요!"

"그래도 이 마을에 그 아가씨를 흠모하는 청년들이 있었겠지요."

"물론 테드 빅랜드라고 있었어요."

푸아로는 테드 빅랜드에 대해 다양한 설명을 유도했다.

"메리한테 홀딱 빠져 있었죠. 하지만 제가 그랬어요. 그 아이는 메리, 너에 비해 수준이 떨어진다고."

"상대를 안 해 주니 분명히 화가 났겠군요."

홉킨스는 솔직히 인정했다.

"맞아요. 분하게 생각했죠. 저 때문이라고도 했고요."

"부인 때문이라고 했단 말입니까?"

"그렇게 이야기하더군요. 하지만 저는 메리에게 충고할 권리가 있는 사람이잖아요. 어쨌거나 세상에 대해서 좀 알고 있으니까요. 그 아이가 함부로 사는 모습은 보고 싶지 않았어요."

푸아로가 부드럽게 물었다.

"그 아가씨한테 그렇게 관심을 보인 이유가 무엇입니까?"

홉킨스는 머뭇거렸다. 쑥스럽고 조금 창피스러운 눈치였다.

"글쎄요…… 메리는 뭔가…… 로맨틱한 구석이 있었어요."

푸아로는 낮은 목소리로 중얼거렸다.

"그 아가씨한테는 그런 구석이 있었을지 모르지만, 주변 환경은 그렇지가 않았죠. 문간지기의 딸 아니었나요?"

"그렇죠. 맞아요. 물론이죠. 적어도……."

홉킨스는 다시 머뭇거리면서 세상에서 가장 호의적인 자세로 자신을 물끄러미 응시하는 푸아로를 바라보다 불쑥 이야기를 꺼냈다.

"사실 메리는 제라드 영감의 딸이 아니었답니다. 그 영감한테 직접 들은 이야기예요. 메리의 친아버지는 훌륭한 신사였죠."

푸아로는 낮은 목소리로 중얼거렸다.

"그렇군요. 그럼 어머니는……?"

홉킨스는 머뭇거리며 입술을 깨물다 다시 입을 열었다.

"어머니는 웰먼 부인의 하녀였죠. 메리가 태어난 뒤에 제라드하고 결혼했고요."

"말씀하신 것처럼 엄청난 로맨스군요. 신비로운 로맨스였어요."

홉킨스의 표정이 환하게 밝아졌다.

"그렇죠? 남들은 모르는 걸 알게 된 사람한테 관심이 생길 수밖에 없잖아요. 저는 우연히 많은 걸 알게 됐어요. 사실 계기가 된 사람은 오브라이언 간호사였죠. 그쪽을 통해 알게 된 건 다른 이야기지만. 어쨌거나 과거를 안다는 건 재미있는 일이에요. 사람들은 상상조차 못 하는 비극들이 숱하게 숨어 있으니까요. 이 얼마나 슬픈 세상인지."

푸아로는 한숨을 내쉬며 고개를 저었다.

홉킨스는 갑자기 깜짝 놀란 목소리로 변했다.

"이런 이야기는 하면 안 되는 건데. 무슨 일이 있더라도 입 밖으로 내서는 안 되는 거였는데! 이 사건하고는 아무 상관 없는 이야기잖아요. 남들이 알기로 메리는 제라드의 딸인데, 다른 눈치를 흘리면 안 되는 거죠. 죽은 사람의 이름을 더럽힐 수는 없잖아요! 제라드가 메리 어머니와 결혼했으니 그걸로 된 거예요."

"그런데 친아버지가 누구인지는 아시겠죠?"

홉킨스는 내키지 않는 투로 대답했다.

"글쎄요, 알 것 같아요. 또 어떻게 생각하면 모를 것 같기도 하고. 그러니까 정확하게는 모른다는 뜻이에요. 짐작이야 할 수 있죠. 옛말에도 꼬리가 길면 밟힌다잖아요! 하지만 저는 입이 무거운 사람이니까 아무 말도 하지 않을 거예요."

푸아로는 눈치 빠르게 이쯤에서 후퇴하고 다른 분야를 공략했다.

"또 한 가지 궁금한 게 있습니다. 민감한 사안이지만, 부인의 지혜를 빌릴 수 있겠지요?"

홉킨스는 고개를 꼿꼿하게 들었다. 푸근한 그녀의 얼굴 위로 미소가 크게 번졌다.

"로더릭 웰먼 씨 말입니다. 듣자 하니 메리 제라드에게 반했다던데요."

"홀딱 넘어갔죠!"

"칼라일 양과 약혼한 상태였는데도 말이죠?"

"말이 나온 김에 이야기하자면 그 사람은 칼라일 양한테 단 한 번도 살갑게 군 적이 없어요. 적어도 제 눈에는 그렇더군요."

푸아로는 고풍스러운 표현을 동원해 가며 물었다.

"메리 제라드는…… 그러니까…… 그의 접근을 방조했나요?"

홉킨스는 날카로운 반응을 보였다.

"메리는 아주 처신을 잘했어요. 그 아이가 유혹했다고 말할 사람은 없을 거예요!"

"메리 제라드는 그 청년을 사랑했습니까?"

이번에도 홉킨스는 날카로운 반응을 보였다.

"아뇨."

"하지만 호감은 가지고 있었겠지요?"

"아, 그럼요. 호감이야 제법 가지고 있었죠."

"그럼 나중에는 애정이 생겼을지도 모르는 일이겠습니다."

홉킨스도 그 점은 인정했다.

"그럴 수도 있었겠죠. 하지만 메리가 섣부른 행동을 하지는 않았을 거예요. 여기에서 만났을 때만 하더라도 웰먼 씨에게 엘리너와 약혼한 사람이 자기한테 그런 식으로 말하면 안 된다고 했죠. 그 사람이 런던으로 찾아왔을 때도 똑같은 말을 했고요."

푸아로는 터놓고 물어보았다.

"부인께서는 로더릭 웰먼 씨를 어떻게 생각하십니까?"

"괜찮은 청년이죠. 신경질적이기는 하지만. 좀 더 나이가 들면 소화 불량에 시달리지 않을까 싶어요. 신경질적인 사람들이 그런 경우가 많거든요."

"자기 숙모를 좋아했을까요?"

"그랬을 거예요."

"병세가 위독해졌을 때 종종 숙모 곁을 지켰습니까?"

"부인이 두 번째 발작을 일으켰을 때 말씀이에요? 부인이 세상을 떠나기 전날, 그러니까 두 사람이 내려오던 그날 밤 말이에요? 방에 들어가 보지도 않은걸요!"

"그렇군요."

홉킨스는 얼른 설명을 덧붙였다.

"부인이 웰먼 씨를 찾지 않았죠. 그리고 우리도 그렇게 빨리 돌아가실 줄 몰랐고요. 병실 출입을 꺼리는 남자들이 얼마나 많다고요. 견딜 수가 없는 거예요. 성격이 매정해서 그런 건 아니랍니다. 그저 감정의 동요가 싫은 거죠."

푸아로는 알겠다는 듯이 고개를 끄덕였다.

"부인이 세상을 떠나기 전까지 웰먼 씨가 들여다보지 않은 게 분명합니까?"

"적어도 제가 당번일 때는 그랬어요. 오브라이언이 새벽 3시에 저와 교대했는데, 임종 전에 그 사람을 불렀을 수도 있죠. 하지만 그랬더라도 저한테는 이야기하지 않았어요."

"부인이 자리를 비웠을 때 들여다봤을 수도 있지 않을까요?"

이 말에 홉킨스는 날카롭게 쏘아붙였다.

"저는 환자를 혼자 내버려 두는 사람이 아닙니다, 푸아로 씨."

"이거 정말 죄송합니다. 그런 뜻으로 드린 말씀이 아니었어요. 부인이 물을 끓이거나 차를 마시면서 졸음을 쫓으려고 아래층으로 내려갔을 수도 있겠거니 싶었던 겁니다."

그제야 홉킨스는 조금 누그러진 태도를 보였다.

"물병을 다시 채우러 내려간 적이 있기는 해요. 부엌에 가면 물을 끓여 놓는 주전자가 있거든요."

"얼마 동안 자리를 비우셨습니까?"

"5분쯤 됐을 거예요."

"아, 그럼 그때 웰먼 씨가 숙모의 방을 들여다보았을 수도 있지 않을까요?"

"만약 그랬다면 금세 나왔을 거예요."

푸아로는 한숨을 내쉬었다.

"좀 전에 말씀하신 것처럼 남자들은 병실 출입을 꺼립니다. 구원의 천사는 늘 여성들 몫이지요. 여성들이 없으면 우리가 무엇을 할

수 있을까요? 특히 부인과 같은 일을 하는 분들은 정말 고귀한 천직
에 몸담고 계신 겁니다."

홉킨스는 살짝 얼굴을 붉혔다.

"그렇게 말씀해 주시니 감사합니다. 사실 저는 그런 식으로 생각
한 적이 없어요. 간호사 일이라는 게 워낙 힘이 들어서 고귀한 부분
까지는 생각해 보지 못했거든요."

"메리 제라드에 대해서 더 이상 하실 말씀 없으신가요?"

제법 긴 침묵이 흐른 뒤 홉킨스가 대답했다.

"없어요."

"확실한가요?"

홉킨스는 알쏭달쏭하게 말했다.

"푸아로 씨는 이해를 못 하실 거예요. 저는 메리를 좋아했어요."

"더 이상 하실 말씀은 없고요?"

"없어요! 분명히."

4장

에르퀼 푸아로는 검은색 옷을 입고 위풍당당한 분위기를 뿜어 대
는 비숍 부인 옆에 겸손하게 자리를 잡고 앉았다.

비숍 부인의 마음을 누그러뜨리는 일은 만만찮은 작업이었다. 그
녀는 보수적인 성향과 태도의 소유자답게 외국인이라면 아주 못마
땅하게 생각했다. 그런데 에르퀼 푸아로는 누가 보아도 분명한 외
국인이었다. 비숍 부인은 얼음장 같은 반응을 보이며 냉대와 의심
이 섞인 눈초리로 그를 뜯어보았다.

로드 선생의 소개도 분위기를 누그러뜨리는 데 아무런 도움이 되
지 못했다.

로드 선생이 자리를 뜨자 비숍 부인이 입을 열었다.

"물론 로드 선생님도 똑똑하고 친절한 분이죠. 하지만 전임자였
던 랜섬 선생님은 무척 오랫동안 이 마을에 사셨던 분이랍니다!"

그러니까 랜섬 선생이 이 마을 분위기에 걸맞게 처신할 줄 아는 사람이라는 뜻이었다. 무책임한 햇병아리에 불과하며 랜섬 선생의 자리를 거서 물려받은 로드 선생한테서 칭찬할 만한 부분은 업무적인 면에서 똑똑하다는 것뿐이었다.

그런데 비숍 부인은 똑똑한 것만으로는 부족하다는 태도였다!

에르퀼 푸아로는 말솜씨가 좋았다. 재치도 있었다. 하지만 아무리 교묘하게 구슬려도 비숍 부인은 여전히 쌀쌀맞고 냉정했다.

웰먼 부인의 죽음은 매우 안타까운 일이었다. 그녀는 이웃 주민들 사이에서 존경받는 인물이었다. 칼라일 양이 구속된 것은 부끄러운 일이었고, 경찰의 신종 발상이 만들어 낸 결과였다. 메리 제라드의 죽음을 바라보는 비숍 부인의 시각은 상당히 모호했다. 기껏해야 "사실 뭐라 할 말이 없네요." 하고는 그만이었다.

에르퀼 푸아로는 마지막 카드를 뽑아 들었다. 순진하게 자랑하는 척하며 얼마 전에 샌드링엄(잉글랜드 동부에 위치한 영국 왕실의 별장 — 옮긴이)을 방문한 이야기를 꺼낸 것이다. 그러고는 자비롭고 소박하며 친절한 영국 왕실에 대해 찬사를 늘어놓았다.

신문에 실리는 궁정 소식을 통해 왕실의 일거수일투족을 날마다 살피는 비숍 부인은 무너졌다. 왕실에서 초대할 만한 위인이라면…… 그렇다면 이야기가 달라질 수밖에 없었다. 상대가 외국인이건 내국인이건 왕실에서 앞장을 섰는데 에마 비숍이 발목을 잡으면 안 되는 것이었다.

비숍 부인은 그 길로 당장 흥미진진한 주제를 놓고 푸아로와 유쾌한 대화를 나누었다. 두 사람이 선택한 주제는 '엘리자베스 공주의 신랑감으로 적합한 후보 찾기'였다.

모든 후보가 성에 안 찬다는 결론이 내려지자 이야기는 좀 더 세속적인 방향으로 흘렀다.

푸아로가 철학자 같은 말투로 외쳤다.

"아, 위기와 함정으로 가득한 게 결혼 생활이지요!"

비숍 부인도 맞장구를 쳤다.

"그렇다마다요. 이혼이라도 하게 되면 또 얼마나 끔찍한데요."

마치 이혼이 수두 같은 전염병이라도 되는 듯한 말투였다.

"웰먼 부인도 돌아가시기 전에 조카딸이 어울리는 상대와 정착하는 모습을 보고 싶으셨겠지요?"

비숍 부인은 고개를 끄덕였다.

"그럼요. 엘리너 아가씨와 로더릭 도련님의 약혼 소식을 듣고 얼마나 다행스럽게 생각하셨다고요. 예전부터 바랐던 일이니까요."

"두 사람이 약혼을 결정한 데에는 부인을 기쁘게 해 드리려는 마음도 있었을까요?"

"아유, 그렇지는 않을 거예요. 꼬맹이 때부터 엘리너 아가씨가 로더릭 도련님한테 얼마나 잘해 주었다고요. 정말 보기 좋은 모습이었죠. 엘리너 아가씨는 아주 의리 있고 헌신적인 성격이랍니다!"

푸아로는 중얼거리듯 물어보았다.

"로더릭 씨는 어떻습니까?"

비숍 부인은 엄숙하게 대답했다.

"로더릭 도련님도 엘리너 아가씨에게 잘해 주었어요."

"그런데도 약혼이 깨졌단 말입니까?"

비숍 부인의 얼굴이 불그스름하게 달아올랐다.

"잔디밭에 숨은 뱀 한 마리의 농간 때문이었죠."

푸아로는 놀랍다는 표정을 지었다.

"정말인가요?"

비숍 부인은 점점 더 얼굴을 붉히며 설명을 시작했다.

"푸아로 씨, 이 마을에서는 고인을 입에 올릴 때 지켜야 할 도리
가 있답니다. 하지만 그 아이는 처신이 음흉했어요."

푸아로는 잠시 생각에 잠긴 표정으로 그녀를 쳐다보았다.

이윽고 전혀 상상도 못 한 얘기라는 듯이 말했다.

"이거 뜻밖입니다. 아주 순진하고 겸손한 아가씨인 줄 알았거든요."

비숍 부인의 턱이 살짝 떨렸다.

"교활한 아이였답니다, 푸아로 씨. 모두들 그 아이한테 속았어요. 홉
킨스 씨만 해도 그렇고! 맞아요, 가엾은 우리 마님도 마찬가지였죠!"

푸아로는 딱하다는 듯이 고개를 저으며 쯧쯧 혀를 찼다.

비숍 부인은 푸아로의 호응에 기운이 나는 눈치였다.

"그렇다니까요. 가엾은 마님의 건강이 점점 나빠질 때 그 아이가
꿈틀꿈틀 마님 곁을 파고들었죠. 어느 쪽에 붙어야 이익인지 알았
던 거예요. 늘 마님 주변을 맴돌고, 책을 읽어 주고, 작은 꽃다발을
선물하고…….마님은 늘 메리가 이러쿵, 메리가 저러쿵, '메리 어디
있지?' 그 소리뿐이셨죠! 그 아이한테 쓴 돈은 또 어떻고요! 그 비

싼 학비에 해외 유학까지 보내 주셨답니다. 그 아이는 제라드 영감의 딸에 불과한데도요! 제라드 영감은 못마땅하게 생각했어요. 고상한 숙녀인 척하는 딸아이를 놓고 늘 투덜거렸죠. 자기 분수를 모른다는 말이 딱 맞는 아이였어요."

푸아로는 고개를 저으며 딱하다는 듯이 중얼거렸다.

"저런, 저런."

"그러더니 로더릭 도련님한테 그런 식으로 접근한 거예요! 도련님은 순진해서 그 아이의 실체를 간파하지 못했죠. 엘리너 아가씨도 워낙 마음씨가 착하다 보니 어떻게 된 일인지 알 수가 없었고요. 하지만 남자들은 다 똑같아요. 입에 발린 소리와 예쁘장한 얼굴에 어찌나 금세 넘어가는지!"

푸아로는 한숨을 내쉬었다.

"비슷한 부류 중에서 그 아가씨를 쫓아다니던 남자들이 있었겠지요?"

"그럼요. 러퍼스 빅랜드의 아들 테드가 있었죠. 아주 괜찮은 아이예요. 하지만 우리의 고상한 숙녀분한테 그런 상대가 어디 가당키나 하겠어요? 어찌나 거들먹거리는지 눈 뜨고 못 봐 줄 정도였답니다!"

"푸대접을 당했으니 그 청년도 화가 났겠군요."

"그럼요. 로더릭 도련님과 놀아난다고 욕을 하고 다녔는걸요. 틀린 말은 아니잖아요? 그 아이가 분통을 터뜨린 것도 당연한 일이죠!"

"그러게 말입니다. 참 이야기를 재미있게 하시는군요, 비숍 부인. 어떤 사람의 성격을 단 몇 마디로 분명하고 생생하게 묘사할 줄 아는 분들이 있죠. 참 대단한 능력입니다. 이제 비로소 메리 제라드가 어떤 사람이었는지 분명히 알겠습니다."

"분명히 말씀드리지만, 저는 그 아이를 깎아내리는 말은 한마디도 하지 않았어요. 어떻게 그런 짓을 하겠어요? 무덤 속에 누워 있는 사람인데. 하지만 그 아이가 여러 가지 말썽을 일으킨 건 분명하다고요!"

푸아로는 나지막이 중얼거렸다.

"결국에는 어떻게 되었을까요?"

"저도 그게 궁금하다니까요! 사랑하는 마님이 그런 식으로 돌아가시지 않았다면…… 그땐 너무나 끔찍한 충격이었는데 이제 와서 생각해 보니 차라리 잘된 일이더군요…… 결국에는 어떻게 되었을지 모르겠어요."

푸아로는 슬쩍 떠보듯이 물었다.

"그러니까……?"

비숍 부인의 목소리는 자못 심각했다.

"그 비슷한 경우를 여러 번 본 적이 있죠. 우리 여동생이 일하던 집에서 벌어진 일들 말이에요. 랜돌프 대령으로 말할 것 같으면 세상을 떠나면서 가엾은 부인한테는 땡전 한 푼 안 남기고 이스트본(잉글랜드 남동부에 있는 도시 — 옮긴이)에 사는 닳고 닳은 계집한테 전 재산을 물려주었고, 데이커스 부인의 경우에는 결혼한 아들딸들을 제쳐 두고 교회에서 오르간을 연주하던 긴 머리 총각한테 전 재산을 넘겼죠."

"그러니까 웰먼 부인이 전 재산을 메리 제라드에게 넘길 수도 있었단 말씀이군요?"

"그랬더라도 저는 놀라지 않았을 거예요! 그 아이가 노린 것도 분명 그거였거든요. 그리고 감히 한마디 덧붙이자면 웰먼 부인은 거의 20년을 함께한 제 목을 자를 태세였답니다. 세상이 얼마나 무서운지 아세요, 푸아로 씨? 본분을 다해도 고맙다는 인사 한마디 못 듣는 게 요즘 세상이죠."

푸아로는 한숨을 내쉬었다.

"아, 정말 지당하신 말씀입니다!"

"하지만 사악한 쪽이 늘 이기는 건 아니죠."

"맞습니다. 메리 제라드가 죽었으니……."

푸아로의 맞장구에 기운을 얻은 비숍 부인이 결론을 내렸다.

"죽음으로 죗값을 치렀으니 이러쿵저러쿵하면 안 되겠죠."

푸아로는 생각에 잠긴 목소리로 중얼거렸다.

"그 아가씨의 사망 사건은 정말 불가사의합니다."

"요즘 경찰들 발상이 참 우습지 뭐예요. 엘리너 양처럼 좋은 환경에서 잘 자란 아가씨가 누구를 독살할 리 있어요? 게다가 아가씨의 태도가 이상했다고 말하지 않았냐며 저까지 끌어들이려고 하다니!"

"하지만 정말 이상하지 않았습니까?"

"당연히 그럴 수밖에 없었죠! 엘리너 아가씨는 감수성이 풍부한 분이에요. 고모님의 유품을 정리하려니 가슴이 아플 수밖에 없지 않았겠어요?"

비숍 부인은 씩씩대며 가슴을 들썩였다.

푸아로는 맞는 말이라는 듯이 고개를 끄덕였다.

"부인께서 같이 가 주셨다면 일이 훨씬 수월했을 텐데."

"그러려고 했죠. 그런데 아가씨가 딱 잘라 거절하더라고요. 뭐, 예전부터 자존심이 강하고 속내를 잘 안 보이는 성격이었으니까요. 하지만 같이 갔더라면 좋았을걸 그랬어요."

푸아로는 조용조용 물었다.

"집까지 따라갈 생각은 안 하셨나요?"

비숍 부인은 당당하게 고개를 치켜들었다.

"저는 필요 없다는 곳에는 가지 않아요."

푸아로는 머쓱한 표정을 지었다.

"게다가 그날 아침에 분명 중요한 일이 있으셨겠지요?"

"그날은 날씨가 아주 따뜻했어요. 기억나요. 몹시 무더웠어요."

비숍 부인은 한숨을 내쉬며 말을 이었다.

"웰먼 부인의 무덤에 인사차 꽃이나 몇 송이 놓으려고 묘지까지 걸어갔다가 거기서 한참을 쉬어야 했죠. 무더위에 완전히 녹초가 되었거든요. 뒤늦게 점심을 먹으러 집으로 돌아갔더니 여동생이 더위 먹은 제 모습을 보고 화를 내더라고요. 그런 날에는 그런 짓 좀 하지 말라면서."

푸아로는 존경스럽다는 눈빛으로 그녀를 보았다.

"부럽습니다, 부인. 누군가를 떠나보낸 뒤에도 후회할 일이 없다는 건 다행스러운 일이지요. 아무래도 로더릭 웰먼 씨는 그날 밤에 숙모님의 병실을 들여다보지 않은 것을 후회하지 않을까요? 물론 숙모님이 그렇게 빨리 돌아가실 줄 몰랐지만 말입니다."

"아, 잘못 알고 계신 거예요. 제가 진실을 알려 드리죠. 로더릭 도련님은 마님 방을 들여다보았답니다. 제가 마침 층계참에 있다 봤어요. 간호사가 아래층으로 내려가는 소리가 들리기에 마님한테 뭐 필요한 게 없나 살펴보는 게 좋겠다 싶었거든요. 간호사가 어떤 사람들인지 잘 아시잖아요. 항상 아래층에서 하녀들이랑 수다나 떨거나 이런저런 부탁을 해서 진절머리 나게 만들죠. 그래도 홉킨스는 그 빨간 머리 아일랜드 간호사보다 나았어요. 그 아일랜드 간호사는 수다 떨고 말썽만 부리는 게 일이었거든요! 아무튼 별일 없는지 보려고 나갔더니 로더릭 도련님이 마님 방으로 들어가고 있더군요. 마님이 도련님을 알아보았는지는 모르겠지만, 아무튼 도련님 입장에서는 후회할 이유가 없는 거죠!"

"다행입니다. 그분은 성격이 신경질적인 모양이더군요."

"조금 까다로워요. 예전부터 그랬어요."

"비숍 부인, 부인은 정말 사리 분별이 뛰어난 분입니다. 저도 부인의 의견이라면 높이 평가할 수밖에 없겠는데요. 메리 제라드가 어떻게 죽었다고 생각하십니까?"

비숍 부인은 콧방귀를 뀌었다.

"그야 뻔하죠! 애벗에서 상한 페이스트를 판 거 아니겠어요? 몇 달 동안 진열해 놓으니 그럴 수밖에요! 우리 육촌도 게 통조림을 먹고 탈이 나서 거의 죽을 뻔했다고요!"

"하지만 시신에서 모르핀이 나오지 않았습니까?"

비숍 부인은 거만한 투로 대답했다.

"저야 모르핀에 대해서는 아무것도 모르는 사람이에요. 하지만 의사들에 대해서는 잘 알아요. 뭘 찾아 달라고 하면 반드시 찾아 주는 사람들이거든요! 상한 생선 페이스트 정도로는 충분하지 않다, 이거죠!"

"자살했을 가능성은 없을까요?"

비숍 부인은 다시 콧방귀를 뀌었다.

"메리가요? 그랬을 리 없죠. 로더릭 도련님과 결혼하기로 작정한 걸요? 그런 아이가 자살이라니요!"

5장

I

일요일이라 테드 빅랜드는 아버지의 농장에 있었다.

테드 빅랜드의 이야기를 듣는 데에는 별다른 어려움이 없었다. 그는 소일거리라도 찾은 사람처럼 이런 기회를 반기는 눈치였다.

테드가 생각에 잠긴 목소리로 물었다.

"그러니까 메리를 죽인 범인을 찾고 계시다고요? 그야 알 수 없는 수수께끼죠."

"그럼 칼라일 양이 죽이지 않았다는 건가요?"

테드 빅랜드는 눈살을 찌푸렸다. 어린아이가 곤혹스러워하며 찡그리는 표정에 가까웠다.

그는 천천히 입을 열었다.

"칼라일 양은 숙녀잖아요. 그러니까 그렇게 난폭한 짓을 저지를

만한 사람이 아니라는 거죠. 그렇게 고상한 숙녀가 과연 그런 짓을
저질렀겠어요?"

에르퀼 푸아로는 생각에 잠긴 표정으로 고개를 끄덕였다.

"맞습니다. 그럴 리 없겠지요. 하지만 질투심이 생기면……."

그러다 말을 멈추고 앞에 서 있는 덩치 좋고 잘생긴 금발의 청년
을 쳐다보았다.

"질투심? 그런 경우도 있기는 하죠. 하지만 보통은 술에 취하고
흥분해야 이성을 잃고 날뛰지 않나요? 하지만 엘리너 양은…… 그
렇게 고상한 숙녀가……."

"하지만 메리 제라드가 죽었어요. 게다가 자연사가 아니었단 말
입니다. 누가 메리 제라드를 죽였을지 알아내는 데 도움이 될 만한
정보가 없을까요?"

테드 빅랜드는 천천히 고개를 저었다.

"뭔가 이상해요. 누군가 메리를 죽이다니 있을 수 없는 일이라고
요. 메리는…… 메리는 한 송이 꽃 같은 아이였어요."

순간 죽은 아가씨의 새로운 이미지가 에르퀼 푸아로의 머릿속을
섬광처럼 스치고 지나갔다. 더듬더듬 이야기하는 순박한 시골 청년
의 목소리 속에서 메리라는 아가씨가 화려하게 되살아났다. '메리
는 한 송이 꽃 같은 아이였어요.'

II

날카로운 상실감, 섬세한 무엇인가가 깨진 듯한 기분이 느닷없이 찾아들었다.

푸아로의 머릿속으로 지금까지 들은 이야기들이 한 구절씩 잇따라 등장했다. 피터 로드는 '착한 아이'였다고 했다. 홉킨스는 '당장 영화계로 진출해도 될' 정도였다고 했다. 비숍 부인은 '어쩌나 거들먹거리는지 눈 뜨고 못 봐 줄 정도'였다고 악담을 퍼부었다. 그리고 이제 마지막으로 나머지 모두를 부끄럽게 만들며 옆으로 제쳐 버리는 나지막한 한마디. '메리는 한 송이 꽃 같은 아이였어요.'

"하지만……?"

에르퀼 푸아로는 두 손을 활짝 펼쳐 보였다. 다음 말을 재촉하는 이국적인 제스처였다.

테드 빅랜드는 고개를 끄덕였다. 아직도 고통스러워하는 짐승처럼 멍하고 흐릿한 눈빛이었다.

"알아요. 선생님 말씀이 맞아요. 메리는 자연사가 아니었죠. 하지만 제 생각에는……."

그는 말끝을 흐렸다.

푸아로가 재촉했다.

"선생 생각에는요……."

테드 빅랜드는 천천히 입을 열었다.

"제가 생각해 봤는데, 사고일 가능성도 있지 않을까요?"

"사고? 어떤 사고라는 건가요?"

"압니다. 저도 알아요. 말도 안 되는 소리 같겠죠. 하지만 생각하면 할수록 사고일 수밖에 없거든요. 우연히 생긴 일, 실수로 벌어진 일. 그러니까, 그러니까 사고였다고요!"

테드는 애처로운 눈빛으로 푸아로를 쳐다보았다. 제대로 설명할 말재주가 없어서 당황스러운 모양이었다.

푸아로는 잠시 아무 말이 없었다. 곰곰이 생각하는 눈치였다.

"그렇게 생각한다니 흥미롭군요."

테드 빅랜드가 변명하듯 말했다.

"선생님이 듣기에는 말도 안 되겠죠. 저도 과정이나 이유는 모르겠습니다. 그냥 그럴 것 같은 느낌이 들거든요."

"어떤 때는 느낌이 중요한 가이드 역할을 하지요. 아픈 부분을 건드리는 것 같아 미안하지만, 선생은 메리 제라드를 아주 좋아했지요, 안 그렇습니까?"

까무잡잡한 얼굴이 조금 검게 물들었다.

테드는 있는 그대로 말했다.

"제가 알기로는, 그 얘기는 이 마을 주민이라면 모르는 사람이 없었을걸요."

"그 아가씨와 결혼할 생각도 있었습니까?"

"예."

"하지만 그 아가씨는…… 그럴 마음이 없었지요?"

테드의 얼굴이 조금 더 어두워졌다. 화를 참는 듯한 목소리로 대답했다.

"아무리 좋은 뜻에서 그런대도 다른 사람의 인생에 끼어들어서 헝클어 놓으면 안 되는 거죠. 그 비싼 학교에 유학까지 보내다니! 그것 때문에 메리는 변했어요. 성격이 고약해졌다거나 콧대만 높아졌다는 말은 아니에요. 그렇게 되지는 않았으니까요. 하지만…… 메리를 혼란스럽게 만들었죠! 자기 위치를 알 수 없게 만들었으니까요. 솔직히 말하면 메리는 저한테 너무 과분한 아이였어요. 하지만 웰먼 씨 같은 진짜 신사와 어울릴 만한 수준은 못 됐죠."

에르퀼 푸아로는 그를 유심히 관찰하며 물었다.

"당신은 웰먼 씨를 좋아하지 않지요?"

테드 빅랜드는 발끈하며 대답했다.

"제가 왜 좋아해야 합니까? 웰먼 씨도 괜찮은 사람이겠죠. 그 사람한테 악감정은 없어요. 남자라고 부를 만한 위인도 못 되는걸요. 이 손으로 번쩍 들어 올려서 두 동강을 낼 수도 있다고요. 머리야 똑똑하겠죠. 하지만 예를 들어, 차가 고장 났을 때 머리 좋은 게 무슨 소용인가요? 차가 어떤 식으로 굴러가는지 원리를 알아야지. 엔진을 꺼내서 닦아 주기만 하면 되는데 어린아이처럼 손가락만 빨고 있겠죠."

"그렇겠지요. 자동차 정비 공장에서 일한다면서요?"

테드 빅랜드는 고개를 끄덕였다.

"이 길 끝에 있는 헨더슨에서요."

"그 일이 있던 날 아침에도 공장에 있었나요?"

"예, 어떤 신사분의 자동차를 점검하고 있었어요. 어딘가 막혔는데 찾을 수가 없더라고요. 그래서 타고 좀 돌아다녔죠. 이제 와서 생각하니까 이상하네요. 날씨가 화창하고 울타리에 아직까지 인동초 꽃이 남아 있었는데……. 메리는 인동초 꽃을 좋아했어요. 외국으로 유학 가기 전에는 함께 인동초 꽃을 따곤 했죠……."

또다시 어린아이처럼 곤혹스러워하는 표정이 얼굴에 떠올랐다.

푸아로는 아무 말도 하지 않았다.

테드 빅랜드는 멍하니 있다가 흠칫 깨어났다.

"죄송합니다, 선생님. 웰먼 씨에 대해서 한 말은 잊어 주세요. 메리의 근처를 얼씬거린 것 때문에 속이 쓰렸거든요. 메리를 가만 내버려 두었다면 좋았을 텐데. 메리는 그 사람한테 어울리는 여자가 아니었거든요."

"당신이 보기에는, 메리가 웰먼 씨를 좋아했을 것 같습니까?"

테드 빅랜드는 또다시 눈살을 찌푸렸다.

"아뇨. 아니에요. 어쩌면 그랬을지도 모르죠. 모르겠습니다."

"메리의 인생에 제2의 남자가 있었을까요? 예를 들면 외국에서 만난 남자라든지."

"모르겠습니다. 메리한테서 남자 이야기는 들은 적이 없어요."

"여기 이 메이든스퍼드에 사이가 안 좋았던 사람은 없었나요?"

테드는 고개를 저었다.

"메리한테 앙심을 품은 사람이 있었냐는 말이에요? 메리를 잘 알지는 못했지만, 모두들 메리를 좋아했어요."

"헌터베리의 가정부로 있었던 비숍 부인도?"

테드는 갑자기 씩 웃었다.

"아, 그야 단순히 심술이 난 거였죠! 그 할망구는 웰먼 부인이 메리라면 사족을 못 쓰는 걸 못마땅하게 여겼거든요."

"메리는 이곳 생활이 행복했을까요? 그리고 웰먼 부인을 좋아했을까요?"

"그 간호사가 가만히 내버려 두었다면 행복하게 지냈을 거예요. 홉킨스 말이에요. 마사지를 배워서 돈을 벌라고 헛바람을 넣었거든요."

"하지만 홉킨스 씨는 메리를 좋아하지 않았나요?"

"맞아요. 아주 좋아했죠. 하지만 홉킨스 씨는 언제나 누가 어떻게 하는 게 가장 좋은 방법인지 안다고 나서는, 그런 부류거든요!"

푸아로는 천천히 말을 이었다.

"만약 홉킨스 씨가 무언가를 알고 있었다면, 그러니까 메리의 이름에 먹칠을 할 만한 무언가를 알고 있었다면 혼자만의 비밀로 간직했을까요?"

테드 빅랜드는 호기심 어린 눈빛으로 그를 쳐다보았다.

"무슨 말인지 잘 못 알아듣겠는데요."

"만약 홉킨스 씨가 메리 제라드에게 불리한 비밀을 알고 있었다면 아무한테도 이야기하지 않았을까요?"

"과연 입을 다물고 있었을까 싶은데요? 우리 마을 최고의 떠버리니까요. 하지만 누군가를 위해 비밀을 지켰다면 그 누군가가 메리였을 겁니다."

테드는 호기심을 참지 못하고 다시 입을 열었다.

"뭣 때문에 그런 걸 물어보는 건지 궁금한데요."

"사람들과 이야기를 나누다 보면 느낌이 오지요. 홉킨스 씨가 겉보기에는 솔직하고 숨김없는 사람 같은데, 무언가를 숨기고 있는 듯한 기분이 강하게 느껴지더란 말입니다. 사소한 비밀일 수도 있지요. 사건과 아무 상관 없는 비밀일 수도 있고요. 하지만 저한테 이야기하지 않은 뭔가가 있단 말입니다. 게다가 뭔지는 몰라도, 메리 제라드의 평판에 악영향을 미치거나 해로운 비밀인 것 같은데……."

테드는 무기력하게 고개를 저었다.

푸아로는 한숨을 쉬었다.

"아, 뭐, 때가 되면 알게 되겠지요."

6장

푸아로는 길고 섬세한 로더릭 웰먼의 얼굴을 흥미로운 눈으로 바라보았다.

로더릭은 딱할 정도로 신경이 곤두서 있었다. 두 손은 움찔거렸고, 눈에는 핏발이 섰는가 하면, 목소리는 허스키하고 불안했다.

그는 명함을 내려다보며 말했다.

"물론 푸아로 씨의 명성은 알고 있습니다. 하지만 로드 선생이 당신에게 도움을 청한 이유를 모르겠군요! 게다가 로드 선생이 무슨 상관이랍니까? 우리 숙모님을 돌보기는 했지만 생판 남인걸요. 엘리너와 저는 올 6월에 헌터베리로 내려가기 전까지 그 사람의 존재도 몰랐어요. 이런 일은 세던이 처리할 문제 아닌가요?"

"원칙적으로는 그렇지요."

로더릭은 퉁명스러운 목소리로 계속 불만을 쏟아 냈다.

"세던이 믿음직스럽다는 건 아닙니다. 끔찍할 정도로 비관적인 태도를 보이고 있거든요."

"그게 변호사들의 습성이죠."

로더릭은 조금 기운을 되찾은 눈치였다.

"그래도 벌머에게 변호를 의뢰했으니까요. 최고의 솜씨를 자랑하는 변호사 아닙니까?"

"위험한 시도를 잘하기로 유명하죠."

로더릭은 티가 날 정도로 움츠러들었다.

"제가 엘리너 칼라일 양을 도우려 한다는 사실을 기분 나쁘게 받아들이지 않았으면 좋겠군요."

"아닙니다. 전혀 그런 게 아닙니다. 하지만……."

"하지만 무슨 도움이 되겠느냐, 그걸 묻고 싶은 거지요?"

수심이 가득하던 로더릭의 얼굴 위로 눈 깜짝할 사이에 미소가 스쳐 갔다. 푸아로도 이 남자의 묘한 매력을 눈치챌 수 있을 만큼 인상적인 미소였다.

로더릭이 미안하다는 듯이 말했다.

"그런 식으로 표현하면 건방지게 들리겠죠. 하지만 사실 그게 관건입니다. 돌려서 말하지 않겠습니다. 저희를 어떻게 도울 생각인가요, 푸아로 씨?"

"진실을 찾겠습니다."

"그렇군요."

대답과는 달리 로더릭은 못 미더운 말투였다.

"피고에게 도움이 될 만한 사실을 발견할 수 있을지도 모르지요."

로더릭은 한숨을 내쉬었다.

"그럴 수만 있다면 얼마나 좋을까요!"

푸아로가 계속 말했다.

"어떻게든 돕고 싶습니다. 사건을 전반적으로 어떻게 생각하는지 웰먼 씨의 솔직한 이야기를 들으면 도움이 되겠는데요."

로더릭은 자리에서 일어서더니 불안하게 서성였다.

"무슨 할 말이 있겠습니까? 모든 게 너무나 황당하고 괴상한걸요! 어렸을 때부터 알고 지내던 엘리너가 누군가를 독살하는, 그런 멜로드라마 같은 일을 저질렀다는 발상 자체가 정말 터무니없지 뭡니까! 하지만 그걸 무슨 수로 배심원단에게 설명할 수 있을지."

푸아로는 무심한 목소리로 물었다.

"칼라일 양이 그런 일을 저질렀을 리 없다는 거군요?"

"물론입니다! 두말하면 잔소리죠! 엘리너는 품위 있는 여자입니다. 정말이지 침착하고 차분하죠. 난폭한 구석이라고는 전혀 없어요. 지적이고 섬세하며 동물적인 감정이라고는 찾아볼 수 없단 말입니다. 하지만 배심원석에는 열두 명의 머저리들이 앉아 있을 테고, 그 사람들이 어떤 식으로 설득당할지는 아무도 모르죠. 냉정하게 생각하면 그들은 성격을 평가하기 위해서가 아니라 증거를 파악하기 위해 앉아 있는 겁니다. 정황, 정황, 정황. 그런데 모든 정황이 불리하단 말입니다!"

에르퀼 푸아로는 생각에 잠긴 표정으로 고개를 끄덕였다.

"웰먼 씨, 현명하고 머리가 좋은 분이군요. 정황만 놓고 보면 칼라일 양은 유죄입니다. 당신은 그 아가씨를 알기 때문에 무죄라고 주장하는 겁니다. 그렇다면 실제로는 어떤 일이 벌어졌을까요? 어떤 상황이 가능할까요?"

로더릭은 화가 난다는 듯이 양 손바닥을 펼쳐 보였다.

"그게 골치 아픈 부분이라니까요! 간호사가 저지른 짓 아닐까요?"

"아주 꼼꼼하게 조사해 보았지만, 간호사는 샌드위치 근처에 가지도 않았고 메리 제라드의 차에만 독극물을 넣을 수는 없었습니다. 그건 분명해요. 게다가 간호사는 메리 제라드를 살해할 이유가 없었지요."

"누군들 메리 제라드를 살해할 이유가 있었겠습니까?"

"그건 맞는 말씀입니다. 이번 사건에서는 메리 제라드가 죽기를 바라는 사람이 아무도 없었죠."

푸아로는 속으로 '엘리너 칼라일을 제외하고는.'이라고 중얼거린 뒤 말을 이었다.

"따라서 논리적으로 보았을 때 다음 단계는 '메리 제라드는 살해당한 것이 아니다!'가 되어야 합니다. 하지만 오호 통재라, 실상은 그렇지가 못합니다. 메리 제라드는 살해되었으니까요."

그러고는 연극배우 같은 투로 이렇게 덧붙였다.

"하지만 그녀는 무덤에 묻혔고, 아, 세상은 얼마나 달라졌는가!"

"무슨 말씀이신지…….."

"워즈워스입니다. 이 작가의 시를 많이 읽었죠. 당신의 심정을 대변하는 구절이 아닐까 싶은데요."

"제 심정을요?"

로더릭은 뻣뻣하고 냉랭한 표정이었다.

"미리 사과드리겠습니다. 탐정인 동시에 훌륭한 신사가 되기란 너무나 어려운 일이지요. 사람들마다 말하고 싶지 않은 부분들이 있기 마련이지만 어쩌겠습니까. 탐정은 이야기를 꺼낼 수밖에 없는 것을요. 사람들의 사생활과 심정에 대해 물을 수밖에 없습니다!"

"물론 불필요한 질문이겠죠?"

푸아로는 겸손한 태도로 얼른 대답했다.

"입장만 확인할 수 있을까요? 그럼 불쾌한 부분은 건너뛰고 다시 거론하지 않겠습니다. 웰먼 씨, 많은 사람들이 알고 있기로는, 당신이 메리 제라드를 좋아했다던데 사실입니까?"

로더릭은 자리에서 일어나 창가로 가서 서더니 차양에 달린 장식술을 만지작거렸다.

"그렇습니다."

"그 아가씨를 사랑했나요?"

"그랬던 것 같습니다."

"아, 그럼 지금 마음이 아프시겠군요."

"그게…… 그러니까…… 사실은……."

그가 고개를 돌렸다. 신경질적이고 짜증을 잘 내고 예민한 사람이 궁지에 몰린 표정이었다.

"대답해 주시면, 그러니까 분명히 알려 주시면 더 이상 묻지 않겠습니다."

로더릭은 자리에 앉았다. 하지만 상대방의 얼굴을 보지 않은 채 띄엄띄엄 말을 이었다.

"설명하기가 난감한 문제인데요. 꼭 대답해야 합니까?"

"살다 보면 생기는 불편한 상황들을 항상 외면하고 피할 수는 없는 법입니다, 웰먼 씨. 그 아가씨를 사랑했던 것 같다고 하셨죠? 그럼 잘 모르겠다는 뜻인가요?"

"모르겠습니다……. 메리는 너무 사랑스러웠어요. 꿈처럼……. 이제 와서 생각해 보니 그렇네요. 꿈 같았어요! 현실 같지가 않았습니다! 그녀를 보자마자 첫눈에 반한 그 모든 일이! 바보 같은 짓이었죠! 그런데 이제는 모든 게 끝났습니다. 마치…… 있지도 않았던 일처럼."

푸아로는 고개를 끄덕였다.

"예, 이해합니다……."

잠시 후 또 다른 질문을 던졌다.

"그 아가씨가 사망할 당시 외국에 계셨죠?"

"예. 7월 9일에 출국해 8월 1일에 돌아왔습니다. 가는 곳마다 엘리너의 전보가 따라다녔죠. 소식을 듣자마자 서둘러 귀국했습니다."

"엄청난 충격이었겠습니다. 그 아가씨를 상당히 좋아했으니까요."

로더릭의 목소리에서 증오와 분노가 묻어나기 시작했다.

"왜 이런 일이 벌어졌을까요? 이런 일을 바란 사람도 없는데! 모든 사람들이 기대하는 질서 정연한 인생과 정면으로 대치되는 거 아닙니까!"

"아, 인생이 원래 그런 거 아닐까요? 마음먹은 대로 배열하고 정리할 수 없는 게 인생이지요. 감정을 외면한 채 이성과 논리에 따라 살 수 없는 것도 인생이고요. '이만큼 느꼈으니까 이제는 그만하겠다'고 말할 수는 없는 법입니다. 인생은 결코 논리적이지 않으니까요!"

로더릭 웰먼이 중얼거렸다.

"그런 것 같습니다……."

"어느 봄날 아침, 아가씨의 얼굴 그리고 우물가. 존재에 내재된 본능이 발동된 겁니다."

로더릭이 움찔했지만 푸아로는 이야기를 계속했다.

"가끔은 얼굴, 그 이상일 때도 있죠. 웰먼 씨, 메리 제라드에 대해 무얼 알고 계십니까?"

로더릭은 천천히 대답했다.

"무얼 알고 있느냐고요? 이제 생각해 보니 아는 게 거의 없습니다. 사랑스럽고 다정했던 것 같지만, 사실 아는 게 없습니다. 아무것도요……. 그래서 그립지 않은 모양입니다……."

어느덧 분노와 적의는 사라지고 없었다. 로더릭은 꾸밈없이 자연스럽게 이야기했다. 에르퀼 푸아로의 노련미가 상대방의 방어막을 무너뜨린 것이었다. 속을 털어놓는 데서 위안을 얻는 것 같았다.

"사랑스럽고 다정했지만 똑똑하지는 않았어요. 섬세하고 마음씨가 예뻤죠. 그런 계층의 여자답지 않게 우아한 면도 있었고요."

"자기도 모르는 사이에 원한을 살 만한 스타일이었나요?"

로더릭은 세게 고개를 저었다.

"아뇨. 그녀를 싫어하는 사람이 있다고는 상상이 안 됩니다. 그러니까 정말로 싫어하는 사람 말입니다. 앙심을 품는 건 다른 문제겠지만."

푸아로가 얼른 물었다.

"앙심? 그러니까 앙심을 품은 사람은 있었다는 말인가요?"

로더릭은 멍한 목소리로 대답했다.

"그랬을 겁니다. 그 편지를 보면요."

푸아로가 날카롭게 물었다.

"무슨 편지 말인가요?"

로더릭은 얼굴을 붉히며 성가신 표정을 지었다.

"아, 별로 중요한 문제는 아닙니다."

푸아로는 다시 한번 물었다.

"무슨 편지 말인가요?"

로더릭이 내키지 않는다는 듯이 털어놓았다.

"익명의 편지가 있었습니다."

"언제 배달된 겁니까? 누구한테요?"

로더릭은 마지못해 편지에 대해 설명했다.

푸아로는 나지막이 중얼거렸다.

"재미있군요. 그 편지를 볼 수 있을까요?"

"죄송하지만 실은 제가 태워 버렸습니다."

"왜 그러셨습니까, 웰먼 씨?"

로더릭은 조금 뻣뻣하게 대답했다.

"당시에는 그게 당연한 수순 같았으니까요."

"이 편지 때문에 칼라일 양과 서둘러 헌터베리로 내려간 겁니까?"

"내려간 건 맞습니다. 서둘러 갔는지는 모르겠지만."

"조금 걱정스럽지 않았습니까? 어쩌면 불안했을 수도 있겠는데요."

로더릭은 한층 더 뻣뻣해졌다.

"그렇지는 않았습니다."

에르퀼 푸아로는 언성을 높이지 않을 수 없었다.

"하지만 당연한 거 아닙니까! 받을 유산이 위험하게 되었는데요! 그럼 걱정이 돼야 맞는 것 아닙니까! 돈은 아주 중요한 문제니까요!"

"당신이 생각하는 것처럼 그렇게 중요한 문제는 아닙니다."

"그렇게 욕심이 없다니 정말 놀랍습니다!"

로더릭은 얼굴을 붉혔다.

"아, 물론 돈도 중요한 문제죠. 전혀 관심 없는 건 아닙니다. 하지만 우리의 일차적인 목적은 숙모님을 뵙고 잘 계신지 확인하는 거였습니다."

"당신이 칼라일 양과 함께 내려갔을 때 웰먼 부인은 아직 유언장을 만들지 않았습니다. 그리고 얼마 안 있어 또다시 발작을 일으켰죠. 그때 부인은 유언장을 만들고 싶어 했지만, 쓰지 못한 채 그날 밤에 숨을 거두었습니다. 칼라일 양 입장에서는 다행스러운 일이었죠."

"잠깐. 지금 무슨 말씀을 하시려는 겁니까?"

로더릭은 분노에 찬 얼굴이었다.

푸아로가 득달같이 대답했다.

"웰먼 씨, 메리 제라드의 죽음에 대해서 이야기했을 때 당신은 엘리너 칼라일과 결부된 동기가 터무니없는 주장이라고 했죠. 절대 그럴 사람이 아니라면서. 하지만 이제 또 다른 해석이 등장했습니다. 엘리너 칼라일은 제삼자에게 유산을 빼앗길지 모른다고 걱정할 이유가 있었던 거죠. 그 편지가 경고장이었습니다. 웰먼 부인의 중얼거림이 걱정을 뒷받침하는 증거였고요. 아래층 현관에는 여러 가지 약물과 의료품이 든 손가방이 있었습니다. 모르핀 병 하나 꺼내는 것쯤 식은 죽 먹기죠. 듣자 하니 나중에 당신과 간호사 둘이 저녁 식사를 하는 동안 칼라일 양이 혼자 병실을 지켰다던데⋯⋯."

로더릭이 큰 소리로 외쳤다.

"아니, 푸아로 씨, 지금 무슨 말을 하십니까? 엘리너가 로라 숙모님을 살해했다는 건가요? 그렇게 어처구니없는 이야기는 처음 듣습니다!"

"하지만 웰먼 부인의 시신 발굴 요청서가 발부된 건 알고 계시겠죠?"

"예, 압니다. 하지만 아무것도 나오지 않을 겁니다!"

"나오면 어쩌죠?"

"나오지 않을 겁니다!"

로더릭의 태도는 단호하기 짝이 없었다.

푸아로는 고개를 저었다.

"저는 장담 못 하겠습니다. 게다가 아시겠지만, 웰먼 부인이 그 시점에서 숨을 거두면 이익을 보는 사람이 한 명뿐이거든요."

로더릭은 자리에 앉았다. 안색이 창백했고, 몸을 살짝 떨고 있었다. 푸아로를 물끄러미 쳐다보다 입을 열었다.

"당신은…… 엘리너의 편인 줄 알았는데요."

"누구의 편이건 진실을 직면해야 하는 겁니다! 웰먼 씨, 당신은 지금까지 살면서 진실이 불편하다 싶으면 가능한 한 외면하는 쪽을 선택한 모양이군요."

"최악의 상황을 지켜보면서 자기 자신을 괴롭힐 이유는 없지 않을까요?"

에르퀼 푸아로는 진지하게 대답했다.

"그래야 하는 경우도 있는 법이지요……."

잠시 말을 멈추었다 다시 이었다.

"웰먼 부인이 모르핀 때문에 돌아가신 것으로 밝혀졌다 칩시다. 그럼 어쩔 겁니까?"

로더릭은 맥없이 고개를 저었다.

"모르겠습니다."

"생각을 해 봐야죠. 누가 부인에게 모르핀을 먹였을까? 엘리너 칼라일이야말로 그럴 만한 기회가 가장 완벽했다는 걸 인정해야 하지 않을까요?"

"간호사들도 있지 않습니까?"

"물론 두 사람 모두 가능성은 있습니다. 하지만 홉킨스 씨는 그 당시 모르핀 병이 없어졌다며 걱정했고, 솔직하게 털어놓았습니다. 사실 그럴 필요는 없었지요. 사망 진단서도 발부되었는데 범인이라면 뭐 하러 없어진 모르핀을 운운했을까요? 칠칠찮다는 소리를 들을 수도 있고, 실제로 부인을 독살했다면 모르핀에 이목을 집중시키는 것이야말로 바보 같은 짓인데. 게다가 홉킨스 씨가 웰먼 부인의 죽음으로 얻는 게 무엇일까요? 아무것도 없습니다. 이 점은 오브라이언 씨도 마찬가지입니다. 오브라이언 씨도 홉킨스 씨의 가방에서 모르핀을 꺼내 부인에게 먹일 수 있었지만, 역시 '그럴 이유가 없었다'는 결론이 내려집니다."

로더릭은 고개를 저었다.

"맞는 말씀이네요."

"그다음 차례는 웰먼 씨."

로더릭은 겁먹은 말처럼 움찔했다.

"저요?"

"물론입니다. 당신도 모르핀을 꺼낼 수 있었습니다. 당신도 웰먼 부인에게 모르핀을 먹일 수 있었죠! 그날 밤에 잠깐 동안 부인과 단둘이 있었으니까요. 하지만 역시 그럴 이유가 없었지요. 부인이 죽지 않고 유언장을 만들었다면 당신을 언급했을 가능성이 크니까요. 그러니 당신도 동기가 없습니다. 동기가 있는 사람은 두 명뿐이죠."

로더릭은 눈을 반짝였다.

"두 명이라고요?"

"그렇습니다. 한 명은 엘리너 칼라일."

"나머지 한 명은요?"

푸아로는 천천히 대답했다.

"나머지 한 명은 익명의 편지를 보낸 사람입니다."

로더릭은 못 믿겠다는 표정을 지었다.

"그 편지를 쓴 주인공은 메리 제라드를 싫어하거나 적어도 좋아하지는 않는 사람, 소위 말하는 당신 편입니다. 웰먼 부인의 죽음으로 메리 제라드가 득을 보기를 바라지 않는 사람. 웰먼 씨, 누가 그 편지를 썼을지 이제 감이 잡히나요?"

로더릭은 고개를 저었다.

"전혀 모르겠습니다. 조잡하고 맞춤법도 엉망이고 저질스러운 편지였는데."

푸아로는 손사래를 쳤다.

"그건 신경 쓸 부분이 아닙니다! 고등 교육을 받은 사람도 마음만 먹으면 그런 식으로 쉽게 정체를 감출 수 있으니까요. 그렇기 때문에 편지를 가지고 계셨으면 했던 겁니다. 일부러 조잡하게 쓴 글은 티가 나기 마련이니까요."

로더릭은 생각에 잠긴 목소리로 말했다.

"엘리너와 저는 하녀 중 한 명이 보낸 게 아닐까 생각했습니다."

"누가 보냈을지 짐작이 갑니까?"

"아뇨. 전혀 모르겠습니다."

"가정부인 비숍 부인이 보낸 것일 수도 있을까요?"

로더릭은 깜짝 놀란 표정이었다.

"어유, 비숍 부인으로 말할 것 같으면 어느 누구보다 점잖고 도도한 성격입니다. 긴 단어를 동원해서 복잡하고 화려하게 글을 쓰죠.

게다가 비숍 부인이라면…….”

로더릭이 말끝을 흐리자 푸아로가 끼어들었다.

“비숍 부인은 메리 제라드를 좋아하지 않았습니다!”

“그랬을 겁니다. 저는 아무 낌새도 알아차리지 못했지만.”

“웰먼 씨, 눈치가 없는 편인가요?”

로더릭은 천천히 되물었다.

“푸아로 씨, 숙모님이 스스로 모르핀을 복용했을 가능성을 고려해 보신 적은 없나요?”

“그럴 수도 있지요.”

“숙모님은 무기력한 상태를 질색하셨습니다. 죽어 버렸으면 좋겠다고 종종 말씀하셨죠.”

“하지만 웰먼 부인이 자리에서 일어나 아래층으로 내려가서 간호사의 가방에서 모르핀 병을 꺼낼 수 있었을까요?”

로더릭이 천천히 대답했다.

“아뇨. 하지만 다른 사람이 가져다주었을지도 모르죠.”

“누가 그랬을까요?”

“뭐, 두 간호사 중 한 명이라든지.”

“아니, 간호사는 아닙니다. 두 사람은 그에 따른 위험을 너무나 잘 아니까요. 두 간호사는 의심할 여지가 가장 적습니다.”

“그럼 다른 누군가가…….”

그는 입을 열다가 다시 다물었다.

푸아로가 조용히 물었다.

"뭔가 생각이 난 모양이군요."

로더릭은 망설이는 모습이었다.

"예. 하지만……."

"말해야 할지 고민이 되나요?"

"예……."

호기심 어린 미소가 푸아로의 입꼬리를 살짝 들어 올렸다.

"칼라일 양이 언제 그런 말을 하던가요?"

로더릭은 한숨을 내뱉었다.

"이런, 귀신이 따로 없군요! 내려가는 기차 안에서였습니다. 숙모님이 두 번째 발작을 일으켰다는 전보를 받았거든요. 그때 엘리너가 숙모님이 너무 가엾다고, 병석에 누워 있는 걸 질색하시는데 이제 전보다 더 꼼짝할 수 없게 되었으니 얼마나 끔찍하겠냐고 말하더군요. 그리고 이런 말도 했습니다. 정말로 원하는 사람에 한해서는 자유롭게 해방시켜 주어야 하지 않을까 싶다고."

"당신은 그 말을 듣고 뭐라고 했나요?"

"맞는 말이라고 했습니다."

푸아로는 무척 진지한 목소리로 말했다.

"웰먼 씨, 방금 당신은 칼라일 양이 돈 때문에 웰먼 부인을 살해했을 가능성을 일축했죠. 그렇다면 딱한 마음에 부인을 살해했을 가능성도 일축할 수 있겠습니까?"

"그게…… 아뇨, 그건 아닙니다."

에르퀼 푸아로는 고개를 숙였다.

"예, 저도 웰먼 씨가 그렇게 대답하실 거라고 생각…… 아니, 확신했습니다."

7장

‘세던, 블래서윅 앤드 세던’의 사무실에 도착한 에르퀼 푸아로는 의심까지는 아니지만 극도로 신중한 태도를 보이는 상대와 맞닥뜨렸다.

세던 씨는 정성 들여 면도한 턱을 집게손가락으로 쓰다듬으며 예리한 회색 눈으로 푸아로를 꼼꼼히 뜯어보았다.

"물론 푸아로 씨의 명성이야 익히 알고 있습니다. 하지만 이 사건에서 어떤 역할을 맡고 계신지, 저로서는 그 부분을 알 수가 없군요."

"선생의 의뢰인을 위해 일하고 있지요."

"아, 그렇습니까? 누구한테 그런 자격을 부여받으셨는지……?"

"로드 선생의 부탁으로 이렇게 찾아왔습니다."

세던 씨의 눈썹이 이마 꼭대기까지 치솟았다.

"그렇습니까? 이례적인 일이군요. 아주 이례적인 일이에요. 로드 선생은 검찰 측 증인으로 소환된 것으로 알고 있습니다만."

에르퀼 푸아로는 어깨를 으쓱했다.

"그게 무슨 상관입니까?"

"칼라일 양의 변호는 전적으로 저희 소관입니다. 이번 사건에서 외부의 도움은 필요 없습니다."

"의뢰인의 무죄를 쉽게 입증할 수 있기 때문인가요?"

세던 씨는 주춤하더니 변호사 특유의 무덤덤한 말투로 분노를 표현했다.

"그야말로 부적절한 질문이군요. 몹시 부적절한 질문이에요."

"이번 사건에서 선생의 의뢰인은 아주 불리한 입장인데요."

"이번 사건에 대해 무엇을, 어떻게 알고 계신지 모르겠군요, 푸아로 씨."

"사실 저를 고용한 사람은 로드 선생이지만 여기, 로더릭 웰먼 씨한테 받은 편지를 가지고 왔습니다."

푸아로는 고개를 숙이며 편지를 건넸다.

세던 씨는 쪽지에 적힌 몇 줄의 내용을 읽더니 마지못한 듯 입을 열었다.

"그렇다면 이야기가 달라지겠군요. 웰먼 씨가 칼라일 양의 변호를 책임지고 있으니까요. 저희는 그분의 의뢰로 일하고 있습니다."

변호사는 싫은 티를 내며 이야기를 계속했다.

"저희 회사는, 에헴…… 형사 사건은 거의 취급하지 않지만, 에헴…… 고인이 되신 의뢰인 조카딸의 변호를 맡는 것이 그분에 대

214

한 도리라고 생각합니다. 왕실 고문 변호사인 에드윈 벌머 경에게 사건의 개요는 이미 설명했죠."

푸아로는 느닷없이 빈정거리는 듯한 미소를 지었다.

"비용은 아끼지 않으시겠다? 지당하고 합당한 조치입니다!"

세던 씨는 안경 너머로 그를 쳐다보았다.

"이것 보세요, 푸아로 씨……."

푸아로가 그의 말허리를 끊고 들어갔다.

"유창한 말솜씨와 감정적인 호소로는 의뢰인을 구할 수 없을 겁니다. 그 이상이 필요해요."

세던 씨는 냉담하게 물었다.

"그 이상이라면 뭐가 있을까요?"

"진실이라는 게 있지요."

"그렇군요."

"그런데 이번 사건에서 진실은 우리 편일까요?"

세던 씨는 날카롭게 쏘아붙였다.

"다시 한번 아주 부적절한 말씀을 하시는군요."

"답변을 듣고 싶은 질문이 몇 가지 있습니다."

세던 씨는 신중한 태도를 보였다.

"의뢰인의 동의 없이는 답변에 대한 확답을 드릴 수 없습니다."

"물론 그러시겠죠. 이해합니다."

푸아로는 말을 멈추었다 다시 이었다.

"엘리너 칼라일 양에게 원한을 품은 사람이 있습니까?"

세던 씨는 살짝 놀란 얼굴이었다.

"제가 알기로는 없습니다."

"고인이 되신 웰먼 부인은 평생 유언장을 만들지 않으셨나요?"

"예. 계속 미루기만 하셨죠."

"엘리너 칼라일 양은 유언장을 만들었습니까?"

"그렇습니다."

"최근에 만들었습니까? 웰먼 부인이 세상을 떠난 뒤에?"

"그렇습니다."

"유산을 누구한테 남기겠다고 했습니까?"

"그건 기밀에 속하는 사항입니다, 푸아로 씨. 의뢰인의 허락 없이
는 알려 드릴 수 없습니다."

"그럼 선생의 의뢰인을 만나야겠군요!"

세던 씨는 싸늘한 미소를 지었다.

"만나기가 쉽지는 않을 겁니다."

푸아로는 손사래를 치며 자리에서 일어섰다.

"에르퀼 푸아로에게 어려운 일은 없습니다."

8장

마스든 경감은 싹싹한 성격이었다.

"어이쿠, 푸아로 씨, 제가 맡은 사건의 방향을 바로잡아 주러 오셨습니까?"

푸아로는 나직한 목소리로 대꾸했다.

"아닙니다, 아니에요. 그저 개인적으로 조금 궁금한 부분이 있어서요."

"기꺼이 궁금증을 풀어 드리죠. 무슨 사건입니까?"

"엘리너 칼라일 사건입니다."

"아하, 메리 제라드를 독살한 아가씨 말이군요. 2주 뒤에 재판이 열리죠. 재미있는 사건이에요. 그나저나 그 아가씨가 노부인도 살해했답니다. 최종 보고서는 아직 나오지 않았지만 분명한 모양이에요. 모르핀이죠. 피도 눈물도 없는 아가씨더군요. 체포 당시나 그 이후

에나 눈 하나 꿈쩍하지 않아요. 아무것도 실토하지 않고. 하지만 증거가 있으니 옴짝달싹 못 할 겁니다."

"그 아가씨의 소행이라고 생각하시나요?"

경험 많고 인상 좋은 마스든은 힘차게 고개를 끄덕였다.

"의심할 여지가 없죠. 독극물을 제일 위쪽 샌드위치에 넣은 겁니다. 아주 뻔뻔한 여자예요."

"의심할 여지가 없다고요? 전혀?"

"그럼요! 확실합니다. 확실하다 싶은 기분 좋은 예감이 들어요. 누구나 그렇겠지만 우리도 웬만하면 실수하기 싫습니다. 어떤 사람들은 우리가 유죄 판결에 목을 맨 줄 알지만 사실은 그렇지가 않단 말씀이죠. 그런데 이번에는 저도 양심에 거리낌 없이 밀고 나갈 수 있어요."

푸아로는 느릿하게 중얼거렸다.

"그렇군요."

경시청 공무원이 호기심 어린 눈빛으로 푸아로를 쳐다보았다.

"반론의 증거라도 있습니까?"

푸아로는 천천히 고개를 저었다.

"아직은 없습니다. 지금까지 파악한 사실들은 하나같이 엘리너 칼라일이 유죄라고 말하고 있지요."

마스든 경감은 경쾌한 말투로 딱 잘라 말했다.

"유죄라니까요."

"그 아가씨를 만나 봐야 할 것 같습니다만."

마스든 경감은 넉넉한 미소를 지었다.

"현직 내무 장관을 마음대로 주무를 수 있으시죠? 그럼 아무 문제 없을 겁니다."

9장

피터 로드가 물었다.

"어떻게 됐습니까?"

에르퀼 푸아로가 대답했다.

"진척이 없군요."

피터 로드는 침울한 목소리가 되었다.

"아무것도 파악을 못 하신 건가요?"

푸아로는 천천히 대답했다.

"엘리너 칼라일은 질투심 때문에 메리 제라드를 살해했다. 엘리너 칼라일은 유산을 노리고 웰먼 부인을 살해했다. 엘리너 칼라일은 딱한 마음에 웰먼 부인을 살해했다. 이 중에서 아무거나 마음에 드는 것을 골라 보시지요!"

"셋 다 말도 안 되는 이야기입니다!"

"그런가요?"

주근깨로 뒤덮인 로드의 얼굴에 화난 표정이 떠올랐다.

"그게 다 무슨 소리입니까?"

푸아로가 되물었다.

"그랬을 수도 있을까요?"

"뭐가 말입니까?"

"엘리너 칼라일이 가엾은 웰먼 부인을 보다 못해 목숨을 끊을 수 있도록 도왔을 가능성도 있을까요?"

"말도 안 됩니다!"

"과연 말도 안 되는 이야기일까요? 선생도 부인이 도와 달라고 부탁하더라는 이야기를 했잖습니까?"

"진지하게 하신 말씀은 아니죠. 제가 그런 짓을 못 하리란 걸 아셨으니까요."

"그래도 부인은 그 생각을 곱씹고 있었을지도 모르지요. 그러다가 엘리너 칼라일이 도와주었을지 어떻게 압니까."

피터 로드는 방 안을 왔다 갔다 서성이다 마침내 입을 열었다.

"그런 경우도 가능하죠. 하지만 칼라일 양은 냉정하고 사리 분별이 분명한 성격입니다. 얼마나 위험한 일인지 잊을 만큼 연민에 휩싸이지는 않았을 겁니다. 그리고 어떤 위험이 도사리고 있는지 정확하게 알았을 겁니다. 살인 혐의로 법정에 설 가능성이 크다는 것을요."

"그러니까 돕지 않았을 것이다?"

피터 로드는 천천히 대답했다.

"여자는 어쩌면 남편이나 아이를 위해 또 어머니를 위해 그런 일을 할 수 있다고 생각합니다. 하지만 칼라일 양이 아무리 고모를 좋아했더라도 고모를 위해 그러지는 않았을 겁니다. 설혹 그런 일을 저질렀더라도 문제의 인물이 견딜 수 없을 만한 고통에 시달렸을 경우에 한하고요."

푸아로는 생각에 잠긴 목소리로 말했다.

"어쩌면 선생 생각이 맞을지도 모르겠군요. 그럼 로더릭 웰먼이 감정에 치우쳐 그런 일을 저질렀을까요?"

피터 로드가 비웃는 투로 대답했다.

"그럴 만한 배짱이 있을까요?"

푸아로는 중얼거렸다.

"글쎄요. 어떤 면에서는 그 청년을 너무 과소평가하는 것 같아요, 몽 셰르."

"아, 똑똑하고 지적이기는 하죠."

"그렇죠. 그리고 매력이 있어요. 저도 느꼈다시피."

"그런가요? 저는 전혀 모르겠는데요!"

그러더니 피터 로드는 진지하게 물었다.

"정말 아무것도 없습니까?"

"지금까지는 수사에 진전이 없군요! 항상 같은 자리로 되돌아간단 말이지요. 메리 제라드의 죽음으로 득을 보는 사람은 없었다. 엘리너 칼라일 말고는 메리 제라드를 미워한 사람도 없었다. 이제 우리가 고민할 문제는 하나뿐입니다. 엘리너 칼라일을 미워한 사람은 있었을까?"

피터 로드는 천천히 고개를 저었다.

"제가 알기로는 없었습니다. 그러니까…… 칼라일 양에게 누명을 뒤집어씌운 사람이 있을지 모른다는 말씀인가요?"

푸아로는 고개를 끄덕였다.

"억지로 갖다 붙인 추측이고 뒷받침할 만한 증거도 없기는 하지요. 사건이 지나치게 완벽하다 싶을 정도로 칼라일 양에게 불리하다는 점이 증거라면 증거랄까요."

그러고는 로드 선생에게 익명의 편지 이야기를 꺼냈다.

"이 편지가 칼라일 양에게 아주 불리한 요소로 작용할 수도 있어요. 칼라일 양은 고모의 유언장에서 완전히 배제될 수 있다는 경고를 받았지요. 생판 남인 아가씨한테 전 재산이 넘어갈지 모른다고 말입니다. 그래서 고모가 숨을 헐떡이며 변호사를 찾았을 때 칼라일 양은 앞뒤 잴 것 없이 그날 밤 부인을 죽게 만든 겁니다!"

"로더릭 웰먼은 어쩌고요? 그자도 유산을 못 받게 될 상황 아니었습니까!"

푸아로는 고개를 저었다.

"아니죠, 웰먼 씨는 부인이 유언장을 만들어야 유리한 입장이었어요. 부인이 유언장 없이 눈을 감으면 한 푼도 못 받을 상황이었지요. 칼라일 양이 가장 가까운 친척이니까."

"하지만 엘리너와 결혼할 생각이었잖습니까!"

"맞아요. 하지만 부인의 사망 직후 약혼이 깨지지 않았나요? 웰먼 씨는 자유로워지고 싶다는 뜻을 분명히 밝혔죠."

피터 로드는 신음 소리를 내며 머리를 감싸쥐었다.

"그럼 또 화살이 칼라일 양을 가리키는군요. 늘 그랬던 것처럼!"

"그렇지요. 하지만……."

푸아로는 잠시 침묵을 지키다 입을 열었다.

"뭔가 있어요."

"예?"

"뭔가가 있어요. 사라진 퍼즐 한 조각이. 메리 제라드와 연결된 뭔가가 분명히 있단 말이지요. 선생, 이 마을에서 소문이나 험담을 많이 들었겠죠? 메리 제라드에 대해 안 좋은 이야기를 들은 적이 있습니까?"

"메리 제라드에 대해 안 좋은 이야기요? 성격이나 뭐 그런 부분 말씀입니까?"

"아무거나 상관없어요. 과거 이야기, 예전에 저질렀던 실수, 추문, 이중인격자라는 의혹, 악의적인 소문. 그 아가씨의 평판에 흠집이 갈 만한 거라면 아무거나 상관없어요."

피터 로드는 천천히 대답했다.

"그런 표현은 삼가 주셨으면 합니다. 이제는 죽어서 자기 변론도 못하는 순진한 아가씨의 과거를 들추다니요. 게다가 그런 소문은 찾을래도 없을 겁니다!"

"그럼 갤러해드(아서왕 이야기에 등장하는 고결한 기사 — 옮긴이)처럼 티끌 한 점 없는 인생을 살았단 말인가요?"

"제가 아는 한 그랬습니다. 안 좋은 이야기는 들어 본 적이 없으니까요."

푸아로가 부드럽게 말했다.

"제가 진흙도 없는 곳에서 흙탕물을 일으키려 한다고 생각하지는 마세요. 절대 그런 게 아니니까. 홉킨스 씨는 속마음을 숨기는 데 능한 사람이 아니에요. 그런데 메리를 좋아하기 때문에 감추는 뭔가가 있어요. 저에게 알려질까 봐 걱정하는 안 좋은 비밀이 있단 말입니다. 이번 사건과 연관성이 있는 비밀은 아닙니다. 홉킨스 씨는 칼라일 양이 범인이라고 믿으니 칼라일 양과 상관없는 비밀이겠지요. 하지만 저는 모든 걸 알아야 한단 말입니다. 메리가 제삼자에게 잘못을 저지른 적이 있다면 그 제삼자에게 살인 동기가 있을지 모르니까요."

"그렇다면 홉킨스 씨도 알아차리지 않았겠습니까?"

"홉킨스 씨도 나름대로 똑똑한 사람이지요. 하지만 저하고 비교가 되겠습니까? 홉킨스 씨가 놓친 부분을 저, 에르퀼 푸아로는 간파할 수 있단 말입니다!"

피터 로드는 고개를 저었다.

"죄송합니다. 저는 들은 게 없습니다."

푸아로는 생각에 잠긴 목소리로 말했다.

"이 마을에서 메리와 평생을 함께 보낸 테드 빅랜드도 그러더군요. 비숍 부인도 마찬가지고. 비숍 부인의 경우에는 메리에 대해 안 좋은 이야기를 들었다면 입을 다물고 있지 못했을 텐데! 뭐, 하지만 한 줄기 희망은 있습니다."

"그게 뭡니까?"

"오늘 오브라이언 씨를 만나기로 했지요."

피터 로드는 다시 고개를 저었다.

"오브라이언 씨는 이 마을에 대해 아는 게 별로 없습니다. 기껏해야 한두 달 머물렀을 뿐이니까요."

"저도 압니다. 하지만 홉킨스 씨의 입이 워낙 가볍기로 유명하지 않습니까? 메리 제라드가 피해를 입을 수도 있으니 이 마을에서는 뒷담화를 자제했겠지요. 하지만 외지 출신의 동료에게까지 아무 이야기를 흘리지 않고 참았을까요? 오브라이언 씨가 뭔가를 알고 있을지도 모르는 일입니다."

10장

오브라이언은 빨간 머리카락을 뒤로 넘기며, 차탁 맞은편에 앉은 작달막한 남자를 향해 환하게 미소 지었다.

간호사는 속으로 이런 생각을 했다.

'정말 재미있게 생긴 아담한 영감님이네. 눈은 고양이처럼 초록색이고. 로드 선생님 말로는 그렇게 똑똑하다지!'

에르퀼 푸아로가 입을 열었다.

"이렇게 건강하고 활기 넘치는 분과 마주 앉으니 기분이 좋네요. 당신이 간호하는 환자들은 모두 쾌차할 수밖에 없겠어요."

"저는 우울한 얼굴로 다니는 사람이 아니랍니다. 그리고 제가 간호한 환자들은 고맙게도 거의 대부분 건강을 회복했지요."

"물론, 그렇겠지요. 웰먼 부인의 경우에는 차라리 다행스러운 일이었고요."

"아! 그 가엾은 부인의 경우에는 그랬죠."

예리한 눈빛으로 푸아로를 살피던 오브라이언이 물었다.

"그 이야기를 하러 오셨나요? 부인의 시신을 파헤칠 거란 소문은 들었는데."

"그 당시에는 미심쩍은 구석이 없었습니까?"

"전혀 없었어요. 그날 아침 로드 선생님의 표정이랑 필요도 없는 물건을 가지고 오라며 저를 여기저기 보냈던 걸 생각하면 의심했을 법도 한데! 하지만 선생님이 사망 진단서에 서명을 했으니까요."

"로드 선생이 그럴 만한 이유라도······."

푸아로가 이야기를 꺼내려는 순간, 오브라이언이 말허리를 낚아챘다.

"물론 선생님은 그럴 만한 상황이었죠. 의사 입장에서는 이런저런 생각을 한답시고 유족들의 심기를 건드려 봐야 좋을 것 하나 없고, 만에 하나 틀렸다가는 다시는 찾는 환자가 없을 테니까요. 의사는 모름지기 확실해야 하거든요!"

"웰먼 부인이 자살했을지 모른다는 의견도 있습니다."

"예? 그렇게 꼼짝없이 누워 있던 부인이요? 기껏해야 한쪽 손을 들어 올리는 정도가 고작이었을 텐데!"

"누군가의 도움을 받지 않았을까요?"

"아! 이제 무슨 말씀인지 알겠어요. 칼라일 양이나 웰먼 씨나 메리 제라드가 그랬을지 모른다는 거죠?"

"그랬을 수도 있지 않습니까?"

오브라이언 씨는 고개를 저었다.

"세 사람 모두 감히 그러지는 못했을 거예요!"

푸아로는 천천히 대답했다.

"그랬을지도 모르지요."

뒤이어 슬쩍 질문을 던졌다.

"그나저나 홉킨스 씨는 언제 모르핀 병을 잃어버린 겁니까?"

"그날 아침이었어요. 분명히 가지고 나왔다면서 처음에는 확실하다고 했죠. 그러다 조금 시간이 지나면 헷갈리기 시작하는 거 아시잖아요. 결국에는 집에 두고 온 게 분명하다고 했죠."

푸아로는 나지막이 중얼거렸다.

"그런데도 의심하지 않았단 말인가요?"

"전혀요! 이상하다는 생각은 단 1초도 한 적이 없어요. 그리고 지금도 확실하게 밝혀진 건 아니잖아요."

"모르핀 병이 없어졌는데 당신도 그렇고 홉킨스 씨도 그렇고 단한 순간도 불안하지 않았단 말이죠?"

"글쎄요, 그랬다기보다는…… 블루 티트 카페에 같이 앉아 있는데 문득 그런 생각이 들긴 했죠. 홉킨스 씨도 비슷한 눈치였고. 제생각이 전달된 모양이더라고요. 홉킨스 씨가 '벽난로 선반에 올려놓았는데 휴지통 속으로 굴러떨어졌을 거야, 안 그래?'라고 하기에 저도 '맞아요. 그랬을 거예요.' 하면서 맞장구를 쳤죠. 무슨 생각을 하고 무슨 걱정을 하는지에 대해서는 우리 둘 다 아무 말도 하지 않았고요."

"지금 생각해 보니 어떻습니까?"

"부인의 시신에서 모르핀이 검출된다면 누가 병을 훔쳐서 어떤 용도로 사용했는지 의심의 여지가 없겠죠. 하지만 모르핀이 검출되기 전에는 그 여자가 부인까지 저세상으로 보냈다는 걸 믿지 않을 거예요."

"메리 제라드를 살해한 범인은 엘리너 칼라일이 틀림없다고 생각합니까?"

"그야 당연하죠! 엘리너 양 말고는 그럴 만한 이유가 있거나 그럴 마음을 품은 사람이 없었잖아요."

"그게 문제입니다."

다시 입을 연 오브라이언은 연극배우 같은 말투가 되었다.

"부인은 어떻게든 말하려 하고 엘리너 양은 모든 걸 숙모 뜻에 따라 깔끔하게 처리하겠다고 약속한 그날 밤, 제가 그 자리에 있었어요. 어느 날 계단을 내려가다가 증오로 일그러진 얼굴로 메리의 뒷모습을 쳐다보는 엘리너 양의 모습을 목격한 적도 있고요. 그때 엘리너 양은 살인을 생각했던 거라고요."

"엘리너 칼라일이 웰먼 부인을 살해했다면 이유가 무엇일까요?"

"이유요? 그야 당연히 돈 때문이죠. 자그마치 20만 파운드인걸요. 만약 엘리너 양이 부인을 살해했다면 그 덕분에 20만 파운드를 손에 넣은 거고, 그 때문에 범행을 저지른 거예요. 대담하고 영리한 아가씨거든요. 겁이라고는 찾아볼 수가 없고 아주 똑똑하죠."

"만약에 웰먼 부인이 유언장을 만들었다면 누구한테 유산을 남겼을까요?"

"아, 그건 제가 왈가왈부할 부분이 아니네요."

오브라이언은 말은 그렇게 했지만, 입이 근질거리는 얼굴이었다.

"제 생각에는 동전 한 닢까지 메리 제라드한테 물려주지 않았을
까 싶어요."

"왜죠?"

이 한마디가 오브라이언의 심기를 건드린 모양이었다.

"왜냐고요? 지금 왜냐고 물었나요? 글쎄요. 그랬을 거라고 말씀드
리는 수밖에 없겠네요."

푸아로는 나지막이 중얼거렸다.

"메리 제라드가 머리를 아주 잘 썼다고 말할 사람들도 있겠군요.
부인이 핏줄과 애정마저 잊어버릴 만큼 비위를 살살 맞추었다고 말
입니다."

"그럴 수도 있겠죠."

"메리 제라드는 영리하고 약삭빠른 아가씨였나요?"

오브라이언 씨는 느릿느릿 대답했다.

"그렇지는 않았어요……. 뭘 하든 자연스러웠고 꿍꿍이속 같은
건 없었죠. 그런 부류가 아니었어요. 그리고 남들 모르게 감추는 일
에는 그럴 만한 이유가 있는 법이죠……."

푸아로가 부드럽게 말했다.

"정말 사려 깊은 분이군요, 오브라이언 씨."

"전 저하고 상관없는 일이면 왈가왈부하지 않는 사람이거든요."

푸아로는 그녀를 유심히 쳐다보며 이야기를 계속했다.

"세상에는 그냥 묻어 두는 게 좋은 일도 있는 법이라고, 홉킨스 간호사와 둘이서 의견 일치를 본 적이 있지요?"

"그게 무슨 말씀이죠?"

푸아로는 얼른 대답했다.

"사건과는 전혀 상관없는 이야기입니다. 그러니까…… 다른 문제 말입니다."

오브라이언은 고개를 끄덕였다.

"옛날이야기를 끄집어내서 분란을 일으킬 필요 있겠어요? 게다가 부인은 단 한 번도 추문에 휩싸이지 않고 살다 모든 사람들의 존경 속에 눈을 감았잖아요."

푸아로는 맞는 말이라는 듯 고개를 끄덕이며 조심스레 말했다.

"웰먼 부인은 메이든스퍼드에서 아주 존경받는 분이었죠."

이야기가 뜻밖의 방향으로 흘러가는데도 푸아로의 얼굴에는 놀라거나 당황하는 기색이 없었다.

오브라이언이 말을 이었다.

"모두들 죽거나 잊힐 만큼 아주 오래전 이야기이기도 하고요. 저는 로맨스라면 사족을 못 쓰는데, 여러 번 얘기했다시피 정신병원에 입원한 아내를 둔 남자는 죽은 뒤에야 벗어날 족쇄에 한평생 묶인 셈이니 얼마나 힘들겠어요?"

푸아로는 여전히 어리둥절했지만 나지막이 중얼거렸다.

"맞습니다. 힘든 일이지요……."

"우리 두 사람의 편지가 어떤 식으로 엇갈렸는지 홉킨스 씨가 이야기하던가요?"

푸아로는 사실대로 대답했다.

"그건 이야기하지 않더군요."

"희한한 우연의 일치였죠. 그런데 늘 그런 식이라니까요! 우연히 들은 이름을 하루 이틀 뒤에 다시 마주치게 되는 그런 거요. 제가 피아노에 놓인 똑같은 사진을 보고 있던 바로 그때, 홉킨스 씨는 의사 선생님의 가정부한테 자초지종을 듣고 있었지 뭐예요?"

"정말 신기한 일이군요."

푸아로가 머뭇거리며 물었다.

"메리 제라드도…… 알고 있었습니까?"

"누가 그런 얘기를 했겠어요? 저나 홉킨스 씨나 아무 소리 안 했어요. 알아 봐야 좋을 일도 없잖아요."

오브라이언은 빨간 머리카락을 휙 쓸어 넘기면서 그를 유심히 쳐다보았다.

푸아로는 한숨을 내쉬었다.

"그러게 말입니다."

11장

엘리너 칼라일…….

푸아로는 둘 사이에 놓인 널찍한 탁자 너머로 그녀를 유심히 관찰했다.

그 자리에는 두 사람뿐이었다. 간수는 유리 벽 너머에서 그들을 감시하고 있었다.

푸아로는 반듯하고 새하얀 이마와 정교하게 조각된 듯한 귀와 코가 어우러진, 섬세하고 지적인 얼굴을 찬찬히 뜯어보았다. 미묘한 얼굴선이었다. 교양과 절도 있는 분위기 사이로 열정의 여지를 풍기는, 당당하고 감수성이 풍부한 아가씨였다.

푸아로가 입을 열었다.

"전 피터 로드 선생이 보낸 에르퀼 푸아로라고 합니다. 로드 선생은 제가 아가씨를 도울 수 있다고 생각하고 있어요."

"피터 로드······."

엘리너 칼라일은 추억에 잠긴 목소리였다. 잠깐 동안 생각에 잠긴 듯 미소를 짓다 의례적인 대답을 했다.

"그분 마음은 고맙지만 선생님이 과연 저를 도울 수 있을까 싶은데요."

"질문을 하면 답변해 줄 건가요?"

엘리너는 한숨을 내쉬었다.

"아무것도 묻지 않으시는 게 좋을 거예요. 유능한 사람들이 저를 돕고 있으니까요. 세던 씨가 얼마나 잘해 주는지 몰라요. 아주 유명한 변호사에게 제 사건을 맡겼답니다."

"저만큼 유명한 사람은 아니죠!"

엘리너 칼라일은 약간 지친 말투였다.

"명성이 자자한 분이던데요."

"예. 범법자의 변호를 잘하기로 유명하지요. 저는 무죄 입증을 잘하는 것으로 유명하고요."

드디어 엘리너 칼라일이 눈을 들었다. 너무나도 선명하고 아름다운 파란색 눈이었다. 그 눈이 푸아로를 똑바로 쳐다보았다.

"제가 무죄라고 생각하세요?"

"무죄 맞습니까?"

엘리너는 살짝 비웃음을 흘렸다.

"그런 식으로 질문하실 생각인가요? 너무 쉽게 '예!'라고 대답할 수 있는 질문인데요."

푸아로는 뜻밖의 이야기를 꺼냈다.

"피곤한 모양이군요, 그렇죠?"

그녀의 눈이 조금 커졌다.

"예, 그게 제일 커요. 어떻게 아셨어요?"

"그럴 줄 알았습니다……."

"얼른…… 끝났으면 좋겠어요."

푸아로는 잠시 그녀를 물끄러미 쳐다보다 입을 열었다.

"편의상 그렇게 불러도 될지 모르겠지만, 아가씨의 사촌을 만났습니다. 로더릭 웰먼 씨를."

자부심 가득하던 새하얀 얼굴이 천천히 달아오르기 시작했다. 푸아로는 묻지도 않은 질문의 대답을 들은 셈이었다.

그녀의 음성이 살짝 떨렸다.

"로더릭을 만나셨다고요?"

"아가씨를 위해 백방으로 노력하고 있더군요."

"알아요."

그녀의 목소리에 생기가 돌고 부드러워졌다.

"웰먼 씨는 가난뱅이인가요, 부자인가요?"

"로더릭요? 돈이 많지는 않아요."

"그런데 씀씀이는 헤프다?"

"우리 둘 다 그런 건 신경 쓰지 않았어요. 언젠가는……."

별 생각 없이 대답을 이어 가던 엘리너가 말끝을 흐렸다.

"유산을 기대하고 있었군요? 그럴 법하지요."

푸아로는 얼른 이렇게 거들고는 다시 질문을 던졌다.

"웰먼 부인의 부검 결과를 들었죠? 모르핀 중독으로 인한 사망으로 밝혀졌습니다."

엘리너 칼라일이 차갑게 대꾸했다.

"저는 고모를 죽이지 않았어요."

"그럼 부인의 자살을 도왔습니까?"

"그게 무슨……? 아, 알겠어요. 아뇨, 돕지 않았어요."

"웰먼 부인이 유언장을 쓰지 않은 건 알고 있었습니까?"

"아뇨, 몰랐어요."

어느새 그녀의 말투는 무덤덤하고 단조로워졌다. 대답도 기계적이고 냉담했다.

"그럼 아가씨는 유언장을 만들었나요?"

"예."

"로드 선생이 유언장을 운운한 날에 만들었나요?"

"예."

그녀의 안색이 또다시 순식간에 달라졌다.

"유산 분배를 어떻게 했습니까?"

엘리너는 차분하게 대답했다.

"전 재산을 로더릭, 로더릭 웰먼에게 남긴다고 했어요."

"웰먼 씨도 그 사실을 알고 있나요?"

"당연히 모르죠."

"의논하지 않았나요?"

"물론이죠. 알았다면 몹시 당황하면서 질색했을 거예요."

"유언장의 내용을 아는 사람이 또 있습니까?"

"세던 씨만 알고 있어요. 그 밑에서 일하는 직원들도 알겠죠."

"세던 씨가 유언장을 작성해 준 겁니까?"

"예. 그날 저녁, 그러니까 로드 선생님이 유언장을 운운하던 날 저녁에 제가 편지를 보냈죠."

"편지는 직접 부쳤나요?"

"아뇨. 다른 편지들과 함께 집 앞 우편함에 넣었어요."

"편지를 써서 봉투에 넣고 봉한 다음 우표를 붙이고 우편함에 넣었습니다. 콤 사(그렇지요)? 중간에 잠깐 생각을 하거나 다시 읽어 보지는 않았고요?"

엘리너는 그를 물끄러미 쳐다보았다.

"다시 읽어 봤죠. 우표를 찾으러 나갔거든요. 우표를 찾은 다음 제대로 썼는지 확인하려고 다시 읽어 봤어요."

"그때 옆에 누가 있었습니까?"

"로더릭 혼자 있었어요."

"아가씨가 무얼 하는지 웰먼 씨도 알고 있었나요?"

"말씀드렸잖아요. 몰랐다고."

"자리를 비운 사이 누군가 그 편지를 읽었을 가능성도 있을까요?"

"모르겠어요…… 하녀들 말씀인가요? 제가 자리를 비운 사이 들어왔다면 읽었을 수도 있겠죠."

"웰먼 씨가 들어오기 전에 말입니까?"

"예."

"웰먼 씨가 읽었을지도 모르는 일이지요?"

엘리너는 비웃는 듯한 목소리로 또박또박 대답했다.

"푸아로 씨, 제가 보증하지만 선생님이 사촌이라고 부르는 그 사람은 남의 편지를 읽는 그런 사람이 아니랍니다."

"그런 걸 통념이라고 하지요. 해서는 안 될 짓을 하는 사람이 얼마나 많은지 알면 아가씨도 깜짝 놀랄 겁니다."

엘리너는 어깨를 으쓱했다.

푸아로가 덤덤히 물었다.

"메리 제라드를 죽이고 싶다는 생각을 처음으로 한 게 그날인가요?"

엘리너 칼라일의 얼굴이 세 번째로 붉게 물들었다. 이번에는 거의 이글거리는 정도였다.

"피터 로드가 그 이야기를 하던가요?"

푸아로가 부드럽게 말했다.

"그날이지요, 그렇죠? 유언장을 쓰는 메리 제라드를 창문 너머로 본 날. 그런 생각이 들었겠지요, 만약에 메리 제라드가 죽으면 얼마나 재미있을까, 얼마나 편할까……."

엘리너는 목이 멘 듯한 목소리로 나지막이 중얼거렸다.

"그 사람은 알고 있었어요……. 저를 본 순간 알고 있었어요……."

"로드 선생은 많은 걸 알고 있어요……. 주근깨투성이 얼굴과 빨간 머리를 한 그 젊은 양반은 바보가 아닙니다……."

엘리너가 나지막이 물었다.

"그 사람이 저를 도우라고 선생님을 보낸 게 사실인가요?"

"사실입니다."

그녀는 한숨을 내쉬었다.

"이해가 안 되네요. 이해가 안 돼요."

"이것 보세요, 칼라일 양. 메리 제라드가 죽던 날, 무슨 일이 있었는지 저한테 알려 주어야 합니다. 어디에 갔고, 무엇을 했는지. 그뿐만 아니라 무슨 생각을 했는지까지 알아야겠습니다."

그녀는 물끄러미 푸아로를 쳐다보았다. 잠시 후 묘한 미소가 서서히 입가에 맴돌기 시작했다.

"정말 순진한 분이네요. 제가 얼마나 쉽게 거짓말을 할 수 있는지 모르시겠어요?"

푸아로는 차분하게 대답했다.

"상관없습니다."

그녀는 어리둥절한 표정으로 바뀌었다.

"상관없다고요?"

"예. 거짓말도 진실만큼 많은 걸 알려 주니까요. 가끔은 진실보다 더 많은 걸 알려 주기도 하죠. 자, 이제 시작합시다. 아가씨는 그날, 가정부 비숍 부인을 만났어요. 비숍 부인은 같이 가서 짐 정리를 돕겠다고 했지만 아가씨가 거절했죠. 이유가 뭔가요?"

"혼자 있고 싶었어요."

"왜요?"

"왜냐고요? 왜냐고요? 저는…… 생각을 하고 싶었거든요."

"생각을 하고 싶었다……. 알겠습니다. 그런 다음 무얼 했나요?"

엘리너는 꼿꼿하게 턱을 치켜들었다.

"샌드위치에 바를 페이스트를 샀어요."

"두 병이었죠?"

"예."

"그럼 다음 헌터베리로 갔죠. 거기에서는 무얼 했나요?"

"고모님 방으로 가서 유품을 정리했어요."

"어떤 물건들이 있던가요?"

그녀는 미간을 찌푸리며 기억을 더듬었다.

"글쎄요…… 옷, 오래된 편지, 사진, 보석……."

"비밀은 없었습니까?"

"비밀이라니요? 무슨 말씀이신지."

"그럼 건너뜁시다. 그런 다음에는?"

"식료품 저장실로 가서 샌드위치를 만들었어요……."

푸아로가 부드럽게 물었다.

"만들면서 무슨 생각을 했죠?"

엘리너의 눈이 난데없이 번뜩였다.

"저와 이름이 같은 사람을 생각했어요. 아키텐의 엘레오노르(프랑스 아키텐 공국의 상속녀이자 잉글랜드 헨리 2세의 왕비 — 옮긴이)를."

"어떤 맥락인지 완벽하게 이해했습니다."

"그러세요?"

"물론입니다. 저도 아는 이야기니까요. 아키텐의 엘레오노르는 로자먼드(헨리 2세가 가장 사랑한 정부 — 옮긴이)에게 단검과 독배 중에서 하나를 선택하게 했죠. 로자먼드는 독배를 선택했고…….”

엘리너는 아무 말이 없었다. 이제는 안색이 창백했다.

“하지만 이번에는 선택의 여지가 없었을지도 모르겠군요……. 계속 이야기하시죠, 엘리너 양. 그다음에는요?”

“샌드위치를 접시에 담고 문간채로 갔어요. 메리뿐 아니라 홉킨스 씨도 있더군요. 두 사람한테 샌드위치를 좀 만들었다고 말했죠.”

푸아로는 그녀를 유심히 쳐다보다가 부드러운 목소리로 물었다.

“맞습니다. 그런 다음 셋이서 함께 본채로 들어갔지요?”

“예. 그러고는 거실에서 샌드위치를 먹었어요.”

푸아로의 말투는 여전히 부드러웠다.

“그렇죠. 여전히 몽롱한 상태였을 테고요…… 그런 다음…….”

“그런 다음요?”

그녀는 푸아로를 물끄러미 쳐다보았다 말을 이었다.

“메리를 창가에 세워 둔 채 식료품 저장실로 갔어요. 선생님이 말한 것처럼 몽롱한 상태였고요. 홉킨스 씨가 설거지를 하고 있었고…… 제가 페이스트 병을 건넸어요.”

“그렇죠. 그런 다음 무슨 일이 있었습니까? 무슨 생각을 했나요?”

엘리너는 멍한 목소리로 대답했다.

“홉킨스 씨의 손목에 상처가 있었어요. 뭐냐고 물었더니 문간채 옆 울타리 근처에서 장미 가시에 찔렸다더군요. 문간채 옆 장미…… 로더릭하고 저는 오래전에 장미전쟁(1455년부터 1485년까지

영국의 랭커스터가와 요크가 사이에서 벌어졌던 왕위 쟁탈전 — 옮긴이)
을 놓고 싸운 적이 있었죠. 제가 랭커스터였고 로더릭이 요크였어
요. 로더릭은 하얀 장미를 좋아했거든요. 저는 하얀 장미는 가짜 같
다고 했죠. 심지어 향기도 나지 않는다고. 저는 크고 붉고 보드랍고
여름 향기가 나는 빨간 장미가 좋았어요. 우리는 정말 바보처럼 싸
움을 벌였죠. 식료품 저장실에서 이 모든 기억이 되살아났을 때 뭔
가…… 뭔가가 무너졌어요. 어렸을 때 함께 지냈던 기억이 떠오
르면서 가슴속 흉악한 증오심이 사라졌어요. 이제는 메리가 밉지
않았어요. 메리가 죽었으면 좋겠다는 생각이 들지 않았어요……."

잠깐 말을 멈추었다 다시 이었다.

"그런데 잠시 후에 거실로 돌아와 보니 메리가 죽어 가고 있더군
요……."

엘리너는 말끝을 흐렸다. 푸아로가 뚫어져라 그녀를 쳐다보고 있
었다. 그녀는 얼굴을 붉히며 다시 입을 열었다.

"다시 한번 물어봐 주시겠어요? 메리 제라드를 살해했느냐고."

푸아로는 자리에서 일어서며 얼른 말했다.

"아무것도 묻지 않겠습니다. 알고 싶지 않은 것들도 있기 마련이
니까요……."

12장

I

로드 선생은 부탁받은 대로 기차역까지 마중 나왔다.

에르퀼 푸아로가 기차에서 내렸다. 런던 사람이 다 된 듯한 차림새였고, 뾰족한 에나멜가죽 구두를 신고 있었다.

로드가 걱정스러운 눈빛으로 그의 얼굴을 살폈지만, 푸아로는 아무런 힌트를 주지 않았다.

로드가 말했다.

"물어보셨던 것들을 백방으로 알아봤습니다. 첫째, 메리 제라드는 7월 10일에 런던으로 떠났습니다. 둘째, 저는 가정부를 쓰지 않습니다. 키득거리기 좋아하는 아가씨 두세 명이 살림을 맡아 주고 있죠. 전임자였던 랜섬 선생님의 가정부였던 슬래터리 부인을 말씀하신 게 아닐까 싶네요. 만나고 싶으시면 오늘 아침에 모셔다 드릴 수 있습니다. 집에 있어 달라고 이야기해 놓았어요."

"당장 그 부인부터 만나는 게 좋겠군요."

"그리고 헌터베리에 가 보고 싶다고 하셨는데, 제가 안내하겠습니다. 진작 그 집에 가 보셨어야죠. 예전에 오셨을 때 가겠다는 말씀을 왜 안 하셨는지 모르겠네요. 이런 사건에서는 범행 현장을 제일 먼저 들러야 하는 건데 미처 생각을 못 했습니다."

푸아로가 고개를 살짝 외로 꼬며 물었다.

"왜 그런가요?"

"왜냐고요?"

로드는 그의 반응에 당황한 눈치였다.

"보통 그렇지 않습니까?"

"교과서를 보면서 탐정 일을 하는 건 아니잖습니까? 천부적인 지능을 동원해야지."

"범행 현장에서 단서가 발견될지도 모르잖아요."

푸아로는 한숨을 내쉬었다.

"추리 소설을 너무 많이 읽으셨군요. 선생이 사는 이 나라의 경찰은 칭찬할 만한 능력을 갖추고 있어요. 그러니까 집과 그 주변을 아주 꼼꼼히 수색했을 겁니다."

"엘리너 칼라일에게 불리한 증거만 찾았겠죠. 유리한 증거가 아니라."

푸아로는 다시 한숨을 내쉬었다.

"선생, 경찰은 괴물이 아니에요. 엘리너 칼라일을 용의자, 그것도 아주 유력한 용의자로 간주할 만한 증거를 발견했기 때문에 체포한 겁니다. 경찰이 이미 조사한 곳을 다시 뒤져 봐야 쓸데없는 짓 아니겠습니까?"

"그런데 이제 와서 가 보시겠다고요?"

푸아로는 고개를 끄덕였다.

"그래요. 이제는 가 봐야 하게 생겼으니까요. 이제는 뭘 찾아야 하는지 정확히 파악되었단 말이지요. 뇌세포로 먼저 이해한 다음에 눈을 동원해야 하는 법입니다."

"그런데 찾는 게 아직 남아 있을까요?"

푸아로는 조용히 대답했다.

"뭔가 찾을 수 있을 것 같은 생각이 드는군요."

"칼라일 양의 무죄를 입증할 단서인가요?"

"아, 그렇다고 하지는 않았습니다만."

로드는 할 말을 잃었다.

"아직도 칼라일 양이 유죄라고 생각한다는 말씀인가요?"

푸아로는 진지하게 대답했다.

"그 질문에 대한 대답을 들으려면 좀 더 기다려야 할 것 같군요, 친구."

II

푸아로는 열린 창문 너머로 정원이 보이는 정사각형의 쾌적한 공간에서 의사 선생과 점심 식사를 했다.

로드가 물었다.

"슬래터리 부인한테서는 소득이 있었습니까?"

푸아로는 고개를 끄덕였다.

"있었지요."

"어떤 소득을 기대하셨는데요?"

"소문이나 옛날이야기요. 과거에 뿌리를 두고 있는 범죄도 있는 법인데, 제가 보기에는 이 사건도 그런 경우입니다."

로드는 짜증스러운 투로 말했다.

"무슨 말씀인지 한마디도 못 알아듣겠습니다."

푸아로는 미소를 지었다.

"생선이 맛있고 싱싱하군요."

로드는 조바심이 난 기색이었다.

"그렇죠? 제가 오늘 아침 식전에 직접 잡은 거니까요. 그나저나 푸아로 선생님, 저도 선생님이 무슨 생각인지 알아야 하지 않겠습니까? 왜 저를 계속 암흑 속에 버려두십니까?"

푸아로는 고개를 저었다.

"그야 아직 빛이 보이지 않기 때문이지요. 엘리너 칼라일 말고는 어느 누구에게도 메리 제라드를 죽일 만한 이유가 없다는 사실이

늘 앞을 가로막는단 말입니다."

"그건 모르는 일 아닙니까? 메리가 잠깐 외국 생활을 한 적도 있으니까요."

"알아요, 압니다. 그 부분에 대해서도 조사했어요."

"직접 독일에 다녀오신 겁니까?"

푸아로는 조그맣게 키득거렸다.

"그럴 리가! 첩자들이 있는걸요!"

"다른 사람들의 말을 믿을 수 있습니까?"

"물론이지요. 다른 사람에게 몇 푼 쥐어 주면 전문적으로 처리할 수 있는 일을 서투르게 직접 한답시고 동분서주하는 건 적성에 맞지 않아요. 지금 여러 가지 조사를 벌여 놓았으니 안심하시오, 몽 셰르. 쓸 만한 조수가 몇 명 있는데, 그중 하나는 전직 강도였지요."

"어떤 일에 그 조수를 동원합니까?"

"가장 최근에 부탁한 일이 웰먼 씨의 아파트를 샅샅이 뒤지는 일이었지요."

"무얼 찾으려고 뒤진 겁니까?"

"상대방이 정확히 어떤 거짓말을 했는지 궁금할 수밖에 없잖습니까?"

"웰먼이 거짓말을 했습니까?"

"확실해요."

"또 누가 거짓말을 했나요?"

"모두 하지 않았을까 싶은데요. 오브라이언 씨는 낭만적인 이유에서, 홉킨스 씨는 고집 때문에, 비숍 부인은 악의적으로, 그리고 당신은……."

"맙소사!"

로드가 불쑥 말허리를 자르고 나섰다.

"저도 거짓말을 했다고 생각하십니까?"

푸아로는 솔직히 인정했다.

"아직은 아니올시다."

로드는 다시 의자에 편히 기대고 앉았다.

"푸아로 선생님은 남의 말을 잘 안 믿는 성격이군요. 그나저나 식사 마치셨으면 헌터베리로 갈까요? 좀 있다 진찰할 환자도 몇 명 있고 수술도 잡혀 있어서요."

"좋을 대로 합시다, 친구."

두 사람은 뒷길로 헌터베리에 들어섰다. 길을 절반쯤 걸어 올라갔을 때 키가 크고 잘생긴 청년 하나가 외바퀴 손수레를 끌며 나타났다. 그는 로드 선생과 마주치자 모자를 살짝 들며 인사를 건넸다.

"안녕, 홀릭. 푸아로 선생님, 이쪽은 정원사 홀릭입니다. 그날 오전에 여기에서 일하고 있었죠."

"예, 선생님, 맞습니다. 그날 아침에 엘리너 아가씨를 뵙고 이야기를 나누었습니다."

푸아로가 물었다.

"엘리너 양이 당신한테 뭐라고 하던가요?"

"집이 팔려서 다행이라고 하시기에 조금 놀랐죠. 하지만 제가 여

기 남을 수 있도록 소머벨 소령님께 말씀해 주겠다고 하셨어요. 이
곳에서 스티븐스 씨에게 일을 잘 배웠으니 소령님이 보기에 수석
정원사로서 나이가 너무 이리디고 생각하지만 않으면 말이죠."

로드 선생이 물었다.

"엘리너 양의 모습이 평소와 다름없던가?"

"예, 그랬지요. 그런데 무슨 계획이 있는 사람처럼 조금 흥분한 얼
굴이었어요."

푸아로가 물었다.

"메리 제라드와 아는 사이였나요?"

"그럼요. 하지만 친하지는 않았습니다."

"메리는 어떤 아가씨였지요?"

홀릭은 어리둥절한 표정을 지었다.

"어떤 아가씨였냐니요? 외모 말씀입니까?"

"그게 아니라 어떤 스타일의 아가씨였느냐는 말입니다."

"아, 아주 괜찮은 아가씨였어요. 평판도 좋고, 자기 인생에 대해서
생각도 많이 했죠. 웰먼 부인이 아낀 것 때문에 메리의 아버지는 노
발대발했죠. 그걸 아주 기분 나쁘게 받아들였거든요."

"듣자 하니 그 양반은 성격이 별로였다던데요?"

"예, 맞습니다. 늘 투덜거리면서 퉁명스럽게 굴었죠. 말 한마디 곱
게 하는 법이 없었어요."

"그날 아침에 이 집에 있었다고 했지요? 어디에서 일하고 있었
나요?"

"거의 채소밭에 있었습니다."

"그쪽에서는 집이 잘 보이지 않지요?"

"예, 선생님."

이번에는 피터 로드가 물었다.

"어떤 사람이 집 쪽, 그러니까 식료품 저장실 창문 쪽으로 걸어갔어도 자네는 못 보았겠군?"

"예, 선생님."

다시 피터 로드가 물었다.

"점심을 먹으러 간 건 몇 시쯤이었나?"

"1시쯤이었습니다."

"근처에서 누군가 어슬렁거리거나 집 밖에 자동차가 서 있는 건 보지 못했나?"

뜻밖이라는 듯 홀릭의 눈썹이 위로 움직였다.

"뒷문 밖을 말씀하시는 거죠? 선생님이 차를 세워 놓으셨잖아요."

피터 로드가 큰 소리로 반박했다.

"내가? 무슨 소리! 나는 그날 아침에 위든베리 쪽에 갔다 2시 넘어서 돌아왔는걸."

홀릭은 영문을 모르겠다는 얼굴로 의심스레 중얼거렸다.

"분명히 선생님 차였는데요."

피터 로드는 얼른 대꾸했다.

"아, 별로 중요한 문제는 아니니까. 잘 가게, 홀릭."

로드 선생은 푸아로와 함께 발걸음을 옮겼다. 홀릭은 두 사람의 뒷모습을 잠깐 동안 물끄러미 쳐다보다 다시 천천히 손수레를 끌며 걸어갔다.

피터 로드가 흥분을 억누르며 나지막이 말했다.

"드디어 뭔가 나타났습니다. 그날 아침 길가에 서 있던 차가 누구 차였을까요?"

"차 기종이 어떻게 되지요, 친구?"

"연한 청록색 포드 10입니다. 물론 흔한 차죠."

"분명 선생 차가 아니었단 말입니까? 날짜를 착각했을 수도 있을 텐데요."

"그럴 리 없습니다. 저는 위든베리에 갔다 느지막이 돌아와서 허둥지둥 점심을 먹은 뒤 메리 제라드 일로 불려 갔습니다."

푸아로가 나직이 말했다.

"그렇다면 드디어 구체적인 뭔가가 등장한 것처럼 보이겠군요, 친구."

"그날 아침에 누군가 이 집을 찾아왔던 겁니다. 엘리너 칼라일, 메리 제라드, 홉킨스 씨가 아닌 제3의 인물이……."

"아주 흥미진진하군요. 자, 이제 연구를 시작해 볼까요? 아무도 몰래 이 집에 접근하려는 자가 있었다면 어떤 방법을 동원했을지."

차도 중간에서 갈라져 나온 샛길이 딸기나무 쪽으로 이어졌다. 이 길로 접어든 두 사람이 모퉁이를 돌았을 때 피터 로드가 푸아로의 팔을 움켜쥐며 창문을 가리켰다.

"엘리너 칼라일이 샌드위치를 만든 식료품 저장실 창문입니다."

푸아로가 중얼거렸다.

"여기서라면 엘리너 양이 샌드위치 만드는 모습을 누구나 볼 수 있었겠군요. 제 기억이 맞는다면 창문이 열려 있었다지요?"

"활짝 열려 있었습니다. 무더운 날이었으니까요."

"아무도 모르게 정황을 지켜보려는 사람이 있었다면 이 자리가 안성맞춤이었겠군요."

두 사람은 주위를 살펴보았다. 잠시 후 피터 로드가 소리쳤다.

"이 떨기나무 뒤쪽을 보십시오. 밟힌 흔적이 있어요. 풀이 다시 자랐지만, 자국이 또렷하게 남아 있습니다."

그쪽으로 다가간 푸아로가 생각에 잠긴 듯한 말투로 중얼거렸다.

"그래요, 이 자리가 제격입니다. 샛길에서는 보이지 않고, 떨기나무 사이 공터에 서 있으면 창문을 훤히 쳐다볼 수 있고. 선생, 여기에 서 있던 사람은 뭘 했을까요? 담배를 피웠을까요?"

두 사람은 허리를 굽히고 낙엽과 나뭇가지 들을 헤치며 바닥을 살폈다.

갑자기 푸아로가 끙 하는 소리를 냈다.

피터 로드는 수색을 중단하고 허리를 폈다.

"그게 뭔가요?"

"성냥갑입니다, 친구. 빈 성냥갑이 땅속에 처박힌 채 축축하게 썩어 가고 있더군요."

푸아로는 조심스럽게 성냥갑을 집어 들고는 주머니에서 꺼낸 메모지 위에 올려놓았다.

피터 로드가 외쳤다.

"외제네요. 이런! 독일 성냥입니다!"

푸아로가 맞장구를 쳤다.

"메리 제라드는 독일에서 얼마 전에 돌아왔지요!"

피터 로드는 자못 흥분한 목소리였다.

"이제 증거를 확보했습니다! 그렇죠?"

푸아로는 천천히 대답했다.

"그렇다고 볼 수도 있겠지요……."

"젠장! 이 마을에서 누가 외제 성냥을 들고 다니겠어요?"

"알아요. 저도 압니다."

푸아로는 심란한 눈빛으로 딸기나무 사이 공터와 창문 쪽을 살피고는 말했다.

"선생이 생각하는 것처럼 단순한 문제가 아닙니다. 한 가지 곤란한 부분이 있지요. 뭔지 모르겠습니까?"

"뭡니까? 말씀해 보세요."

푸아로는 한숨을 내쉬었다.

"그걸 모르겠으니…… 아무튼 가던 길을 계속 가 봅시다."

두 사람은 집 쪽으로 발걸음을 옮겼다. 피터 로드가 잠겨 있던 뒷문을 열었다.

식기실을 거쳐 부엌을 지나자 한쪽에는 외투 보관실, 다른 쪽에는 식료품 저장실이 딸린 복도가 나왔다. 두 사람은 식료품 저장실을 둘러보았다.

미닫이 유리문이 달려 있고 유리와 사기그릇을 보관하는 평범한 찬장이 즐비했다. 위쪽 선반에는 가스풍로 한 개, 주전자 두 개, 차와 커피라고 적힌 깡통이 여러 개 있었다. 싱크대와 식기 건조대, 혼응지로 만든 대야도 보였다. 창문 앞에는 테이블이 놓여 있었다.

피터 로드가 말했다.

"엘리너 칼라일 양이 이 테이블에서 샌드위치를 만들었습니다. 모르핀 라벨 조각은 싱크대 아래쪽 바닥 틈새에서 발견되었고요."

푸아로는 생각에 잠긴 목소리로 중얼거렸다.

"경찰에서 정말 꼼꼼하게 수색했군요. 뭘 놓치는 법이 없다니까."

피터 로드는 격한 목소리로 외쳤다.

"엘리너 양이 그 병을 만졌다는 증거는 없지 않습니까! 저 밖 떨기나무에서 엘리너 양을 지켜보던 사람이 있었다니까요. 엘리너 양이 문간채로 가는 걸 보고 이때다 하고 몰래 들어와 병뚜껑을 열고 모르핀 정제 몇 개를 으깨 제일 위쪽 샌드위치 속에 넣은 겁니다. 그 사람은 라벨이 찢어져서 바닥 틈새로 날아간 걸 모른 채 황급히 밖으로 나가 차를 타고 사라졌겠죠."

푸아로는 한숨을 내쉬었다.

"아직도 모르겠습니까? 똑똑한 사람이 어쩌면 이렇게 둔할까!"

피터 로드는 화난 목소리로 따져 물었다.

"떨기나무 사이에서 창문 쪽을 지켜보던 사람이 있었다는 걸 안 믿는 겁니까?"

"그건 믿지요……."

"그럼 그자가 누구인지 밝혀야죠!"

푸아로는 나지막이 중얼거렸다.

"먼 데서 찾을 필요는 없을 겁니다."

"누구인지 안다는 말입니까?"

"아주 그럴듯한 생각이 있지요."

피터 로드는 천천히 말했다.

"독일에서 조사를 벌인 부하들에게 뭔가 소득이 있었던 모양이군요……."

푸아로는 이마를 톡톡 두드렸다.

"친구, 모든 게 여기, 제 머릿속에 들어 있어요. 자, 이제 집 안을 둘러봅시다."

III

두 사람은 드디어 메리 제라드가 숨을 거둔 방 안으로 들어섰다.

그곳에는 이상한 기운이 맴돌았다. 추억과 불길한 예감들이 생생하게 살아 있는 듯한 분위기였다.

피터 로드가 창문 하나를 열어젖히며 살짝 몸을 떨었다.

"꼭 무덤 같네요……."

"벽들이 말을 할 수 있다면 좋으련만…… 여기, 바로 이곳에서 모든 이야기가 시작되었지요?"

푸아로는 잠깐 멈추었다 나지막이 말했다.

"이 방에서 메리 제라드가 세상을 떠났습니다."

피터 로드가 말했다.

"창가에 놓인 저 의자에 앉아 있었죠."

푸아로는 생각에 잠긴 목소리로 중얼거렸다.

"젊고 예쁘고 공상을 즐겼던 아가씨…… 무슨 꿍꿍이속이 있었던 걸까? 잘난 척하는 콧대 높은 아가씨였을까? 아니면 검은 속셈이라고는 전혀 없이 친절하고 다정하며…… 이제 막 인생을 시작한…… 한 송이 꽃 같은 아가씨였을까?"

"어쨌거나 그녀가 죽길 바란 사람이 있었던 것만은 확실해요."

푸아로는 나지막이 중얼거렸다.

"혹시……."

로드 선생이 물끄러미 그의 얼굴을 쳐다보며 물었다.

"예?"

푸아로는 고개를 저으며 화제를 바꾸었다.

"아직은 때가 아닙니다. 이제 집 안을 모두 둘러보았고 살펴야 할 부분들도 모두 보았으니 문간채로 내려갈까요?"

문간채도 모든 게 질서정연했다. 먼지가 자욱하기는 했지만, 깔끔하고 개인 소지품이 하나도 없었다. 두 사람은 잠깐 둘러보다 햇빛이 비치는 밖으로 나섰고, 푸아로는 격자 울타리를 타고 자란 장미 이파리를 손으로 만지작거렸다. 장미는 분홍색이었고 달콤한 향기를 풍겼다.

"이 장미 이름이 뭔지 아십니까? 제퍼린 드루앵이라고 합니다."

피터 로드는 짜증이 섞인 목소리로 물었다.

"그래서요?"

"엘리너 칼라일 양은 저를 만났을 때 장미 이야기를 했어요. 그제야 눈에 보이기 시작하더군요. 대낮처럼 환하지는 않지만 기차를 타고 터널에서 막 빠져나올 때 보이는 희미한 빛이. 대낮처럼 환하지는 않지만 그런 눈부심을 약속하는 빛이."

피터 로드의 말투는 여전히 쌀쌀맞았다.

"무슨 얘기를 들었는데요?"

"어렸을 때 이 정원에서 로더릭 웰먼과 놀았는데, 서로 다른 편이었다는 이야기를 들었습니다. 웰먼은 요크 가문의 상징이자 차갑고 금욕적인 하얀 장미를 좋아했고, 엘리너 양은 랭커스터 가문의 상징인 빨간 장미를 좋아했기 때문에 서로 적이었다더군요. 빨간 장미는 향기와 색이 있고 열정적이며 따뜻하지요. 그것이 엘리너 칼라일과 로더릭 웰먼의 차이점이지요."

"그게 중요한 문제인가요?"

"열정적이고 자존심 강하며 자신을 사랑할 수 없는 한 남자를 미치도록 사랑하는 엘리너 칼라일을 대변하는 사건이 아니겠습니까?"

"무슨 말씀인지 이해가 안 됩니다."

"저는 엘리너 양이 이해가 됩니다……. 두 사람 모두 이해가 돼요. 자, 이제 떨기나무 사이의 조그만 공터로 다시 가 봅시다."

두 사람은 말없이 걸었다. 피터 로드의 주근깨투성이 얼굴이 심란하고 화난 표정이 어렸다.

공터에 도착하자 푸아로는 잠깐 동안 가만히 서 있었고, 피터 로드는 그 모습을 지켜보았다.

그러다 푸아로가 갑자기 괴로운 듯 한숨을 내쉬었다.

"아주 단순한 문제입니다. 선생이 내세운 논리의 치명적인 오류를 정말 모르겠습니까? 독일에서 메리 제라드와 알고 지내던 사람이 그녀를 죽일 생각으로 이곳까지 찾아왔다는 게 선생의 이론이지요. 하지만 보세요, 선생! 보란 말입니다! 마음의 눈은 효력을 잃은 모양이니 육안으로 보란 말입니다. 여기서 뭐가 보입니까? 창문이 보이지요? 저 창가에서 한 아가씨가 샌드위치를 만들고 있었습니다. 그러니까 엘리너 칼라일이 말이지요. 하지만 잠깐 생각해 보세요. 그 광경을 지켜보던 남자는 메리 제라드가 그 샌드위치를 먹게 될 줄 무슨 수로 알았을까요. 그걸 알고 있었던 사람은 엘리너 칼라일, 한 명뿐이었단 말입니다! 메리 제라드도, 홉킨스 간호사도 몰랐던 사실이지요. 그러니까 만약 어떤 남자가 여기 서서 쳐다보고 있었다면, 만약 창문을 타고 넘어가 샌드위치를 건드렸다면, 무슨 생각을 했을까요? 그 남자는 엘리너 칼라일이 먹을 샌드위치라고 생각했을 게 분명하단 말입니다……."

13장

푸아로가 홉킨스의 집 대문을 두드렸다. 홉킨스는 입안 가득 바스번(레몬, 건포도 등을 넣은 빵과자 — 옮긴이)을 문 채 문을 열더니 날카롭게 쏘아붙였다.

"푸아로 씨, 이번에는 무슨 일이죠?"

"들어가도 되겠습니까?"

홉킨스는 투덜거리며 뒤로 물러섰다. 푸아로는 문지방을 넘었다. 그녀가 찻주전자를 기울였고, 잠시 후 푸아로는 잉크 비슷한 음료가 담긴 찻잔을 불안한 눈빛으로 쳐다보는 처지가 되었다.

홉킨스가 말했다.

"방금 끓인 거라 얼마나 진하고 맛있다고요!"

푸아로는 조심스럽게 차를 저은 뒤 용감하게 꿀꺽 한 모금을 삼켰다.

"제가 무슨 일로 찾아왔는지 아십니까?"

"이야기해 주기 전에는 알 수가 없죠. 제가 무슨 독심술을 하는 것도 아니고."

"진실을 여쭈어보려고 찾아왔습니다."

홉킨스는 화를 내며 벌떡 일어섰다.

"그게 무슨 뜻이죠? 저는 솔직한 사람이에요. 어느 면에서나 한 점 부끄럼이 없어요. 모르핀 병을 잃어버린 것만 해도 다른 사람들 같으면 입 꾹 다물고 있었겠지만, 저는 솔직히 털어놓았잖아요. 가방을 아무 데나 흘리고 다녔다고 추궁을 당할 수도 있다는 걸 알고 있었지만, 그런 일은 누구한테나 벌어질 수 있다고요! 저는 그 일로 욕을 먹었고, 그런 전적은 제 경력에 전혀 도움이 안 될 거예요. 하지만 상관없어요! 사건하고 관계있는 일이다 싶어서 이야기한 거니까. 그러니까 푸아로 씨, 불쾌한 넘겨짚기는 삼가 주시면 고맙겠네요. 저는 메리 제라드 사건과 관련해서 모든 걸 솔직하게 공개했어요. 만약 그렇지 않다고 생각하시면 어디가 문제인지 분명하게 짚어 주시죠! 저는 아무것도 숨긴 게 없어요. 아무것도! 법정에 서서 기꺼이 그렇게 선서할 수도 있다고요."

푸아로는 말을 끊지 않았다. 그는 화난 여자를 다루는 방법을 너무나도 잘 알았다. 홉킨스가 열을 내다 식을 때까지 기다렸다 조용히 차분하게 이야기를 시작했다.

"사건과 관련해서 부인이 이야기하지 않은 게 있다는 뜻이 아닙니다."

"그럼 무슨 뜻이죠?"

"진실을 알려 달라고 물은 겁니다. 메리 제라드의 죽음이 아니라 삶에 관한 진실 말입니다."

홉킨스는 순간 놀란 눈치였다.

"아! 그러니까 그걸 알고 싶은 거군요? 하지만 살인 사건과는 아무 상관 없는 이야기인데."

"사건과 관계있는 이야기라고 하지는 않았습니다. 메리 제라드와 관련해서 감추는 사실이 있다는 말이었죠."

"사건과 아무 상관 없으면 말하지 않아도 되는 것 아닌가요?"

푸아로는 어깨를 으쓱했다.

"굳이 말하지 않을 이유가 있을까요?"

홉킨스의 얼굴이 시뻘게졌다.

"그게 인간의 도리니까요! 관련된 사람들이 모두 고인이 되었는데. 게다가 제삼자가 상관할 문제가 아니잖아요!"

"만약 추측에 불과하다면 부인 말씀이 맞습니다. 하지만 실질적인 정보라면 이야기가 달라지지요."

홉킨스는 천천히 입을 열었다.

"무슨 말씀이신지 모르겠군요……."

"제가 도와 드릴까요? 저는 오브라이언 간호사에게 언뜻 어떤 이야기를 들었고, 20여 년 전에 일어난 일들을 아주 생생하게 기억하는 슬래터리 부인과 오랫동안 대화를 나누었습니다. 그 결과 어떤 사실을 알게 되었는지 정확히 말씀드리죠. 20여 년 전에 사랑한 두 사람이 있습니다. 그중 한 명은 몇 년 동안 미망인으로 지냈는데, 강렬하고 열정적인 사랑을 할 줄 아는 웰먼 부인이죠. 나머지 한 명은 불행하게도 정신병자 아내를 둔 루이스 라이크로프트 경이고요. 당시에는 법적으로 이혼을 해도 자유로워진다는 보장이 없었고, 라이크로프트 부인은 아흔 살까지 살 수 있을 만큼 육체적으로 건강했죠. 주변에서는 두 사람의 관계를 눈치챘겠지만, 둘은 조심스럽게 체면을 유지했습니다. 그러다 라이크로프트 경이 전사한 겁니다."

"그런데요?"

"라이크로프트 경이 전사한 뒤 아이가 태어났는데, 그 아이가 메리 제라드 아닐까요?"

"전부 다 알고 계신 모양이네요!"

"추측일 뿐입니다. 하지만 제 추측이 맞는다는 결정적인 증거가 부인에게 있지 않을까 싶은데요."

홉킨스는 얼굴을 찌푸린 채 잠깐 동안 아무 말 없이 앉아 있다 갑자기 벌떡 일어서더니 방 저쪽으로 걸어가 서랍에서 봉투 하나를 꺼냈다. 그녀는 제자리로 돌아와 푸아로에게 봉투를 내밀었다.

"이게 어쩌다 제 수중으로 들어왔는지 말씀드릴게요. 저도 의심은 하고 있었어요. 웰먼 부인이 그 아이를 바라보는 눈빛도 그렇고, 그런 소문도 들었으니까요. 게다가 제라드 영감이 아팠을 때 메리더러 자기 딸이 아니랬거든요. 아무튼 메리가 죽고 문간채 청소를 끝내러 갔다가 영감의 물건이 든 서랍장에서 이 편지를 발견했어요. 무슨 내용인지 직접 읽어 보세요."

푸아로는 빛바랜 잉크로 적힌 제일 윗부분을 읽었다.

"내가 죽으면 메리에게 보내 주길…… 최근에 쓴 편지가 아니군요?"

"제라드가 쓴 게 아니에요. 14년 전에 죽은 메리의 어머니가 쓴 거죠. 메리한테 보내려고 쓴 건데, 영감이 자기 물건들 속에 넣어 두는 바람에 메리가 못 본 거에요. 생각해 보면 다행스러운 일이죠! 죽을 때까지 고개를 똑바로 들고 다닐 수 있었고, 부끄러워할 이유가 없었으니까요."

홉킨스는 잠시 말을 멈추었다 다시 이었다.

"원래는 봉인된 편지였는데 제가 그 자리에서 봉투를 뜯고 읽어 봤어요. 사실 그러면 안 되는 거죠. 하지만 메리도 죽었고 무슨 내용일지 대충 짐작한 데다 다른 사람이 알면 안 좋은 일이니까요. 그래도 편지를 없애면 왠지 안 될 것 같더라고요. 어쨌거나 직접 읽어 보세요."

푸아로는 작고 뾰족한 글씨로 뒤덮인 편지지를 꺼냈다.

만에 하나 필요한 경우를 대비해 여기 진실을 적는다. 나는 헌터베리에서 웰먼 마님을 모셨고 마님은 나한테 아주 잘해 주셨단다. 내가 임신했을 때도 내 편이 되어 주셨고 아이를 낳은 뒤에 다시 하녀로써 주셨지. 아이는 비록 저세상으로 떠났지만. 마님은 루이스 라이크로프트 경과 서로 사랑했지만, 라이크로프트 경에게 정신병원에 입원한 부인이 있었기 때문에 결혼은 할 수 없었어. 그분은 훌륭한 신사였고 마님께 잘해 주셨단다. 그런데 그분이 전사하고 얼마 안 있어 마님이 아이가 생겼다고 내게 말씀하시더구나. 이후 마님은 나를 데리고 스코틀랜드로 떠났지. 아들로크리에서 아이가 태어났고. 임신했을 때 나와의 관계를 끊고 등을 돌렸던 밥 제라드가 그때 마침 다시 편지를 보내기 시작했어. 그래서 우리 두 사람이 결혼해서 문간채에 살고, 아이는 내가 낳은 것으로 하자는 계획을 세웠단다. 우리가 문간채에 살면 마님이 아이에게 관심을 보이면서 학비와 거처를 마련해 주는 것도 당연한 일로 비칠 테니까. 메리한테는 끝까지 비밀로 하는 게 좋겠다고 하셨어. 마님은 우리한테 상당한 액수의 돈을 주셨는데, 난 그 돈이 없었더라도 마님을 도왔을 거야. 결혼 생활은 아주 행복했지만 밥은 끝내 메리를 좋아하지 않았지. 지금까지는 입을 꾹 다물고 아무한테도 이야기하지 않았지만, 내가 죽을 경우에 대비해서 이렇게 서면으로 적어 놓는다.

일라이저 제라드(본명 일라이저 라일리)

푸아로는 깊은 한숨을 내쉬며 편지를 다시 접었다.

홉킨스가 걱정스러운 목소리로 물었다.

"이 편지를 어떻게 할 생각인가요? 이젠 다들 저세상 사람이잖아요! 이런 일은 들쑤셔 봐야 좋을 게 없다고요. 마을 사람들은 모두 웰먼 부인을 존경했어요. 부인에 대한 험담은 들어 본 적이 없어요. 그런데 이렇게 해묵은 추문이라니 잔인한 일이잖아요. 메리도 마찬가지예요. 얼마나 착한 아이였는데. 그 아이가 사생아였다는 걸 알릴 필요가 뭐 있겠어요? 고인은 무덤에서 편히 쉬도록 내버려 두자고요."

"산 사람도 생각해야 하는 법이니까요."

"하지만 이건 살인 사건하고 아무 상관 없는 일이잖아요."

푸아로의 목소리는 진지하기 짝이 없었다.

"제법 상관이 있을지도 모릅니다."

푸아로는 홉킨스를 내버려 둔 채 밖으로 나갔다. 간호사는 입을 떡 벌린 채 그의 뒷모습을 멍하니 보고 있었다.

얼마쯤 걸었을 때 뒤에서 머뭇거리는 발소리가 느껴졌다. 걸음을 멈추고 고개를 돌렸다.

헌터베리의 젊은 정원사 홀릭이었다. 그는 당황한 사람의 전형을 보여 주기라도 하는 것처럼 손에 쥔 모자를 계속 쥐어짰다.

홀릭이 침을 꿀꺽 삼키며 물었다.

"선생님, 죄송하지만 잠시 말씀 좀 나눌 수 있을까요?"

"물론이지요. 무슨 일입니까?"

홀릭은 좀 더 세게 모자를 쥐어짰다. 그러더니 눈을 피하면서 이번에는 딱할 정도로 어쩔 줄 모르는 사람의 전형을 보여 주었다.

"그 자동차 말씀인데요."

"그날 아침에 뒷문에 세워져 있던 차 말인가요?"

"예. 오늘 아침에 로드 선생님은 자기 차가 아니라고 했지만, 분명 의사 선생님 차였어요."

"확실합니까?"

"예, 선생님. 번호가 MSS 2022였거든요. MSS 2022라서 알아봤던

·거예요. 이 마을 사람들은 모두 그 번호를 알고 있고, 미스 투투라고 부르거든요! 분명히 의사 선생님 차였어요."

푸아로는 희미한 미소를 지었다.

"하지만 로드 선생은 그날 아침 위든베리에 갔다던데요."

홀릭은 보기에 안쓰러울 정도였다.

"예, 선생님. 저도 들었습니다. 하지만 분명히 의사 선생님 차였어요. 맹세할 수 있습니다."

푸아로는 다정한 목소리로 말했다.

"고마워요, 홀릭. 어쩌면 증인 선서를 해 줘야 할지도 모르겠군요."

제3부

1장

I

법정이 아주 더웠을까, 아니면 아주 추웠을까? 엘리너 칼라일은 알 수 없었다. 가끔은 열이 있는 사람처럼 온몸이 불덩이 같다가도 이내 오들오들 떨리곤 했다.

지방 검사가 하는 진술의 뒷부분은 듣지 않았다. 그녀는 과거로 돌아가 다시금 이 사건을 전반적으로 더듬고 있었다. 끔찍한 편지가 배달된 날부터 경찰관이 상냥한 얼굴로 거침없이 무시무시한 말들을 쏟아 내던 순간까지.

"엘리너 캐서린 칼라일 씨 되시죠? 7월 27일, 메리 제라드에게 독극물을 먹여 살인한 혐의로 기소되었기에 체포 영장을 들고 왔습니다. 지금부터 하는 이야기는 모두 기록될 것이며 재판에서 증거로 사용될 수 있음을 알려 드립니다."

끔찍하고 무서울 정도로 거침없이 쏟아지던 그 말…… 기름칠이 잘되어 부드럽게 굴러 가는 기계, 비인간적이고 아무 감정 없는 기계에게 붙잡힌 기분이었다.

그리고 지금은 대중의 이목이 집중되는 뻥 뚫린 피고석, 객관적이거나 냉담하다고 말할 수 없는 수백 개의 눈동자가 그녀를 탐욕스럽게 쳐다보는 그곳에 서 있었다.

그녀를 쳐다보지 않는 사람은 배심원단뿐이었다. 그들은 당황스러워하며 열심히 시선을 피했다.

'조금 있으면 어떤 판결을 내리게 될지 알기 때문이겠지.'

그녀는 이렇게 생각했다.

II

로드 선생이 증언하고 있었다. 저 사람이 정말 헌터베리에서 그렇게 친절하고 다정했던, 활기 넘치는 주근깨투성이의 젊은 의사 피터 로드일까? 지금 그는 너무나 뻣뻣하고 철저하게 직업적인 분위기를 풍겼다. 대답도 단조롭기 짝이 없었다. 그는 전화를 받고 헌터베리로 갔지만, 너무 늦어서 아무런 조치를 취할 수 없었다고 증언했다. 메리 제라드는 그가 도착하고 몇 분 뒤에 숨을 거두었다. 사인은 흔치 않은 급성 모르핀 중독으로 추정된다고 했다.

에드윈 벌머 경이 반대 신문을 하러 일어섰다.

"증인은 고인이 된 웰먼 부인의 주치의였죠?"

"그렇습니다."

"지난 6월에 헌터베리로 왕진 갔을 때 피고와 메리 제라드가 함께 있는 모습을 본 적 있습니까?"

"몇 번 보았습니다."

"피고가 메리 제라드를 대하는 태도가 어떻던가요?"

"아주 상냥하고 자연스러웠습니다."

에드윈 벌머 경은 살짝 조소를 내비치며 물었다.

"그러니까 지금까지 우리가 귀에 못이 막히도록 들은, 질투로 인한 증오의 징조는 전혀 보지 못했단 말이군요?"

피터 로드는 딱딱하게 굳은 표정으로 단호하게 대답했다.

"예."

엘리너는 속으로 생각했다.

'사실은 봤잖아. 사실은 봤어. 나를 위해서 거짓말을 하고 있는 거야. 저 사람은 알고 있었어.'

피터 로드 다음은 경찰의(警察醫) 차례였다. 그의 증언은 좀 더 길고 자세했다.

"사인은 급성 모르핀 중독이었습니다. 그게 무슨 뜻인지 설명해 주시겠습니까?"

경찰의는 신이 난 얼굴로 설명을 늘어놓았다.

"모르핀 중독으로 인한 사망은 여러 가지 형태로 나타날 수 있습니다. 가장 흔한 형태가 일정 시간 동안 강렬한 흥분을 느끼다 졸음과 혼수상태가 이어지면서 동공이 수축되는 겁니다. 이보다 흔치 않은 형태가 급성입니다. 이 경우 약 10분이라는 아주 짧은 시간 동안 깊은 수면 상대로 빠져들고 동공이 확장되죠."

III

휴정을 거쳐 공판이 다시 시작되었다. 의학 전문가의 증언이 몇 시간 동안 이어졌다.

분석가로 유명한 앨런 가르시아 박사가 학구적인 용어를 동원해 가며 사망자의 위에 남아 있던 내용물을 재잘재잘 늘어놓았다. 빵, 생선 페이스트, 차, 모르핀, 그리고 이어지는 좀 더 학구적인 용어와 여러 소수점……. 고인이 섭취한 모르핀은 약 4그레인이었다. 치사량은 고작 1그레인이었다.

에드윈 경이 여전히 상냥한 얼굴로 자리에서 일어섰다.

"분명하게 짚고 넘어갈 부분이 있습니다. 고인의 위에서 나온 것이 빵, 버터, 생선 페이스트, 차, 모르핀뿐이라고 하셨는데, 다른 음식물은 없었습니까?"

"예."

"그럼 고인이 상당 시간 동안 샌드위치와 차 말고 다른 것은 먹지 않았다는 뜻이겠네요?"

"그렇습니다."

"모르핀이 어떤 매개체를 통해 투여되었는지 밝힐 만한 방법이 있습니까?"

"무슨 말씀인지……."

"좀 더 쉽게 묻겠습니다. 모르핀은 생선 페이스트에 들어 있었을 수도 있고, 아니면 빵이나 거기 바른 버터나 차나 차에 넣은 우유에 들어 있었을 수도 있는 거지요?"

"물론입니다."

"그러니까 모르핀이 생선 페이스트에 들어 있었다는 확실한 증거가 없는 겁니까?"

"예."

"그리고 사실상 단독 복용했을 가능성, 그러니까 매개체가 없었을 가능성도 있지 않습니까? 알약으로 삼켰을 수도 있지요?"

"물론입니다."

에드윈 경은 자리에 앉았다.

새뮤얼 경이 반대 신문에 나섰다.

"그렇더라도 방법이야 어떻게 되었건 모르핀이 여타의 음식물과 동일한 시점에 섭취되었다고 생각하십니까?"

"예."

"감사합니다."

IV

브릴 경위가 기계적으로 거침없이 선서를 했다. 그는 군인처럼 무신경한 태도로 술술 증언을 쏟아 냈다.

"호출을 받고 가 보니 피고가 생선 페이스트가 상한 모양이라고 했습니다. 주변을 수색했더니 깨끗하게 씻긴 생선 페이스트 병 하나가 식료품 저장실 식기 건조대에 세워져 있었고…… 또 한 병은 내용물이 반쯤 남아 있었고…… 식료품 저장실 부엌을 좀 더 수색했더니……."

"어떤 게 발견되었습니까?"

"테이블 뒤쪽의 마루 틈새에 조그마한 종잇조각이 있었습니다."

증거품이 배심원단에게 전달되었다.

"이게 뭐라고 생각했나요?"

"이를테면 모르핀이 담긴 유리병에 붙어 있던 라벨에서 찢겨 나온 조각이 아닐까 싶었습니다."

피고 측 변호사가 느긋하게 자리에서 일어섰다.

"이 종잇조각을 바닥 틈새에서 발견하셨다고요?"

"예."

"라벨의 일부고요?"

"예."

"라벨의 나머지 부분도 찾았습니까?"

"아뇨."

"라벨이 붙어 있었을 유리병이나 유리관도 못 찾았고요?"

"예."

"발견 당시 종잇조각의 상태가 어땠던가요? 깨끗했습니까, 아니면 지저분했습니까?"

"제법 새것 같았습니다."

"제법 새것 같았다니 무슨 뜻이죠?"

"바닥에 떨어져 있던 거라 겉에 먼지가 묻어 있었지만 나머지 부분은 깨끗했습니다."

"예전부터 있었던 게 아니라는 말씀이군요?"

"예. 최근에 떨어진 것이었습니다."

"그럼 발견한 그날 떨어진 거라고 생각합니까? 그 이전이 아니라?"

"예."

에드윈 경은 투덜거리며 자리에 앉았다.

V

증인석에 오른 홉킨스는 벌겋게 달아오른 얼굴로 독선적인 표정을 짓고 있었다.

엘리너는 그래도 홉킨스가 브릴 경위만큼 무섭지는 않다고 생각했다. 브릴 경위의 비인간적인 태도는 그녀를 얼어붙게 만들었다. 그는 성능 좋은 기계의 일부분과 같은 사람이었다. 홉킨스는 인간적인 감정과 편견의 소유자였다.

"이름이 제시 홉킨스 맞습니까?"

"예."

"면허가 있는 지구 전담 간호사로 헌터베리 로즈 코티지에 거주 중이죠?"

"예."

"지난 6월 28일에 어디 있었습니까?"

"헌터베리 홀에 있었습니다."

"호출을 받고 간 건가요?"

"예. 웰먼 부인이 두 번째 발작을 일으켰거든요. 간호사 한 명이 충원될 때까지 오브라이언 간호사를 도우러 갔습니다."

"조그만 손가방을 들고 갔습니까?"

"예."

"그 안에 뭐가 들어 있었는지 배심원들에게 알려 주십시오."

"붕대, 연고, 피하 주사기와 염산 모르핀을 비롯한 약품 몇 종류가 들어 있었습니다."

"모르핀을 들고 간 이유가 뭡니까?"

"마을에 아침저녁으로 모르핀 주사를 맞아야 하는 환자가 있었기 때문입니다."

"병에는 뭐가 들어 있었나요?"

"염산 모르핀 0.5그레인이 담긴 알약 스무 개가 있었습니다."

"손가방은 어떻게 했죠?"

"현관에 놓아 두었습니다."

"그게 28일 저녁의 일이죠. 그 이후로 손가방을 들여다본 게 언제였습니까?"

"다음 날 아침 9시 무렵, 그러니까 그 집을 나서려 할 때였습니다."

"없어진 게 있던가요?"

"모르핀 병이 보이지 않았어요."

"없어졌다고 이야기를 했습니까?"

"환자 담당인 오브라이언 씨에게 이야기했어요."

"손가방은 사람들이 지나다니는 현관에 있었던 거죠?"

"예."

새뮤얼 경은 잠시 말을 멈추었다가 다시 이었다.

"세상을 떠난 메리 제라드와 잘 아는 사이였습니까?"

"예."

"고인은 어떤 아가씨였습니까?"

"아주 착하고 좋은 아이였어요."

"성격은 밝았나요?"

"아주 밝았어요."

"증인이 아는 한 고민도 없었고요?"

"예."

"사망 당시 고인이 앞날에 대해 고민하거나 걱정할 만한 일이 있었나요?"

"없었어요."

"스스로 목숨을 끊을 이유가 없었단 말이죠?"

"전혀 없었어요."

치명적인 이야기가 계속 이어졌다. 홉킨스가 문간채까지 메리를 따라간 경위, 엘리너의 표정, 흥분한 사람 같던 태도, 샌드위치를 같이 먹자는 제안, 메리에게 먼저 내민 접시. 전부 깨끗이 설거지하자던 엘리너의 말과 홉킨스에게 2층에서 옷 정리하는 걸 도와 달라고 했던 것.

에드윈 벌머 경은 상습적으로 신문을 중단시키고 이의를 제기했다.

엘리너는 속으로 생각했다.

'그래, 전부 다 사실이야. 홉킨스는 내가 저지른 일이라고 믿고 확신하고 있어. 홉킨스가 한 말은 모두 사실이야. 그게 끔찍한 거지. 모두 다 사실이라는 게.'

법정 안을 둘러보자 생각에 잠긴 듯한 표정으로, 어쩌면 다정하다고 말할 수도 있는 표정으로 그녀를 예의 주시하고 있는 에르퀼 푸아로의 얼굴이 또다시 눈에 띄었다. 너무나도 많은 걸 알고 있는 듯한 눈빛이었다.

라벨 조각을 붙인 판지가 증인에게 전달되었다.

"이게 뭔지 아시겠습니까?"

"라벨 조각입니다."

"무슨 라벨 조각인지 배심원들에게 알려 주실 수 있겠습니까?"

"예. 피하 주사용 정제가 담긴 병의 라벨 조각이에요. 제가 잃어버린 0.5그레인짜리 모르핀 정제와 똑같은 병에 붙은 라벨 조각이죠."

"확실합니까?"

"그럼요. 제가 잃어버린 병에 붙어 있던 건데."

판사가 물었다.

"증인이 잃어버린 병에 붙어 있던 라벨이라고 주장할 만한 특징이라도 있나요?"

"아유, 그런 건 없죠. 하지만 똑같은걸요."

"사실은 매우 흡사하다고 말할 수밖에 없는 거 아닙니까?"

"예, 제 말이 그 말이에요."

휴정 선언이 내려졌다.

2장

I

다음 날.

에드윈 벌머 경이 일어서서 반대 신문을 했다. 느긋하던 모습은 이제 사라지고 목소리가 사뭇 날카로웠다.

"지금까지 우리가 귀에 못이 박히도록 들은 이 손가방 말이죠. 6월 28일에 밤새도록 헌터베리의 현관에 놔둔 겁니까?"

홉킨스가 대답했다.

"예."

"좀 경솔했던 것 아닌가요?"

홉킨스의 얼굴이 벌게졌다.

"예, 맞습니다."

"평소에도 그렇게 위험한 약물을 아무나 슬쩍할 수 있는 곳에 놔

두고 다닙니까?"

"아닙니다. 그럴 리가요."

"아! 아니라고요? 그런데 이번만 그런 거라고요?"

"예."

"사실 마음만 먹으면 집안사람 어느 누구라도 그 모르핀을 슬쩍할 수 있지 않았습니까?"

"그랬을 거예요."

"확실하게 말씀해 주십시오. 그렇지 않습니까?"

"예, 그렇죠."

"칼라일 양만 그걸 슬쩍할 수 있었던 게 아니죠. 하인들은 물론이고 로드 선생, 로더릭 웰먼 씨, 오브라이언 간호사, 메리 제라드 본인도 마음만 먹으면 슬쩍할 수 있었습니다."

"그랬을 거예요. 맞아요."

"그렇지 않습니까?"

"맞아요."

"그 가방 안에 모르핀이 있다는 걸 아는 사람이 있었습니까?"

"모르겠어요."

"모르핀이 있다는 이야기를 아무한테도 하지 않았습니까?"

"예."

"그러니까 칼라일 양은 사실상 그 가방에 모르핀이 있다는 걸 몰랐겠군요?"

"모르핀이 있나 싶어서 가방을 열어 보았을 수도 있죠."

"그랬을 가능성은 희박하지 않습니까?"

"그야 모르는 일이죠."

"모르핀의 존재를 알고 있었을 가능성이 칼라일 양보다 높은 사람들도 있습니다. 예를 들면 로드 선생이 그런 경우죠. 선생은 알고 있었을지 모릅니다. 부인은 선생의 처방 아래 모르핀을 투여하고 있었던 것 아닙니까?"

"물론이죠."

"그 가방에 모르핀이 있다는 걸 메리 제라드도 알고 있었습니까?"

"아뇨, 몰랐어요."

"메리 제라드는 증인의 집에 자주 놀러 갔지요?"

"그렇게 자주는 아니었어요."

"메리 제라드는 증인의 집에 자주 놀러 갔고, 따라서 증인의 가방에 모르핀이 있다는 걸 눈치챘을 가능성이 집안사람들 중에서 가장 높지 않았을까요?"

"그랬을 것 같지는 않은데요."

에드윈 경은 잠시 아무 말도 하지 않았다.

"모르핀이 없어졌다고 아침에 오브라이언 간호사에게 이야기했습니까?"

"예."

"사실은 이렇게 이야기하지 않았습니까? '모르핀을 집에 두고 왔어. 가서 가지고 와야겠다.'라고."

"아니에요."

"벽난로 선반에 모르핀을 두고 왔다고 했잖습니까?"

"찾아도 없으니까 그런 줄 알았죠."

"모르핀을 어떻게 했는지 실제로는 몰랐던 거 아닙니까!"

"분명히 손가방에 넣었어요."

"그럼 6월 29일 아침에는 집에 두고 왔다고 말한 이유가 뭡니까?"

"그랬을지도 모른다고 생각했으니까요."

"증인은 경솔한 성격이군요?"

"아뇨. 그렇지 않아요."

"가끔 확실하지 않은 말을 할 때가 있잖습니까?"

"아뇨. 저는 말을 신중하게 골라서 하는 사람이에요."

"7월 27일, 그러니까 메리 제라드가 사망한 날, 장미에 찔렸다는 이야기를 한 적 있죠?"

"그게 이 사건하고 무슨 상관이 있다는 건지 잘 모르겠네요."

판사가 개입했다.

"관계가 있는 사안입니까, 에드윈 경?"

"예, 판사님. 변호의 중요한 부분이며, 잠시 후 증인을 소환해 그 이야기가 거짓말이었음을 밝힐 생각입니다."

에드윈 경은 신문을 계속했다.

"그래도 7월 27일, 장미에 손목을 찔렸다고 주장하겠습니까?"

"예. 찔렸으니까요."

홉킨스는 도전적인 말투였다.

"언제 찔렸나요?"

"7월 27일 아침에 문간채에서 본채로 건너가기 직전에요."

"확실합니까?"

"확실해요."

에드윈 경은 잠시 말을 멈추었다 이렇게 물었다.

"6월 28일, 헌터베리로 갔을 때 가방에 모르핀이 들어 있었다는 주장을 계속 고집할 겁니까?"

"예. 들고 갔어요."

"잠시 후 오브라이언이 나와서 증인이 집에 두고 온 것 같다고 했다고 증언하더라도 말입니까?"

"내 가방에 들어 있었어요. 분명해요."

에드윈 경은 한숨을 내쉬었다.

"모르핀이 없어졌는데 전혀 불안하지 않았나요?"

"불안하지 않았어요, 전혀."

"위험한 약물이 다량 없어졌는데 아무렇지 않았다는 말인가요?"

"당시에는 누가 가져갔을 거라고 생각하지 않았으니까요."

"알겠습니다. 모르핀을 어떻게 했는지 잠깐 기억이 나지 않았던 거로군요."

"그럴 리가요. 가방에 넣었는걸요."

"0.5그레인짜리 알약 스무 개면 모르핀 10그레인입니다. 몇 사람을 죽이기에 충분한 양이죠?"

"그렇죠."

"그런데도 불안하지 않았고, 심지어 정식으로 보고하지도 않았다

286

고요?"

"아무 일 없을 줄 알았으니까요."

"만약 모르핀이 정말 그런 식으로 없어진 거라면 양심 있는 사람답게 정식으로 보고했어야 하지 않습니까?"

홉킨스의 얼굴이 벌겋게 달아올랐다.

"아무튼 저는 보고하지 않았어요."

"그야말로 어이가 없을 만큼 경솔한 행동 아닙니까? 증인은 책임을 별로 중요하게 생각하지 않는 모양이군요. 평소에도 이 위험한 약물을 자주 잃어버립니까?"

"처음 있는 일이었어요."

이런 식의 신문이 몇 분 동안 계속됐다. 홉킨스는 당황해서 벌겋게 달아오른 얼굴로 앞뒤가 맞지 않는 말을 늘어놓았다. 에드윈 경의 입장에서는 손쉬운 먹잇감이었다.

"7월 6일 목요일에 고인 메리 제라드가 유언장을 만들었다는데 맞습니까?"

"예."

"왜 유언장을 만들었죠?"

"그게 맞는 일이라고 생각했으니까요. 사실 그렇기도 하고요."

"앞날을 생각하면 우울하고 불안했기 때문에 만든 건 아니고요?"

"절대 그럴 리 없어요."

"죽음이라는 단어가 머릿속에 있었던 것 아닙니까? 그 단어를 계속 생각하고 있었던 거죠."

"아니에요. 그냥 그렇게 하는 게 옳다고 생각했을 뿐이에요."

"이게 그때 만든 유언장인가요? 메리 제라드가 서명했고, 과자 가게 점원인 에밀리 빅스와 로저 웨이드가 증인이고, 죽으면 전 재산을 일라이저 라일리의 여동생인 메리 라일리에게 남긴다고 되어 있군요."

"예."

유언장이 배심원단에게 전달되었다.

"증인이 알기로 메리 제라드는 남길 만한 유산이 있었나요?"

"그때는 없었어요."

"하지만 얼마 있으면 생길 예정이었죠?"

"예."

"칼라일 양이 2000파운드라는 제법 많은 금액을 메리에게 주기로 했죠?"

"예."

"칼라일 양은 그럴 의무가 없었죠? 전적으로 인심을 쓴 거지요?"

"맞아요. 자신의 선택이었죠."

"그런데 정말로 메리 제라드를 미워했다면 그 정도 금액을 선뜻 주었을까요?"

"그렇겠네요."

"그렇겠다니 무슨 뜻입니까?"

"별 뜻 없이 한 말이에요."

"알겠습니다. 자, 증인은 메리 제라드와 로더릭 웰먼 씨를 둘러싼 소문을 들었습니까?"

"웰먼 씨가 메리한테 반했죠."

"증거가 있습니까?"

"그냥 눈치로 아는 거예요."

"아, 그냥 눈치로 안다. 배심원단이 듣기에 별로 설득력이 없을 것 같군요. 메리가 엘리너 양의 약혼자인 웰먼 씨와 얽힐 이유가 없으며, 런던에서 만났을 때도 웰먼 씨에게 이런 뜻을 전했다고 말한 적이 있습니까?"

"메리한테 그랬다고 들었어요."

새뮤얼 애튼베리 경이 반대 신문에 나섰다.

"메리 제라드와 함께 유언장을 어떻게 쓸지 의논하고 있을 때 피고가 창문 너머에서 들여다보았습니까?"

"예. 그랬어요."

"뭐라고 하던가요?"

"'유언장을 쓰고 있었다고, 메리? 재미있네.'라고 하더니 한참을 웃었어요. 바로 그때 문득 생각한 게 아닌가 싶어요. 그 아이를 해치워야겠다고 말이죠! 바로 그 순간 살인을 염두에 둔 거라고요."

판사가 날카롭게 외쳤다.

"묻는 말에 대답만 하세요. 답변의 마지막 부분은 삭제하도록 하겠습니다."

엘리너는 이렇게 생각했다.

'정말 이상한 일이야. 사실을 이야기했는데 삭제하겠다니…….'

그녀는 히스테리 환자처럼 웃고 싶었다.

II

오브라이언이 증인석에 섰다.

"6월 29일 아침에 홉킨스가 어떤 말을 했죠?"

"가방에 들어 있던 염산 모르핀 병이 없어졌다고 했어요."

"증인은 그 이야기를 듣고 어떻게 했습니까?"

"홉킨스 씨와 함께 찾았어요."

"그런데 없던가요?"

"예."

"증인이 알기로, 그 가방은 밤새도록 현관에 놓여 있었습니까?"

"예."

"피고는 웰먼 부인의 사망 당시, 그러니까 6월 28일부터 29일까지 웰먼 부인과 함께 집 안에 있었죠?"

"예."

"웰먼 부인이 숨을 거둔 다음 날인 6월 29일에 어떤 일이 있었는지 이야기해 주시겠습니까?"

"로더릭 웰먼 씨가 메리 제라드와 함께 있는 모습을 보았어요. 웰먼 씨가 사랑한다면서 입을 맞추려고 했죠."

"웰먼 씨는 당시 피고와 약혼한 상태 아니었습니까?"

"맞아요."

"그래서 어떻게 되었습니까?"

"메리가 정신 차리라고, 엘리너 양과 약혼한 사이 아니냐고 했죠!"

"증인이 보기에 피고는 메리 제라드를 어떻게 생각했던 것 같습니까?"

"미워했어요. 없애 버리고 싶다는 표정으로 메리의 뒷모습을 노려보곤 했어요."

에드윈 경이 벌떡 일어섰다.

엘리너는 이렇게 생각했다.

'뭐 하러 그걸 놓고 왈가왈부하는 걸까? 무슨 상관이라고.'

에드윈 경이 반대 신문에 나섰다.

"홉킨스가 모르핀을 집에 두고 온 것 같다고 말하지 않았나요?"

"그게 이렇게 된 거예요. 그러니까……."

"답변해 주시기 바랍니다. 홉킨스가 모르핀을 집에 두고 온 모양이라고 말하지 않았나요?"

"예."

"홉킨스는 그 당시 별로 걱정하지 않았죠?"

"예. 그때는 그랬어요."

"집에 두고 온 줄 알았으니까 불안해할 이유가 없었겠죠."

"누가 가지고 갔을 거라고는 상상도 하지 못했으니까요."

"맞습니다. 메리 제라드가 모르핀 중독으로 사망하고 나자 상상력이 발동하기 시작한 겁니다."

판사가 끼어들었다.

"에드윈 경, 그 부분은 이전 증인을 신문하는 과정에서 충분히 짚고 넘어갔다고 생각하는데요."

"알겠습니다, 판사님. 자, 그럼 피고가 메리 제라드를 대한 태도에 대해서 묻겠습니다. 두 사람이 싸움을 벌인 적은 없었죠?"

"예. 전혀 없었어요."

"칼라일 양은 항상 상냥하게 그 아가씨를 대하지 않았나요?"

"예. 그런데 눈빛이 문제였어요."

"예, 예, 예. 하지만 그런 부분을 믿을 수는 없습니다. 증인은 아일랜드 출신이죠?"

"맞아요."

"아일랜드 사람들은 상상력이 풍부하지 않습니까?"

오브라이언은 흥분한 목소리로 외쳤다.

"제가 한 말은 모두 사실이라고요."

III

식료품 가게 주인 애벗 씨가 증인석에 섰다. 당황스럽고 불안한 (하지만 중요한 역할을 맡았다는 데 조금 흥분한) 표정이었다. 그의 증언은 간단했다. 피고는 생선 페이스트 두 병을 사면서 이렇게 말했다. "생선 페이스트가 식중독을 일으키는 경우도 많잖아요." 피고는 들뜨고 묘한 분위기였다.

반대 신문은 없었다.

3장

I

모두 변론.

"배심원 여러분, 저는 이 자리에서 피고가 범인이라는 증거가 전혀 없다고 말씀드리고 싶습니다. 증거를 제시하는 것이 검찰의 임무인데, 여러분도 그렇게 생각하겠지만, 제가 보기에 검찰은 아무것도 입증하지 못했습니다! 검찰은 엘리너 칼라일이 모르핀을 입수해 메리 제라드를 독살했다고 주장하고 있습니다. 집안사람 어느 누구라도 마음만 먹으면 훔칠 수 있었고, 모르핀이 애초에 그 가방 안에 들어 있었는지조차 의심스러운 상황인데 말입니다. 여기에서 검찰은 전적으로 기회라는 측면만 강조하고 있습니다. 동기를 입증해야 하는데, 전혀 그러질 못하고 있습니다. 왜냐하면 동기가 없기 때문이지요! 검찰 측에서는 파혼을 운운하고 있습니다. 파혼 때문이라니! 파혼이 살인의 이유라면 우리 사회는 날마다 살인 사건에 시달리지 않을까요? 게다가 두 사람은 무모한 열정에 사로잡혔다기보다는 집안끼리 맺어진 관계였습니다. 칼라일 양과 웰먼 씨는 함께 자란 사이입니다. 두 사람은 예전부터 서로 좋아했고, 시간이 지나면서 차츰 애정 어린 관계로 발전했죠. 하지만 기껏해야 아주 뜨뜻미지근한 관계였습니다.

(로더릭, 로더릭! 뜨뜻미지근한 관계였다고?)

게다가 파혼한 쪽은 웰먼 씨가 아니라 피고였습니다. 엘리너 칼라일과 로더릭 웰먼이 약혼한 가장 큰 이유는 웰먼 부인이 기뻐하는 모습을 보기 위해서였습니다. 그런데 부인이 돌아가시자 서로에 대한 감정이 부부의 인연을 맺을 만큼 강하지 않았다는 사실을 깨달은 거죠. 두 사람은 좋은 친구로 남았습니다. 고모의 유산을 물려받은 엘리너 칼라일은 천성이 따뜻한 사람답게 메리 제라드에게 상당한 금액을 떼어 줄 계획이었죠. 그렇게 배려한 사람을 독살하다니요! 정말 말도 안 되는 이야기입니다.

엘리너 칼라일의 입장에서 불리한 증거가 딱 한 가지 있다면 독살이 벌어진 상황입니다.

검찰에서는 사실상 이렇게 말했습니다. 메리 제라드를 살해할 수 있었던 사람이 엘리너 칼라일밖에 없었다고. 따라서 동기를 찾아야 했다고. 하지만 조금 전에도 말씀드렸다시피 검찰에서는 동기를 찾지 못했습니다. 왜냐하면 동기가 없었으니까요.

자, 메리 제라드를 살해할 수 있었던 사람이 정말 엘리너 칼라일

밖에 없었을까요? 아닙니다. 그렇지가 않습니다. 메리 제라드가 스스로 목숨을 끊었을 수도 있습니다. 엘리너 칼라일이 문간채로 가느라 본채를 비운 사이 누군가 샌드위치를 건드렸을 수도 있습니다. 제3의 가능성도 있습니다. 증거법상 증거에 부합되는 제2의 가설이 성립될 경우 피고는 무죄로 석방되어야 하죠. 잠시 후 여러분께 증거를 제시하겠지만, 모르핀을 입수할 수 있었고 메리 제라드를 살해할 동기도 충분했던 인물이 존재합니다. 그 사람에게는 살인을 저지를 기회도 있었습니다. 기회뿐만 아니라 엄청난 동기까지 갖춘 인물이 존재하는데, 기회가 있었다는 사실 말고는 증거가 하나도 없는 여인에게 유죄를 선고할 배심원은 세상에 없다고 생각합니다. 저희에게는 검찰 측 증인 중 한 사람이 의도적으로 위증했다는 증거도 있습니다. 하지만 먼저 피고를 불러 직접 이야기를 들어보겠습니다. 그러면 피고에 대한 혐의가 얼마나 터무니없는지 여러분도 알 수 있을 겁니다."

II

엘리너는 선서를 하고 에드윈 경의 질문에 나지막이 대답했다. 판사가 몸을 앞으로 내밀더니 좀 더 큰 소리로 말하라고 했다.

에드윈 경이 부드럽게 다독이는 목소리로 신문을 시작했다. 질문은 하나같이 사전에 연습한 것들이었다.

"피고는 로더릭 웰먼을 좋아했습니까?"

"아주 좋아했어요. 저한테는 형제나 사촌 같은 사람이었죠. 전 예전부터 로더릭을 사촌으로 생각했어요."

어느 틈에 하게 된 약혼…… 어렸을 때부터 알고 지낸 사람과 결혼하면 얼마나 좋을까 싶었지…….

"소위 말하는 열렬한 관계는 아니었죠?"

(열렬한 관계? 아, 로더릭…….)

"글쎄요, 그렇지는 않았어요. 서로를 너무나 잘 알다 보니……."

"웰먼 부인이 돌아가신 뒤 두 사람 사이에서 어색한 분위기가 연출되었나요?"

"예, 그랬어요."

"무슨 일 때문이었죠?"

"돈 때문이 아니었을까 싶어요."

"돈 때문이라고요?"

"예. 로더릭이 불편해했거든요. 사람들이 돈 때문에 저랑 결혼한다고 생각할지 모른다면서……."

"메리 제라드 때문에 파혼한 게 아니었나요?"

"로더릭이 메리한테 조금 마음이 있었던 건 맞지만, 그리 심각한 수준은 아니었을 거예요."

"만약 심각한 수준이었다면 피고는 화가 났을까요?"

"천만에요. 좀 안 어울린다는 생각은 했겠지만, 그뿐이었을 거예요."

"칼라일 양, 6월 28일에 홉킨스 간호사의 손가방에서 모르핀 병을 꺼냈습니까?"

"아뇨."

"그 이선이나 이후에 모르핀을 소지한 적이 있습니까?"

"한 번도 없어요."

"웰먼 부인이 유언장을 만들지 않았다는 사실을 알고 있었나요?"

"아뇨. 그래서 깜짝 놀랐어요."

"6월 28일 밤에 웰먼 부인이 숨을 거두면서 피고에게 어떤 뜻을 전하려 했다고 생각하십니까?"

"메리를 위한 조치를 만들어 놓지 않아서 그 부분을 걱정하신다고 생각했어요."

"피고는 고인의 유지에 따라 그 아가씨가 상당한 금액을 받도록 조치를 취했죠?"

"예. 고모님의 유지를 따르고 싶었으니까요. 메리가 고모님을 따뜻하게 보살펴 준 것도 고마웠고요."

"7월 26일에 피고는 런던에서 메이든스퍼드로 내려가 킹스 암스에 묵었나요?"

"예."

"내려간 이유가 뭡니까?"

"집을 사겠다는 사람이 나타났는데 세간을 가능한 한 빨리 치워 달라고 해서요. 고모님의 유품을 추리고 이런저런 일들을 대충 정리하러 내려갔어요."

"7월 27일에 헌터베리 홀로 가는 길에 여러 가지 음식을 샀죠?"

"예. 읍내로 다시 내려오느니 도시락을 싸는 게 낫겠다 싶어서요."

"그런 다음 집에 가서 웰먼 부인의 유품을 정리했습니까?"

"예."

"그런 다음에는요?"

"식료품 저장실로 내려가서 샌드위치를 만들었어요. 그러고는 문간채로 가서 지구 전담 간호사와 메리 제라드를 본채로 초대했죠."

"왜 초대했습니까?"

"날도 더운데 마을까지 오기 힘들 것 같아서요."

"그러니까 지극히 자연스럽게, 좋은 뜻에서 초대했군요. 두 사람은 초대에 응하던가요?"

"예. 저랑 같이 본채로 걸어갔어요."

"만든 샌드위치는 어디 있었나요?"

"접시에 담아서 식료품 저장실에 놓아뒀어요."

"창문이 열려 있었죠?"

"예."

"그럼 피고가 자리를 비운 사이 누구라도 식료품 저장실로 들어올 수 있었겠군요?"

"그럼요."

"만약 피고가 샌드위치를 만드는 동안 누군가 밖에서 그 모습을 지켜보았다면 무슨 생각을 했을까요?"

"도시락을 만드는 줄 알았겠죠."

"점심을 다른 사람과 함께 먹을 줄은 몰랐겠죠?"

"예. 저도 만들고 보니 너무 많아서 그제야 두 사람을 불러야겠다고 생각했으니까요."

"그러니까 피고가 자리를 비운 사이 누군가 집 안으로 들어와 샌드위치에 모르핀을 넣었다면 표적이 피고였겠군요?"

"글쎄요. 예, 아마 그랬겠죠."

"다 같이 본채로 들어온 뒤 어떻게 했습니까?"

"거실로 갔어요. 제가 샌드위치를 들고 와서 두 사람에게 권했죠."

"음료를 곁들였나요?"

"저는 물을 마셨어요. 테이블에 맥주가 있었지만 홉킨스 씨와 메리는 차를 마시겠다고 했고요. 홉킨스 씨가 식료품 저장실에 가서 차를 끓여 쟁반에 받쳐 들고 왔고, 메리가 찻잔에 따랐죠."

"피고도 차를 마셨습니까?"

"아뇨."

"메리 제라드와 홉킨스 씨는 둘 다 차를 마셨죠?"

"예."

"그런 다음 어떤 일이 있었습니까?"

"홉킨스 씨가 밖으로 나가서 가스풍로를 껐어요."

"피고와 메리 제라드, 두 사람을 거실에 남겨 놓은 채 말이지요?"

"예."

"그런 다음 어떤 일이 있었습니까?"

"몇 분 뒤에 제가 쟁반과 샌드위치 접시를 들고 식료품 저장실로 갔어요. 홉킨스 씨가 거기 있기에 설거지를 같이 했죠."

"그 당시 홉킨스는 소매를 걷어 올린 상태였나요?"

"예. 홉킨스 씨가 그릇을 설거지하고 제가 물기를 닦았으니까요."

"손목에 생채기가 있는 걸 보고 한마디 했습니까?"

"어디 찔렸냐고 물었어요."

"그러니까 뭐라고 대답하던가요?"

"'문간채 밖에서 자라는 장미 가시에 찔렸어요. 금세 뽑을 거예요.'라고 했어요."

"그때 홉킨스 간호사의 분위기가 어떻던가요?"

"더워하는 것 같았어요. 땀을 흘리며 안색이 안 좋더라고요."

"그런 다음 어떤 일이 있었습니까?"

"같이 2층으로 올라갔고, 홉킨스 씨가 고모님의 유품 정리를 도와 주었어요."

"다시 1층으로 내려온 게 언제였습니까?"

"한 시간쯤 뒤였을 거예요."

"그때 메리 제라드는 어디 있었죠?"

"거실에 앉아 있었어요. 숨소리가 이상했고 의식이 없더라고요. 제가 홉킨스 씨의 지시에 따라 의사 선생님께 전화를 걸었어요. 메리가 숨을 거두기 직전에 의사 선생님이 도착하셨죠."

에드윈 경은 연극배우처럼 어깨를 당당하게 폈다.

"칼라일 양, 당신은 메리 제라드를 살해했습니까?"

(이게 신호야! 고개를 들고 눈을 똑바로 쳐다봐!)

"아뇨!"

III

새뮤얼 애튼베리 경. 미칠 듯이 심장이 쿵쾅거렸다. 이제 그녀는 적의 손아귀로 넘어갔다. 친절한 대접과 이미 답을 알고 있는 질문은 더 이상 기대할 수 없다.

하지만 그는 상당히 부드럽게 신문을 시작했다.

"로더릭 웰먼 씨와 결혼을 약속한 사이였다고요?"

"예."

"웰먼 씨를 좋아했습니까?"

"아주 좋아했어요."

"웰먼 씨를 너무나도 사랑했는데 웰먼 씨가 메리 제라드를 사랑하자 미칠 듯한 질투심을 느낀 것 아닙니까?"

"아니에요."

(화가 난 사람처럼 들렸을까?)

새뮤얼 경은 사뭇 협박 투였다.

"웰먼 씨의 마음을 되돌리고 싶은 마음에 조심스럽게 메리 제라드를 제거할 계획을 세웠던 것 아닙니까?"

"절대 아니에요."

(오만한 투로, 약간은 지친 사람처럼. 그래, 이게 낫겠다.)

질문이 계속되었다. 마치 꿈을 꾸는 것 같았다……. 나쁜 꿈…… 악몽을 꾸는 기분이었다.

계속 이어지는 질문들……. 끔찍하고 상처가 되는 질문들……. 예상한 질문도 있었고, 허를 찌르는 질문도 있었다…….

그녀는 자신이 맡은 역할을 잊지 않으려고 애를 썼다. 단 한 순간이라도 방심해서 이런 말을 흘리면 안 될 일이었다.

"예, 메리가 싫었어요……. 예, 그 아이가 죽었으면 좋겠다고 생각했어요……. 예, 샌드위치를 만드는 내내 죽어 가는 그 아이의 모습을 상상했어요……."

차분하고 침착한 태도를 유지하고, 최대한 간단하고 냉정하게 대답할 것…….

전쟁…….

1분 1초가 전쟁이었다…….

이제 끝났다……. 유대인 특유의 코가 인상적인 끔찍한 남자가 자리에 앉았다. 그리고 에드윈 벌머 경이 다정하고 미끈미끈한 목소리로 몇 가지 추가 질문을 했다. 반대 신문에서 배심원들에게 나쁜 인상을 심어 주었을 경우에 대비한, 간단하고 유쾌한 질문이었다…….

피고석으로 되돌아온 그녀는 배심원들을 보았다. 어떤 결론을 내리고 있을까…….

IV

로더릭. 지긋지긋하다는 표정으로 눈을 깜빡이며 로더릭이 거기서 있었다. 왠지 현실 속 인물 같지 않은 분위기를 풍기는 로더릭이.

이제는 모든 게 현실처럼 느껴지지 않았다. 사방이 미친 듯이 빙글빙글 돌았다. 검은색이 흰색이고, 위가 아래고, 동쪽이 서쪽이고…… 그리고 그녀는 엘리너 칼라일이 아니라 피고였다. 그녀가 교수형을 당하건 석방되건 그 무엇도 예전 같지는 않을 것이다. 그래도 뭔가가 남아 있다면, 기댈 수 있는 온전한 것이 하나만이라도 남아 있다면…….

(어쩌면 평소와 전혀 다름없는 피터 로드의 주근깨투성이 얼굴이 그런 것일 수도 있었다.)

에드윈 경은 지금 무얼 노리는 걸까?

"칼라일 양이 증인에게 어떤 감정을 품고 있었다고 생각합니까?"

로더릭은 또박또박 대답했다.

"저에게 상당히 애착이 있었지만, 열정적으로 사랑하는 건 아니었습니다."

"약혼한 데 불만은 없었나요?"

"그럼요. 우리는 공통점이 많았어요."

"파혼한 정확한 이유를 배심원들에게 말씀해 주시죠."

"글쎄요, 숙모님이 돌아가시면서 우리 둘 다 충격 때문에 흔들리지 않았나 싶습니다. 저는 땡전 한 푼 없는 상황에서 돈 많은 여자와 결혼한다는 발상 자체가 싫었어요. 사실 파혼은 서로의 동의하에 결정된 사항이었습니다. 우리 둘 다 덕분에 마음이 가벼워졌죠."

"증인은 메리 제라드와 어떤 관계였나요?"

(로더릭, 가엾은 로더릭, 이 모든 게 얼마나 끔찍할까!)

"아주 매력적인 아가씨였다고 생각합니다."

"그 아가씨를 사랑했습니까?"

"조금요."

"그 아가씨를 마지막으로 본 게 언제였죠?"

"어디 보자…… 7월 5일 아니면 6일이었을 겁니다."

에드윈 경은 약간 단호하게 물었다.

"그 이후에도 만났을 텐데요."

"아닙니다. 계속 외국을 돌아다녔거든요. 베네치아, 달마티
아……."

"영국으로 돌아온 게 언제입니까?"

"전보를 받고 왔으니까…… 그러니까…… 8월 1일일 겁니다."

"하지만 7월 27일에도 영국에 있었을 텐데요."

"아닙니다."

"웰먼 씨, 증인 선서를 잊지 마십시오. 여권을 보면 7월 25일에 입
국해서 27일 밤에 다시 출국한 것으로 되어 있지 않습니까?"

에드윈 경의 말투는 희미하게 위협의 기미를 풍겼다. 엘리너는
얼굴을 찡그리다 퍼뜩 정신을 차렸다. 에드윈 경이 피고 측 증인을
을러대는 이유가 뭘까?

로더릭의 얼굴이 조금 창백해졌다. 잠깐 침묵을 지키다 가까스로
입을 열었다.

"그게…… 예, 맞습니다."

"25일에 런던에 살고 있던 메리 제라드의 집으로 찾아갔나요?"

"예."

"그리고 청혼했습니까?"

"에⋯⋯ 그러니까⋯⋯ 예."

"그 아가씨가 뭐라던가요?"

"싫다고 했습니다."

"웰먼 씨, 당신은 부자라고 할 수 없죠?"

"예."

"그리고 빚이 좀 많지 않습니까?"

"그게 무슨 상관입니까?"

"칼라일 양이 죽으면 전 재산을 당신에게 물려주기로 한 것을 알고 있었습니까?"

"그런 이야기는 처음 듣습니다."

"7월 27일 아침에 메이든스퍼드에 있었죠?"

"아뇨."

에드윈 경은 자리에 앉았다.

검사가 물었다.

"피고가 증인을 아주 사랑한 건 아니라고 했죠?"

"예, 그렇습니다."

"웰먼 씨, 당신은 기사도 정신이 투철한가요?"

"무슨 말씀인지 모르겠는데요."

"만약 어떤 여자분이 당신을 사랑하는데 당신은 그 여자를 사랑하지 않는다면 그 사실을 숨겨야 한다고 생각합니까?"

"그건 아니죠."

"출신 학교가 어디입니까, 웰먼 씨?"

"이튼입니다."

새뮤얼 경은 아무 말 없이 빙그레 웃었다.

"이상입니다."

V

앨프리드 제임스 워그레이브.

"버크셔 주, 엠스워스에 사는 장미 재배업자 맞습니까?"

"예."

"10월 20일에 메이든스퍼드로 건너가서 헌터베리 홀의 문간채에서 자라는 장미를 살펴본 적이 있죠?"

"예."

"어떤 장미였습니까?"

"제피린 드루앵이라는 덩굴장미였습니다. 매우 향긋한 분홍색 장미죠. 가시는 없고요."

"그런 장미에 찔릴 수도 있습니까?"

"거의 불가능하다고 봐야죠. 가시가 없는 장미니까요."

반대 신문은 없었다.

VI

"이름은 제임스 아서 리틀데일, 약품 도매점 젠킨스 앤드 헤일에 근무 중인 공인 약제사 맞습니까?"

"예."

"이 종잇조각이 뭔지 아시겠습니까?"

증거품이 전달되었다.

"저희가 판매하는 약품에 붙는 라벨의 일부분입니다."

"어떤 라벨입니까?"

"피하 주사용 정제가 담긴 병의 라벨입니다."

"이 라벨이 달린 병에 어떤 약품이 들어 있었는지 분명히 말할 수 있습니까?"

"예. 문제의 병에는 0.05그레인짜리 피하 주사용 염산 아포모르핀 정제가 들어 있었을 겁니다."

"염산 모르핀이 아니고요?"

"예. 염산 모르핀일 리는 없어요."

"왜죠?"

"모르핀 병의 라벨에는 모르핀이라는 단어가 대문자 엠(M)으로 시작되거든요. 그런데 여기 남은 엠 자의 끝부분은 돋보기로 확인해 보니까 대문자가 아니라 소문자의 일부분이에요."

"배심원들도 돋보기로 확인할 수 있도록 해 주십시오. 증거품으로 라벨을 들고 오셨습니까?"

라벨이 배심원들에게 전달되었다.

에드윈 경은 신문을 계속했다.

"염산 아포모르핀 병에 붙어 있던 라벨이라고 하셨죠? 염산 아포모르핀이 정확히 어떤 약품입니까?"

"화학식은 $C_{17}H_{17}NO_2$죠. 모르핀을 묽은 염산과 함께 밀봉된 병에 넣고 열을 가해서 감화시킨 모르핀 유도체입니다. 모르핀보다 물 분자가 한 개 적죠."

"아포모르핀의 특징은 뭡니까?"

리틀데일 씨는 침착하게 대답했다.

"아포모르핀은 지금까지 알려진 중에서 가장 신속하고 강력한 구토제입니다. 몇 분이면 약효를 발휘하기 시작하죠."

"그럼 어떤 사람이 치사량의 모르핀을 복용하고 몇 분 안에 아포모르핀 주사를 맞으면 어떻게 됩니까?"

"그 즉시 구토가 시작돼서 모르핀이 배출됩니다."

"그러니까 두 사람이 똑같은 샌드위치를 먹거나 한 주전자에 담긴 차를 마신 뒤 둘 중 한 사람이 아포모르핀 주사를 맞으면 어떻게 됩니까? 샌드위치나 차 속에 모르핀이 들어 있었다고 가정할 경우에 말입니다."

"아포모르핀 주사를 맞은 사람은 모르핀이 들어 있던 음식이나 음료를 토하게 됩니다."

"아무 부작용 없이 말입니까?"

"예."

법정이 갑자기 웅성웅성 들끓기 시작하자 판사가 조용하라는 명령을 내렸다.

VII

"이름은 아멜리아 메리 세들리, 통상적인 거주지는 오클랜드 부남바 찰스가(街) 17번지 맞습니까?"

"예."

"증인은 드레이퍼 부인을 압니까?"

"예. 20여 년 전부터 알고 지낸 사이예요."

"부인의 결혼 전 이름도 알고 있나요?"

"예. 결혼식에 참석했거든요. 결혼 전 이름은 메리 라일리였어요."

"드레이퍼 부인은 뉴질랜드 토박이입니까?"

"아뇨. 영국 출신이에요."

"이 재판을 처음부터 방청하셨습니까?"

"예."

"법정에서 혹시 메리 라일리, 그러니까 드레이퍼 부인을 봤나요?"

"예."

"어디에서 봤습니까?"

"증인으로 불려 나왔을 때 봤어요."

"어떤 이름으로 불리던가요?"

"제시 홉킨스요."

"제시 홉킨스가 메리 라일리, 그러니까 드레이퍼 부인이라고 확실히 장담할 수 있습니까?"

"분명해요."

법정 뒤편에서 작은 소동이 벌어졌다.

"마지막으로 메리 드레이퍼를 본 게 언제인가요?"

"5년 전이었어요. 그때 영국으로 건너갔거든요."

에드윈 경은 고개를 숙였다.

"이상입니다."

새뮤얼 경이 약간 당황한 표정을 지으며 자리에서 일어나 신문을 시작했다.

"세들리 부인, 부인이 잘못 본 게 아닐까요?"

"그럴 리 없어요."

"우연히 닮은 사람을 보고 착각했을 수도 있습니다."

"저는 메리 드레이퍼를 잘 아는 사람이에요."

"홉킨스는 자격증을 갖춘 지구 전담 간호사입니다."

"메리 드레이퍼도 결혼 전에 병원에서 간호사로 근무했어요."

"지금 검찰 측 증인에게 위증 혐의를 씌우고 있다는 걸 알고서 하는 말입니까?"

"제가 무슨 말을 하고 있는지는 저도 잘 알아요."

VIII

"이름은 에드워드 존 마셜, 뉴질랜드 오클랜드에서 몇 년 살았고
현 주소지는 데프트퍼드 렌가(街) 14번지 맞습니까?"

"맞습니다."

"메리 드레이퍼를 아십니까?"

"뉴질랜드에서 오랫동안 알고 지낸 사이입니다."

"오늘 법정에서 그 사람을 보았나요?"

"예. 홉킨스라는 이름을 쓰던데 분명 드레이퍼 부인이었어요."

판사가 고개를 들더니 작지만 분명하고 또렷하게 말했다.

"증인 제시 홉킨스를 다시 소환하는 게 좋겠군요."

잠깐 침묵이 흐른 뒤 누군가가 작은 소리로 말했다.

"판사님, 제시 홉킨스는 몇 분 전에 밖으로 나갔습니다."

IX

"에르퀼 푸아로."

에르퀼 푸아로는 증인석에 들어서서 선서를 하고 고개를 살짝 외
로 튼 채 콧수염을 꼬며 기다렸다. 그는 이름과 주소와 직업을 밝
혔다.

"푸아로 씨, 이 문서가 뭔지 아십니까?"

"물론입니다."

"이 문서가 어쩌다 증인 손에 들어갔습니까?"

"지구 전담 간호사인 홉킨스가 주었습니다."

에드윈 경이 말했다.

"존경하는 판사님, 제가 이 문서의 내용을 큰 소리로 낭독한 뒤 배심원들에게 전달하도록 허락해 주시기 바랍니다."

4장

I

최후 변론.

"배심원 여러분, 이제 선택은 여러분의 손에 달렸습니다. 여러분은 엘리너 칼라일에게 자유의 몸으로 법정을 나서도 좋다고 이야기할 권리가 있습니다. 그리고 지금까지 증언을 듣고 엘리너 칼라일이 메리 제라드를 독살했다고 생각하신다면 유죄를 선고할 책임이 있습니다.

하지만 제2의 인물이 범인이라는 분명한 증거가 있다면, 엘리너 칼라일보다 더 분명한 증거가 있다면, 여러분은 더 이상 왈가왈부할 필요 없이 피고를 해방시킬 책임이 있습니다.

지금쯤 여러분은 사건의 정황이 처음 보기와 상당히 다르다는 것을 깨달으셨을 겁니다.

어제 에르퀼 푸아로 씨에게 극적인 증거품을 건네받은 뒤 다른 증인들을 소환한 결과, 메리 제라드가 로라 웰먼의 사생아였다는 확실한 증거를 입수했습니다. 존경하는 판사님께서 나중에 확인해 주시겠지만, 그게 사실이라면 웰먼 부인의 가장 가까운 친척은 조카인 엘리너 칼라일이 아니라 메리 제라드라는 이름의 사생아입니다. 따라서 웰먼 부인의 죽음으로 메리 제라드는 엄청난 재산을 물려받게 되는데, 그것이 바로 이 사건의 핵심입니다. 20만 파운드에 육박하는 금액을 메리 제라드가 상속받게 된 것이 말입니다. 하지만 정작 당사자는 그 사실을 몰랐습니다. 그녀는 홉킨스의 정체도 모르고 있었죠. 배심원 여러분께서는 메리 라일리, 즉 드레이퍼 부인이 이름을 홉킨스로 바꾼 정당한 이유가 있다고 생각하실지 모르겠습니다. 그런데 만약 정당한 이유가 있다면 왜 당당하게 나서서 공개하지 않은 걸까요?

지금까지 밝혀진 사실을 정리하자면 다음과 같습니다. 홉킨스 간호사의 부추김에 넘어간 메리 제라드는 전 재산을 일라이저 라일리의 여동생인 메리 라일리에게 남긴다는 유언장을 만들었습니다. 홉킨스는 직업상 모르핀과 아포모르핀을 입수할 수 있는 위치였고, 두 약물의 특징을 너무나도 잘 알고 있었습니다. 게다가 홉킨스는 가시도 없는 장미에 손목을 찔렸다고 거짓말까지 했습니다. 피하 주사기 때문에 생긴 흔적이라 황급히 핑계를 만들 목적이 아니었다면 왜 그런 거짓말을 한 걸까요? 피고가 증인석에서 선서를 한 뒤에 말하기를, 식료품 저장실에서 만났을 때 홉킨스는 아픈 사람처럼 안색이 푸르스름했다고 합니다. 격렬하게 구토를 한 뒤였으니 당연한 일이겠죠.

이쯤에서 강조하고 싶은 부분이 한 가지 더 있습니다. 만약 웰먼 부인이 24시간만 더 살았다면 유언장을 만들었을 겁니다. 유언장을 만들었다면 메리 제라드를 위해 적절한 조치를 취했겠지만 전 재산을 남기지는 않았을 겁니다. 세상의 인정을 받지 못한 친딸이 세간의 시선에서 비켜나 있어야 더 행복할 거라고 생각했을 테니까요.

제2의 인물에게 불리한 판결을 내리는 것은 제 권한 밖의 일이지만, 이 제2의 인물에게 피고와 동일한 수준의 기회와 보다 강력한 동기가 있었다는 증거는 제시할 수 있습니다.

배심원 여러분, 그런 관점에서 사건을 바라보면 엘리너 칼라일에 대한 혐의는 힘을 잃을 겁니다."

II

베딩필드 판사의 요약.

"여러분은 피고가 7월 27일 메리 제라드에게 치사량의 모르핀을 먹였다는 확신이 있어야 합니다. 그런 확신이 없으면 무죄를 선언해야 합니다.

검찰 측에서는 메리 제라드에게 독극물을 먹일 수 있었던 사람이 피고뿐이었다는 주장을 펼쳤습니다. 피고 측에서는 제2, 제3의

가능성이 있다는 증거를 제시하려 했고요. 메리 제라드의 자살설도 제기되었지만, 이 가설을 뒷받침할 만한 증거라고는 메리 제라드가 죽기 직전에 유언장을 만들었다는 사실밖에 없습니다. 그녀가 우울해했다거나 불행했다거나 스스로 목숨을 끊을 만한 심리 상태였다는 증거는 전혀 없죠. 그리고 엘리너 칼라일이 문간채에 있는 동안 누군가 식료품 저장실로 들어와 샌드위치에 모르핀을 넣었을 수도 있다는 가능성도 제기되었습니다. 그랬을 경우 표적은 엘리너 칼라일이었고, 메리 제라드는 실수로 목숨을 잃은 겁니다. 피고 측에서는 다른 인물에게도 범행의 기회가 있었다는 가설을 제3의 가능성으로 제시했고, 이 경우 모르핀은 샌드위치가 아니라 차에 들어 있었습니다. 이 가설을 뒷받침하기 위해 피고 측에서 소환한 증인 리틀데일은 식료품 저장실에서 발견된 종잇조각이 매우 강력한 구토제인 염산 아포모르핀 정제가 담긴 약병의 라벨 일부분이라고 증언했습니다. 그리고 두 라벨의 견본이 여러분에게 증거물로 전달되었습니다. 제 생각에는 경찰 측이 종잇조각을 좀 더 자세하게 살펴보지 않은 상태에서 모르핀 라벨이라고 성급하게 결론을 내리는 실수를 저지른 것 같습니다.

증인 홉킨스는 문간채에서 자라는 장미 가시에 손목을 찔렸다고 증언했습니다. 그런데 증인 워그레이브는 그 장미에 가시가 없다고 했습니다. 여러분은 홉킨스 간호사의 손목에 어쩌다 상처가 생겼는지, 홉킨스가 왜 거짓말을 했는지 판단을 내려야 합니다.

만약 피고가 범인이라는 검찰 측의 주장에 설득력이 있다면 피고에게 유죄를 선언해야 합니다.

피고 측에서 제시한 가설에 신빙성이 있고 증거와 부합되면 피고는 무죄 석방되어야 합니다.

오로지 여러분에게 제시된 증거를 근거로 과감하면서도 주의 깊게 판결을 내려 주시기 바랍니다."

III

엘리너가 다시 법정으로 불려 나왔다.

배심원들이 일렬로 들어섰다.

"배심원 여러분, 판결을 내렸습니까?"

"예."

"피고석에 앉아 있는 피고가 유죄인지 무죄인지 알려 주시기 바랍니다."

"무죄입니다."

5장

엘리너는 옆문을 통해 밖으로 나왔다.

반갑게 맞아 주는 사람들의 얼굴이 보였다……. 로더릭…… 풍성하게 콧수염을 기른 탐정…….

하지만 그녀는 피터 로드 쪽으로 고개를 돌렸다.

"멀리 떠나고 싶어요……."

그녀는 피터 로드와 함께 쾌적한 다임러(독일제 고급 승용차 — 옮긴이)를 타고 재빨리 런던을 빠져나갔다.

피터 로드는 아무 말도 하지 않았다. 그녀는 침묵이라는 축복 속에 앉아 있었다.

분침이 움직일 때마다 그녀는 점점 더 멀어져 갔다.

새로운 인생…….

그게 바로 그녀가 원하는 것이었다.

새로운 인생.

그녀가 불쑥 입을 열었다.

"나…… 어디 조용한 곳으로 가고 싶어요……. 그 누구의 얼굴도 마주치지 않을 곳으로……."

피터 로드가 조용히 대답했다.

"다 준비해 놨어요. 요양소로 데려다줄게요. 조용하고, 예쁜 정원도 있는 곳이에요. 아무도 당신을 괴롭히거나 귀찮게 하지 않을 거예요."

엘리너는 한숨을 내쉬었다.

"그래요. 딱 그런 곳에 가고 싶어요."

로드 선생은 의사이기 때문에 아는 것 같았다. 그는 모든 걸 이해했고, 그녀를 괴롭히지 않았다. 그와 함께 있는 이 자리, 런던을 벗어나 안전한 곳으로 향하는 이 길이 너무나 평화로웠다.

그녀는 잊고 싶었다. 모든 걸 잊고 싶었다. 모든 게 이제는 현실 너머로 사라졌다. 모든 게 과거의 생활, 과거의 감정들과 함께 없어져 버렸다. 그녀는 새롭고 낯선 무방비의 생명체, 처음부터 다시 시작하는 천연 그대로의 미숙한 생명체였다. 너무나도 낯설고 겁에 질린…….

하지만 피터 로드와 함께 있으면 편안했다.

두 사람은 이제 런던을 빠져나와 근교를 지나는 중이었다.

그녀가 드디어 입을 열었다.

"다 당신 덕분이에요. 모두 다."

"에르퀼 푸아로 씨 덕분이지요. 그 사람, 무슨 마술사 같아요!"

하지만 엘리너는 고개를 저으며 고집스럽게 말했다.

"당신 덕분이에요. 당신이 그 사람을 붙잡고 조사를 하게 만든 거잖아요!"

피터는 씩 웃었다.

"내가 제대로 붙잡기는 했죠……."

"내가 죽이지 않았다는 걸 알았나요, 아니면 확신은 없었나요?"

피터는 딱 잘라 대답했다.

"확신은 없었죠."

"나도 처음에 내가 범인이라고 말할 뻔했어요……. 당신도 알다시피 그런 생각을 했으니까요, 홉킨스 씨의 집 밖에서 깔깔대며 웃었던 그날에……."

"나도 알아요."

그녀는 놀랍다는 듯이 말했다.

"지금 생각해 보면 뭐에 홀렸던 것처럼 이상해요. 그날 페이스트를 사고 샌드위치를 만들면서 이런 상상을 했어요. '나는 지금 이 안에 독약을 넣고 있어. 이걸 먹으면 그 아이는 죽을 거야. 그럼 로더릭이 돌아올 거야.'라고."

"그런 상상을 하는 게 도움이 되는 경우도 있죠. 나쁜 게 아니에요. 땀을 통해 노폐물을 배출하는 것처럼 상상을 통해 그런 마음을 없애는 거예요."

"맞아요. 그랬더니 갑자기 사라졌거든요. 그 시커먼 마음이 말이에요! 홉킨스 씨가 문간채 밖에서 자라는 장미 이야기를 꺼냈을 때 모든 게 순식간에 정상으로 되돌아왔어요."

그녀는 몸서리를 치며 말을 이었다.

"그 뒤에 서실로 갔더니 그 아이가 죽어 있었어요. 아니, 죽어 가고 있었어요. 그때 이렇게 생각했죠. 살인을 상상하는 것과 실제로 저지르는 게 별다른 차이가 있을까?"

"엄청난 차이가 있죠!"

"정말 그럴까요?"

"물론이죠! 살인을 상상하는 건 해가 될 게 전혀 없어요. 우습게도 사람들은 그걸 살인 계획을 세우는 것과 동일시하는데, 그렇지가 않아요. 오랫동안 살인을 상상하면 어느 순간 시커먼 마음이 사라지면서 자신이 참 바보 같았다는 생각이 들거든요!"

"당신은 정말 힘이 되는 사람이에요!"

피터 로드는 우물쭈물 대답했다.

"에이, 아니에요. 그 정도야 상식이죠."

엘리너의 눈에 갑자기 눈물이 맺혔다.

"법정에서 가끔 당신을 쳐다봤어요. 그러면 힘이 나더라고요. 당신이 정말…… 정말 일상적인 사람처럼 느껴졌거든요."

그러더니 그녀는 웃음을 터뜨렸다.

"이 무슨 실례되는 말을!"

"무슨 말인지 알겠어요. 악몽의 한가운데 있을 때는 일상적인 게 유일한 희망이잖아요. 어쨌거나 나는 예전부터 평범한 게 최고라고 생각한 사람입니다."

엘리너는 차를 탄 이후 처음으로 고개를 돌려 그를 쳐다보았다.

로더릭의 얼굴을 보면 늘 가슴이 아팠는데, 그의 얼굴은 그렇지 않았다. 날카로운 고통과 기쁨이 한데 뒤엉켜 찾아오지도 않았다. 오히려 따뜻하고 위로가 되었다.

그녀는 이렇게 생각했다.

'참 다정하게 생긴 얼굴이다…… 다정하고 재미있고, 그리고 또 위로가 되는 얼굴……'

두 사람은 계속 달렸다.

그들이 마침내 도착한 곳은 어느 입구였다. 비탈길을 따라 올라 가면 언덕배기의 조용하고 하얀 건물이 나올 것이다.

피터 로드가 말했다.

"여기 있으면 아무 걱정 없을 거예요. 아무도 당신을 괴롭히지 않을 거예요."

엘리너는 충동적으로 그의 팔을 잡았다.

"면회…… 올 거죠?"

"물론이죠."

"자주 올 거예요?"

"내가 있어 주면 좋겠다 싶을 때마다 올게요."

"그럼…… 자주 와 주세요."

6장

에르퀼 푸아로가 물었다.

"선생, 사람들이 하는 거짓말도 진실만큼이나 쓸모가 있는 걸 이제 알겠습니까?"

피터 로드가 말했다.

"모두들 선생님께 거짓말을 했습니까?"

에르퀼 푸아로는 고개를 끄덕였다.

"그렇다마다요! 이유야 각양각색이었지요. 진실을 밝힐 의무가 있었던 한 사람, 진실에 대해 예민하고 신중한 반응을 보였던 그 사람이야말로 나로서는 가장 풀기 어려운 수수께끼였고."

피터 로드가 나지막이 중얼거렸다.

"엘리너 말씀이군요."

"맞았어요. 여러 증거가 그 아가씨를 범인으로 지목하는 상황에서 예민하고 까다롭고 양심적인 사람답게 그 의혹을 제거하려는 노력을 전혀 기울이지 않았으니……. 행동으로 옮기지는 않았지만 그럴 생각이 있었다고 자책하느라 불쾌하고 지저분한 싸움을 포기한 채 저지르지도 않은 죗값을 치를 생각이었던 겁니다."

피터 로드는 화가 난다는 듯이 한숨을 내쉬었다.

"정말 믿을 수가 없네요."

푸아로는 고개를 저었다.

"그러게 말입니다. 남들보다 훨씬 엄격한 잣대로 자신을 평가했기 때문에 스스로 유죄 판결을 내린 거지요."

피터 로드는 생각에 잠긴 목소리로 중얼거렸다.

"예, 엘리너 양은 그런 사람이에요."

에르퀼 푸아로가 말을 받았다.

"애초에 조사를 시작했을 때부터 엘리너 칼라일은 범인일 가능성이 높았습니다. 하지만 저는 선생과의 약속을 지켰고, 제2의 유력한 용의자가 존재할 수 있다는 걸 알게 되었지요."

"홉킨스 씨 말이죠?"

"처음부터 그렇진 않았지요. 제일 처음에 주목한 사람은 로더릭 웰먼이었습니다. 그의 경우에도 출발점은 거짓말이었지요. 로더릭은 7월 9일에 출국해 8월 1일에 돌아왔다고 했어요. 하지만 홉킨스가 지나가는 말처럼 흘리기를, 메리 제라드가 로더릭에게 퇴짜를 놓았다고 하더란 말이지요. 메이든스퍼드에서 접근했을 때와 런던에서 다시 만났을 때, 이렇게 두 번에 걸쳐서. 선생은 메리 제라드가

7월 10일에 런던으로 떠났다고 했지요. 로더릭 웰먼이 출국한 다음 날 말입니다. 그럼 메리 제라드는 언제 런던에서 로더릭 웰먼을 만났을까? 저는 전직 강도였던 친구를 동원했고, 웰먼의 여권을 조사한 결과 7월 25일부터 27일까지 영국에 있었다는 사실을 알게 되었지요. 그가 이 부분에 대해 의도적으로 거짓말을 한 사실까지.

엘리너 칼라일이 샌드위치 접시를 식료품 저장실에 놓아둔 채 문간채로 갔던 시간은 처음부터 마음에 걸렸지요. 하지만 그 경우 범인의 원래 표적은 메리가 아니라 엘리너가 되는 겁니다. 로더릭 웰먼에게는 엘리너 칼라일을 살해할 만한 동기가 있었을까? 아주 나무랄 데 없는 동기가 있었지요. 전 재산을 그에게 남긴다는 유언장을 만들었으니까요. 게다가 나는 교묘한 신문 결과 로더릭 웰먼이 그 사실을 알아차렸을 수도 있었다는 사실을 발견했지요."

"그런데 왜 범인이 아니라는 결론을 내린 건가요?"

"다른 사람의 거짓말 때문이었습니다. 정말 어처구니없고 바보 같고 하찮은 거짓말. 홉킨스 씨는 장미 가시 때문에 손목에 생채기가 났다고 했지요. 직접 확인해 보니 가시가 없는 장미였어요. 그러니까 홉킨스 씨가 분명 거짓말을 한 건데, 워낙 실없고 무의미하게 느껴지는 거짓말이다 보니 오히려 주목하게 되더란 말입니다.

저는 홉킨스 씨가 의심스러워지기 시작했어요. 그때까지만 해도 홉킨스 씨는 일관성 있고 죽은 피해자에 대한 애정 때문에 피고를 상대로 강한 선입견을 품고 있는, 아주 믿을 만한 증인이었지요. 그런데 그 실없고 무의미한 거짓말이 머릿속에 자리를 잡은 다음부터 홉킨스 씨와 그녀의 증언을 아주 조심스럽게 연구해 보니 예전에는 미처 몰랐던 부분이 보이더군요. 홉킨스는 메리 제라드에 대해 뭔가를 알고 있었는데, 그것이 세간에 알려질까 봐 무척 조심하더란 말이지요."

피터 로드가 깜짝 놀란 목소리로 물었다.

"저는 그 반대인 줄 알았는데요."

"겉보기에는 그랬지요. 홉킨스 씨가 무언가를 알고 있지만 절대 말하지 않으려는 사람처럼 어찌나 연기를 잘하던지! 하지만 곱씹어 생각한 결과 그 문제에 관해 그녀가 한 이야기들이 모두 정반대의 의도를 품고 있었다는 사실을 깨닫게 되었지요. 오브라이언 간호사와 이야기를 나누어 보니 더욱 확실해지더군요. 홉킨스 씨는 오브라이언 간호사 모르게 그녀를 교묘하게 이용하고 있었어요.

그러자 홉킨스 씨에게 무슨 속셈이 있다는 확신이 생기더군요. 그래서 홉킨스 씨와 로더릭 웰먼의 거짓말을 서로 비교해 보았습니다. 둘 중에서 속 시원하게 해명할 수 있는 쪽은 누구일까?

로더릭의 경우에는 금세 그렇다는 결론이 내려졌지요. 로더릭 웰먼은 예민한 성격이다 보니 외국에 나가 있겠다는 약속을 못 지키고 몰래 돌아와서 아무 상관도 없는 여자를 찾아갔다고 솔직히 털어놓는 것만큼 자존심이 상하는 일도 없지 않겠습니까? 그래서 사건 현장 근처에는 가지도 않았고 거기에 대해 아는 것도 없으니, 허둥지둥 귀국했던 사실을 숨기고 8월 1일에 소식을 듣고 달려왔다는 식으로 대답해 반감을 최소화하고 불쾌한 상황을 피하는 노선을 택했어요. 아주 전형적인 선택이었지요!

자, 그런데 홉킨스 씨는 거짓말을 속 시원하게 해명할 방법이 있을까? 생각하면 할수록 이상하더란 말이지요. 홉킨스 씨는 손목에 난 상처를 놓고 왜 거짓말을 했을까? 그 상처에 어떤 의미가 있을까?

혼자 질문을 던져 보기 시작했지요. 없어진 모르핀의 원래 주인은 누구였지? 홉킨스. 그 모르핀을 웰먼 부인에게 투여할 수 있는 사람이 누구였지? 홉킨스. 그런데 왜 모르핀이 없어졌다고 소란을 피웠을까? 만약 홉킨스 씨가 범인이라면 정답은 하나일 수밖에 없습니다. 메리 제라드의 살인 계획이 이미 세워지고 희생양도 선택된 상황에서, 희생양에게 모르핀을 슬쩍할 기회가 있었음을 강조하기 위해서지요.

몇 가지 다른 사실들도 들어맞더군요. 그중 하나가 엘리너가 받은 익명의 편지입니다. 그 편지의 목적은 엘리너와 메리를 이간질하는 것이었지요. 엘리너를 불러들여 웰먼 부인을 마음대로 주무르는 메리에게 반감을 품게 만들 생각이었던 겁니다. 로더릭 웰먼이 메리를 미칠 듯이 사랑하게 된 것은 예상치 못했던 상황이었지만, 홉킨스는 얼마나 고마운 일인지 냉큼 알아차렸지요. 엘리너라는 희생양에게 완벽한 동기가 생긴 셈이었으니까요.

하지만 두 건의 범행 뒤에 숨어 있는 이유가 무엇일까? 홉킨스 씨가 메리 제라드를 제거한 동기가 무엇일까? 아주 희미하지만 이제 조금씩 빛이 보이기 시작했답니다. 홉킨스 씨는 메리에게 막강한 영향력을 행사할 수 있는 위치였고, 그 영향력을 동원해서 한 일들

중 하나가 유언장 작성이었지요. 하지만 그 유언장은 홉킨스 씨에게 아무 도움이 안 되는 내용이었어요. 뉴질랜드에 사는 이모라면 모를까. 그때 문득, 어떤 마을 사람한테 들은 이야기가 생각나더군요. 그 이모가 병원 간호사였다는 이야기가.

이제는 더 이상 희미한 빛이 아니었지요. 범죄 유형, 즉 범행 구도가 분명해지기 시작했으니까요. 다음 단계는 식은 죽 먹기였습니다. 홉킨스 씨를 다시 한번 찾아갔고, 둘이서 적당히 한 편의 연극을 연기했습니다. 막판에 그녀는 처음부터 폭로하려고 작정했던 비밀을 알려 주었지요. 생각보다 시기가 좀 더 앞당겨졌지만, 그 좋은 기회를 놓칠 수가 없었던 거지요. 홉킨스 씨는 못 이기는 척 편지를 꺼내 놓았고, 바로 그 순간부터는 단순한 추측이 아니었지요. 저는 알게 된 겁니다! 그 편지가 그녀의 정체를 폭로했으니."

피터 로드는 얼굴을 찌푸렸다.

"어떻게요?"

"몽 셰르! 편지의 제일 윗부분에 이렇게 적혀 있잖습니까. '내가 죽으면 메리에게 보내 주길.' 하지만 내용을 보면 메리 제라드한테는 진실을 알리지 않겠다는 의도가 분명했어요. 게다가 '전해 달라'가 아니라 '보내 달라'는 것도 힌트였지요. 즉, 그 편지의 수취인은 메리 제라드가 아니라 제2의 메리였습니다. 일라이저 라일리는 뉴질랜드에 사는 동생 메리 라일리에게 진실을 밝혔던 겁니다.

홉킨스 씨는 메리 제라드가 죽은 뒤 문간채에서 그 편지를 발견한 게 아니라 오래전부터 가지고 있었던 겁니다. 언니가 죽고 뉴질랜드로 편지가 배달되었을 때부터."

푸아로는 잠깐 말을 멈추었다 다시 이었다.

"마음의 눈으로 진실을 발견하고 나면 나머지는 식은 죽 먹기지요. 뉴질랜드에서 메리 드레이퍼와 알고 지냈던 증인을 법정에 출두시킬 수 있었던 것은 속도가 빠른 비행기 덕분이었고요."

"선생님의 추측이 어긋나서 홉킨스 씨와 메리 드레이퍼가 별개의 인물이었다면 어떻게 되었을까요?"

푸아로가 싸늘하게 대답했다.

"전 틀린 적이 없습니다!"

피터 로드는 웃음을 터뜨렸다.

푸아로가 이야기를 계속했다.

"메리 라일리 또는 드레이퍼라는 이름을 쓰는 이 여자에 대해 새롭게 알게 된 사실이 있습니다. 뉴질랜드 경찰에서는 충분한 증거를 확보하지 못했지만, 그녀가 갑자기 뉴질랜드를 떠난 뒤부터 얼마 동안 예의 주시하고 있었다는군요. 그녀가 돌보았던 환자 중에 '사랑하는 라일리 간호사' 앞으로 제법 두둑한 유산을 남긴 노부인이 있었는데, 담당 의사 말로는 조금 어리둥절한 최후를 맞이했다지 뭡니까. 메리 드레이퍼의 남편은 부인 앞으로 제법 큰 금액의 생명보험에 가입한 뒤 영문 모를 돌연사로 세상을 떠났고요. 그런데 그녀로서는 안타까운 일이지만, 남편이 보험회사 앞으로 수표를 써놓고 깜빡 잊어버리는 바람에 부치지 않았다더군요. 그녀는 또 다른 범행을 계획 중인지도 모를 일입니다. 워낙 잔인하고 파렴치한 인간이니까요.

언니의 편지가 상상력이 풍부한 그녀에게 영감을 주었을 수도 있을 겁니다. 메리는 뉴질랜드가 너무 위험해지자 이 나라로 건너와서 홉킨스라는 이름 아래(외국에서 죽은 전 직장 동료의 이름이었다는 군요.) 메이든스퍼드를 목적지로 삼고 간호사 일을 다시 시작했습니다. 어쩌면 협박할 마음도 있었겠지요. 하지만 웰먼 부인은 협박에 굴할 성격이 아니었고, 라일리 또는 홉킨스는 아주 영리하게도 협박할 마음을 접었지요. 분명 이 사람, 저 사람을 붙잡고 물어보다 웰먼 부인의 재산이 상당하다는 소문을 접하고, 웰먼 부인이 어쩌다 흘린 말을 듣고 유언장을 만들지 않았다는 것까지 알게 되었을 겁니다.

그래서 6월의 그날 저녁, 웰먼 부인이 변호사를 찾는다는 오브라이언 씨의 말을 듣자마자 범행을 감행한 겁니다. 웰먼 부인이 유언장 없이 죽어야 사생아가 유산을 물려받을 수 있으니까요. 그녀는 이미 메리 제라드와 친해져서 상당한 영향력을 행사할 수 있는 입장이었어요. 이제 남은 일은 이모에게 전 재산을 넘긴다는 내용의 유언장을 만들도록 그 아이를 설득하는 것뿐이었지요. 그녀는 단어를 신중하게 선택하도록 분위기를 만들었습니다. 무슨 관계인지는 밝히지 않고 그냥 '고(故) 일라이저 제라드의 여동생, 메리 라일리'라고 쓰도록 만듭니다. 그러고 나서는 적절한 기회가 오기만을 기다렸지요. 범행 수법은 이미 생각해 놓았을 겁니다. 아포모르핀을 써서 알리바이를 확보하기로요. 어쩌면 엘리너와 메리를 자기 집으로 초대할 생각이었을지도 모르지만, 엘리너가 문간채로 건너와서 샌드위치를 같이 먹겠냐고 하는 순간 절호의 기회가 찾아왔다는 것을 알아차렸을 겁니다. 엘리너 양이 유죄 판결을 받을 수밖에 없을 만큼 완벽한 상황이었지요."

피터 로드가 느릿느릿 말을 이었다.

"선생님이 아니었다면 엘리너 양은 유죄 판결을 받았을 거예요."

푸아로는 얼른 대답했다.

"무슨 소리, 엘리너 양이 고마워해야 할 사람은 선생입니다."

"저요? 저는 한 게 아무것도 없습니다. 그저……."

로드 선생이 말꼬리를 흐리자 푸아로는 살짝 미소를 지었다.

"메 위(한 게 없긴요). 열심히 애를 쓰지 않았습니까. 선생 눈에는 제가 헤매는 것처럼 보였을 테니 짜증이 나기도 했겠지요. 어쩌면 엘리너 양이 범인일지 모른다는 생각에 겁이 나기도 했을 테고. 감히 저한테 거짓말을 한 것도 그 때문이 아니었습니까? 하지만 영 어설프더군요. 앞으로는 홍역이나 백일해에만 신경 쓰고 탐정은 건드리지 말아 주십시오."

피터 로드의 얼굴이 벌겋게 달아올랐다.

"처음부터…… 알고 계셨습니까?"

푸아로는 호되게 꾸짖었다.

"딸기나무 사이의 공터로 끌고 가더니 선생이 떨어뜨려 놓은 독일제 성냥갑을 발견하도록 만든 것 말입니까? 세 랑팡티야주(유치한 수작이었지요)!"

피터 로드는 움찔하며 투덜거렸다.

"또 지겨운 잔소리를 늘어놓으시려고요!"

푸아로는 물러서지 않았다.

"선생은 정원사와 이야기를 나누면서 길가에 서 있는 선생 차를 보았다는 말을 꺼내도록 유도했지요. 그러더니 펄쩍 뛰면서 선생 차가 아닌 척했고요. 심지어는 그날 아침에 낯선 사람이 그 집에 있었다는 사실이 제대로 전달되었는지 확인하려고 제 표정을 유심히 관찰하기까지 했잖습니까."

"제가 바보 같은 짓을 했습니다."

"그날 아침에 헌터베리는 어쩐 일로 간 겁니까?"

피터 로드는 얼굴을 붉혔다.

"정말 어처구니없는 짓이었죠……. 엘리너 양이 내려왔다는 소식을 듣고 혹시 볼 수 있을까 해서 갔던 겁니다. 이야기를 나눌 생각은 없었어요. 그냥…… 얼굴을 보고 싶었어요. 떨기나무 사이에서 보니 식료품 저장실에서 빵과 버터를 자르고 있더군요."

"이야말로 샤를로테와 시인 베르테르의 이야기로군요(독일의 작가 괴테는 친구의 약혼녀인 샤를로테 부프를 사랑해 자살을 생각할 만큼 심한 사랑의 열병을 앓다 자신의 경험이 다분히 녹아 있는 『젊은 베르테르의 슬픔』을 탄생시켰다 — 옮긴이). 그래서?"

"아, 그뿐이었습니다. 떨기나무 사이에 숨어서 엘리너 양이 사라질 때까지 지켜보았죠."

푸아로가 부드럽게 물었다.

"선생은 엘리너 칼라일을 보자마자 첫눈에 반한 건가요?"

한참 동안 침묵이 흘렀다.

"그런 것 같습니다. 하지만 엘리너 양은 로더릭 웰먼과 행복하게 잘살겠죠."

"어허, 그런 생각을 하다니!"

"그렇지 않을까요? 엘리너 양은 로더릭 웰먼과 메리 제라드 사이에 있었던 일을 용서할 겁니다. 웰먼 쪽에서 잠깐 넋을 잃었던 거였으니까요."

"그렇게 간단한 문제가 아니올시다. 가끔은 과거와 미래 사이에 깊은 골이 생기기도 하지요. 사망의 골짜기를 걷다 햇빛이 환하게 비치는 곳으로 나오면 새로운 인생이 시작되는 겁니다. 그러면 과거는 아무 필요 없게 되지요……."

푸아로는 잠시 기다리다 말을 이었다.

"새로운 인생…… 엘리너 칼라일은 지금 새로운 인생을 시작하고 있는 거예요. 그 아가씨한테 새로운 인생을 선물한 주인공이 바로 선생 아닌가요?"

"그럴 리가요."

"그렇다니까요. 제가 선생의 부탁을 들어줄 수밖에 없었던 이유도 굳은 의지와 터무니없는 고집 때문이었으니까요. 자, 솔직히 인정하시지요. 엘리너 양이 고마워하지 않던가요?"

피터 로드는 느릿느릿 말을 이었다.

"예, 아주 고마워해요. 지금 당장은요……. 자주 면회 와 달라더군요."

"그래요, 선생이 필요한 겁니다."

피터 로드는 버럭 고함을 질렀다.

"하지만 그자만큼 필요하지는 않겠죠!"

푸아로는 고개를 저었다.

"엘리너 양은 로더릭 웰먼을 필요로 한 적이 없습니다. 사랑을 하긴 했지요. 불행한, 어쩌면 필사적인 사랑을."

피터 로드는 딱딱하게 굳은 얼굴로 쓸쓸하게 대꾸했다.

"저를 그렇게 사랑하지는 않을 겁니다."

푸아로는 부드럽게 말했다.

"그렇겠지요. 하지만 선생을 필요로 하고 있잖아요. 선생이 있어야 다시 시작할 수 있거든."

피터 로드는 아무 말도 하지 않았다.

푸아로는 아주 다정한 목소리로 말했다.

"이제 그만 현실을 인정합시다. 엘리너 양은 로더릭 웰먼을 사랑했어요. 그래서 어떻다는 거지요? 그 아가씨를 행복하게 만들 수 있는 사람은 선생인 것을……."

〈끝〉

옮긴이 | 이은선

연세대학교 중문과와 같은 학교 국제학대학원 동아시아학과를 졸업했다. 편집자와 저작권 담당자로 일했으며, 현재는 전문 번역가로 활동 중이다. 옮긴 책으로는 『탐정 아리스토텔레스』, 『헌책방마을 헤이온와이』, 『화성의 인류학자』, 『통역사』, 『포의 그림자』, 『누들메이커』, 『기적』, 『굿독』, 『몬스터』, 『그대로 두기』, 『워너비 재키』, 『마흔 살 여자가 서른 살 여자에게』, 『딸에게 보낸 편지』, 『노 임팩트 맨』, 『셜록 홈즈 실크 하우스의 비밀』, 『11/22/63』 등이 있다.

애거서 크리스티 전집

슬픈 사이프러스

3판 1쇄 찍음 2023년 8월 21일
3판 1쇄 펴냄 2023년 8월 28일

지은이 | 애거서 크리스티
옮긴이 | 이은선
발행인 | 박근섭
편집인 | 김준혁
펴낸곳 | 황금가지

출판등록 | 2009. 10. 8 (제2009-000273호)
주소 | 06027 서울 강남구 도산대로 1길 62 강남출판문화센터 5층
전화 | 영업부 515-2000 편집부 3446-8774 팩시밀리 515-2007
홈페이지 | www.goldenbough.co.kr

도서 파본 등의 이유로 반송이 필요할 경우에는 구매처에서 교환하시고
출판사 교환이 필요할 경우에는 아래 주소로 반송 사유를 적어 도서와 함께 보내주세요.
06027 서울 강남구 도산대로 1길 62 강남출판문화센터 6층 민음인 마케팅부

㈜민음인은 민음사 출판 그룹의 자회사입니다.
황금가지는 ㈜민음인의 픽션 전문 출간 브랜드입니다.